黑松镇
最后的小镇

[美]布莱克·克劳奇 著
曾雅雯 译

重庆出版集团 重庆出版社

BLAKE CROUCH
PINES

第一章

戴维·皮尔彻

黑松镇巨型洞穴基地,十四年前

他睁开了双眼。

异常的寒冷,令他浑身发抖。

而且,此刻他感到头痛不已。

有个戴着医用口罩的人正监视着他,他看到四周有一些朦胧的人脸,同时也能听到一些模糊的说话声。

他不知道自己人在哪里,或者还可以这样说,他甚至忘了自己是谁。

他们把一个透明的面罩拉低下来,将其靠近他的嘴边。

一个声音——确切地说是一个女人的声音——敦促着他:"用力地深吸一口气,使劲儿呼吸,就这样坚持住,不要停。"

他所吸入的气体是纯净而温暖的氧气。氧气顺着他的气管涌入胸腔,他的肺部感受到一股令人舒适的暖流。尽管那个女人的嘴是被口罩遮住的,可他仍然能从她的眼神里看出此时她正朝着自己微笑。

"感觉好些了吗?"她问道。

他点了点头。她的脸变得更加清晰了,声音也更加清楚

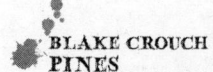

了……他觉得她的声音听起来很熟悉。原因并不在于音色本身，而是她说话的方式给予他一种熟悉的感觉——那种关切的、充满母性的感觉。

"你的头受伤了吗？"她继续说。

他再次点头。

"你很快就会好起来的。我知道，现在你有一种迷失方向的感觉。"

他能做的依然只是点头。

"这很正常。你知道自己在哪儿吗？"

这一回他摇了摇头。

"那你知道自己是谁吗？"

他并不知道。

"嗯，这些也不要紧。你的血液才刚在血管里流淌了三十五分钟。通常得好几个小时过后你才能找到方向感。"

他抬头看了看头顶上的灯：长长的荧光灯管，过于明亮，有些刺眼。

他张开了嘴巴。

"现在别急着说话。你想让我为你解释一下目前的情况吗？"

他微微点头，表示同意。直到现在，他还没有说出一个字来。

"你的名字是戴维·皮尔彻。"

他觉得这条信息听起来是正确的。这像是他自己的名字，不过他并不能完全确定。但至少，这个名字像是属于他自己的天空中的一颗星星。

"你并不是在医院里。你没有遭遇车祸,也没遇到心脏病发作这样的意外。事情完全不是那样的。"

他很想说自己不能动弹,也很想说他正感觉到一阵阵被死亡和恐惧所笼罩的彻骨严寒。

她继续说道:"你刚刚脱离不省人事的生命暂停状态。你身体里的重要器官都还处于年富力强时充满活力的状态。你已经在自己创建的一千个生命悬浮装置当中的一个里面沉睡了一千八百年了。我们大家都感到非常激动。你的实验奏效了,全体成员的存活率高达百分之九十七,这比你先前的预期还要高出好几个百分点,而且没有出现任何严重的损失。祝贺你!"

皮尔彻躺在轮床上,眯缝着眼盯着头顶的荧光灯。

与他身体相连接的心脏监护仪开始发出越来越快的"嘟嘟"声,但这并非恐惧和压力所致。

而是因为他太兴奋了。

在短短五秒钟之内,他的头脑变得清晰无比。以下问题顿时有了答案:

他是谁。

他在什么地方。

他为什么会在这里。

这种感觉,就好像是门闩突然被推回了原位。

皮尔彻举起一只手——他觉得自己的手如同一大块花岗岩一样沉重——将氧气面罩从嘴巴上扯了下来。他注视着那名护士,并尝试着开口说话。他已经有将近两千年没有说过话了。

他的声音粗重刺耳,不过十分清晰:"有人出去了吗?"

她取掉自己的口罩,他认出她是帕姆。她二十岁,也是刚刚从极其长久的睡眠中醒来,看上去像个幽灵一般。

而且……她看上去还是那么漂亮。

她笑了,"戴维,你应该知道我不会让那样的事情发生的。我们都等着你。"

#

六个小时之后,皮尔彻站了起来,在走廊上踉踉跄跄地缓步前行,簇拥在他身边的是泰德·阿普肖、帕姆、阿诺德·波普以及一个名叫弗朗西斯·利文的男子。利文的官方头衔是这座巨型洞穴基地的总管,他说话像连珠炮似的,语速很快,而且滔滔不绝。

"在七百八十三年前,我们的'方舟'破了一个洞,不过真空传感器捕捉并反馈了这个情况……"

皮尔彻打断道:"那么我们的物资储备……"

"我的团队正在进行一系列的检查,不过看起来一切都安然无恙。"

"目前已经有多少个成员被唤醒了?"

"现在是三十八个,后续还会有人陆续被唤醒。"

他们来到一扇对开式自动玻璃门前,门那边是面积达到五百万平方英尺①的巨型空间,用作储存食物和建筑材料的仓库。这里被亲切地称作"方舟",淋漓尽致地体现了人类在工程设计方面的

---

① 约合46万平方米,差不多是60个标准足球场的大小。

才华和巨大野心。

这里弥漫着一股潮湿、矿厂的气味。

天花板上有着巨大的球形灯,明亮的光线使得这里的人仿佛置身于白昼的户外。

他们走向一辆停靠在隧道入口处的悍马车,皮尔彻已经气喘吁吁了,他的双腿因为抽筋而几乎无法动弹。

由波普来开车。

隧道里面的荧光灯具还没有来得及启动,悍马车沿着一段十五度的斜坡向下冲进了一片黑暗中,只有孤零零的两盏车头灯照射着四周潮湿的石墙。

皮尔彻在他的随从身边坐直了身子。

迷失方向的感觉依然存在,不过与先前相比要减弱一些了。

他的手下曾告诉他,悬浮假死的状态已经持续了一千八百年,可是随着他每呼吸一下,就愈发感觉这是不可能的。事实上,他觉得自打他和他手下的全体人员在2013年的新年派对上畅饮唐·培里侬香槟王①,继而脱光衣服爬进他们的悬浮装置,距今不过才几个小时而已。

随着他们所处的海拔高度逐渐下降,他的耳朵释放着压力。

他的胃因情绪紧张而感到刺痛。

越过自己的肩膀,皮尔彻扭头看着坐在汽车后座上的利文——一个身体柔韧的年轻男人,有着婴儿般的脸庞和哲人般的眼睛。

---

① 法国名贵香槟酒。

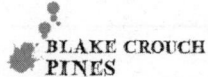

"我们吸入这样的空气是安全的吗?"皮尔彻问道。

"空气的成分已经改变了。"利文回答说,"不过只是略微改变了一点点。幸运的是氮气和氧气仍然是主要成分。在目前的组分里,氧气增加了百分之一,而氮气则减少了百分之一。温室效应气体已经恢复到了工业化时代之前的水平。"

"我相信你应该已经开始对洞穴基地实施减压操作了吧?"

"毫无疑问这可是当务之急。我们已经开始从外部吸入空气了。"

"还有其他相关措施吗?"

"要使我们的系统完全通上电并调试完成,还得需要几天的时间。"

"现在我们的电子钟显示的日期是什么时候?"

"今天是公元3812年2月14日。"利文露齿而笑,"祝各位情人节快乐。"

\#

阿诺德·波普将悍马车停下,车头的远光灯照亮了一扇钛合金门,这扇门保护着隧道、洞穴基地和睡在里面的人不受门外世界的侵扰。

波普关掉引擎,让车灯一直亮着。

他们都从车里走了出来,波普绕到车的尾部,打开了货厢门。

他从架子上取下了一支压动式猎枪。

"不至于吧,阿诺德。"皮尔彻说道,"你总是这么悲观。"

"可你正是因为这个才付给我高额薪水的,难道不是吗?"

利文说:"帕姆,你能用手电筒照一照这里吗?"

她用手电筒照亮了一个小型键盘,这时皮尔彻说:"让我们再等一等。"

利文站直了身子。

波普回过头来。

特德和帕姆都转过脸来,看着皮尔彻。

皮尔彻的嗓音仍然因那使他苏醒过来的药物而显得有些低沉。

他说:"我们不要让此时此刻就这样与我们匆匆地擦肩而过。"他的手下都打量着他。"你们都明白我们所做的壮举了吗?我们刚刚完成了人类历史上最危险、最大胆的旅程。这可不是跨越地域的旅程,而是跨越了时间的旅程。你们知道在这扇门之外等待着我们的是什么吗?"

他提出这个问题之后,暂时没有作声。

没有人回答他的问题。

"纯粹的探索。"

"我不太明白。"帕姆嘟囔道。

"我以前已经讲过了,但现在我要再重复一遍。这就像尼尔·阿姆斯特朗走下阿波罗11号,成为第一个站在月球上的地球人;这就像莱特兄弟在基蒂霍克①测试他们的飞机;这就像哥伦布上岸后走上新大陆。我们不知道这扇门的另一边是什么。"

"当时你曾预测说现在人类已经灭绝了。"帕姆说。

"没错,不过那只是我的预测而已。我也有可能弄错。在这扇

---

① 美国北卡罗莱纳州一小村庄。

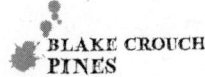

门的外面,也许是高达一万英尺的摩天大楼。请想象一下一个来自公元213年的人步入2013年的情形吧。我们所能体验的最美的事物,就是那些神秘莫测的东西。阿尔伯特·爱因斯坦曾这样说过:'我们都应该细细品味这个重要的时刻。'"

利文将自己的注意力转回到键盘上,键入了六位数的密码。

"长官?可以帮个忙吗?"

皮尔彻来到键盘旁边。

利文说:"请按一下#号键,就在这里。"

皮尔彻按下了"#"键。

在一段时间内,什么都没有发生。

悍马车的车灯熄灭了。

只剩下帕姆的手电筒发出的微弱亮光穿透了一丝浓重的黑暗。

他们的脚下有什么东西开始发出"嘎吱"声,就像一艘老旧的船在吱嘎作响。

那扇厚重的门抖动着。

随后……

光芒透过门缝射了进来,渐渐照亮了他们的全身。

皮尔彻的心怦怦直跳。

到目前为止,这是他生命中最激动人心的美妙时刻。

他看着那扇门一点一点地缓缓打开。

飞舞的雪花飘了进来,一股刺骨的寒风吹进了隧道。皮尔彻眯缝着眼,看着门外的亮光。

待门完全升起之后,通过隧道的入口看外面的世界,就像看画框里的风景画一般。

他们都看到了：暴风雪中有一片散布着圆形巨石的松林。

\#

他们走进松林，踩着柔软的积雪往前走。

周围一片静寂。

只能听到雪花簌簌落下的声音。

走出两百米之后，皮尔彻停了下来，其他人也跟着停下脚步。

他说："我认为这里曾是通往黑松镇的路。"

他们仍然站在一片稠密的松林中，看不出哪里有道路存在的迹象。

皮尔彻掏出了一个指南针。

\#

他们朝北走，进到了一个山谷。

高大挺拔的松树居高临下地俯视着他们。

"你们想知道吗，这片森林曾经有多少次被烧毁，又多少次重新生长出来？"皮尔彻问道。

他很冷，双腿疼痛不已。他确信其他人也同样感到虚弱疲惫，但是没有任何人抱怨。

他们经过长途跋涉，渐渐走出了松林。他不知道他们已经走了多远。雪渐渐停了，他第一次看到了一些熟悉的东西——差不多两千年前环绕着黑松镇的那些巨大的悬崖峭壁。

令他惊讶的是，当他再次看到那些山脉时，竟感到如此的安慰。对于松林和河流来说，两千年是很长的一段时间，可那些悬

崖看上去几乎没有任何改变,就像老朋友一般。

很快地,他们一行人站在了山谷的正中央。

这里一栋房子都没有。

甚至连废墟和瓦砾都看不到。

利文说:"看起来,小镇就像从来没有在这里存在过一样。"

"这是什么意思?"帕姆问道。

"这是什么意思?"皮尔彻也在问。

"大自然已经收回了属于它的一切。小镇已经消失了。"

"这是不可能的。也许爱达荷州现在是一个巨大的保护区。当然,也可能爱达荷州已经不再存在了。我们得重新了解这个全新的世界。"

皮尔彻寻找着波普,后者已经漫步到了二十米开外的一片空地,并跪在雪地上。

"你看到什么了,阿诺德?"

波普招手示意皮尔彻过去。

待一群人聚集在波普四周之后,他指着雪地上的一些足迹。

"是人类的足迹吗?"皮尔彻问道。

"从尺寸上看,跟人类的脚印大小差不多,不过,各个足迹之间的间隔方式却不太像人类。"

"此话怎讲?"

"不管这是什么东西的足迹,它都是用四肢走路的。看到了吗?"他触摸着雪地上的脚印,"这里是后肢,那里是前肢。看看这些足迹之间的距离,每一步都很大。"

\#

一行人来到山谷的西南角,看到了一大堆凸出地面的石碑,它们散布在矮栎树和山杨树丛中。

皮尔彻蹲下来检查其中一块石碑,他伸手将埋在石碑下部的积雪挖开。

看得出来,这石碑原本是一块光滑的大理石,但是经年累月的自然侵蚀已经令其表面变得凹凸不平了。

"这些是什么?"帕姆一边问,一边用手抚摸着另一块与之相似的石碑顶部。

"此地是一座墓园的遗址。"皮尔彻说,"碑上刻的字被腐蚀得厉害,二十一世纪的黑松镇所留下的东西就只有这些了。"

\#

他们转而朝着基地走去。

每个人都虚弱无比。

而且觉得很冷。

雪又下了起来。峭壁的岩架上和常绿植物上都积了厚厚的白雪。

"我感觉这里不像是有人居住的样子。"利文评论道。

"接下来我们要做的头几件事之一是……"皮尔彻说,"派出无人侦察机。我们要让它们飞去博伊西、米苏拉,甚至西雅图。然后我们就会知道那些地方还有没有人类居住。"

他们沿着来时的足迹在林中穿梭行走着,每个人都安安静静地忙着赶路,这时从他们身后的山谷中突然传来了尖厉刺耳的叫

声——这可怕的声音在覆盖着白雪的山峦间回荡着,久不消散。

所有人都停下了脚步。

很快又传来了与先前的叫声相呼应的尖叫——音调更为低沉,可是包含着同样的悲意和攻击性。

波普正要开口说话,不想这时一阵阵尖叫声从他们四周的树林里绵延不绝地响了起来。

他们加快了在雪地上行走的步伐,继而慢跑起来。当他们发觉尖叫声已经越来越近的时候,所有人都拼尽全力地全速奔跑。

离隧道入口只剩下不到一百米的距离,皮尔彻感到自己的两条腿已经不听使唤了,淋漓大汗顺着他的脸颊往下流淌。不一会儿,其他人已经抵达了隧道门口。他们朝皮尔彻高喊着,让他再跑快些,然而他们的喊声跟皮尔彻身后的尖厉嚎叫声混杂在了一起。

他的视线渐渐变得模糊。

他回过头去,看了一眼身后的情形。

他瞥见松树林中有东西在跳动——一个个灰白色的形体四肢并用地穿过树林,朝他飞奔而来。

他大口大口地喘着粗气,心里想着:想不到我竟然在重获新生后的第一天就要死了。

这时他眼前一黑,整张脸感到突如其来的冰冷。

他并没有失去知觉。

他只是脸朝下摔倒在了雪地里,无法动弹。

身后的尖叫声已经越来越近了,突然,他感觉自己被人从雪地里举了起来。他趴在阿诺德·波普的肩膀上，看到波普身后的树林左右晃动着，而那些跟人类颇为相似的怪兽正渐渐逼近他们。他定睛一看，最近的那只怪兽离他们不过五十英尺而已。

隧道口的金属门正缓缓滑落，当门的下缘离地面还剩下四英尺的空间时，波普扛着皮尔彻跑到了门边。他弯下腰，迅速从门缝钻了进去，身后的怪兽依然紧追不舍。波普将皮尔彻放在地上，接着一把取下挂在肩上的霰弹枪，将一枚子弹推进了枪膛。

皮尔彻的脸贴在冰冷的水泥地面上，眼睁睁地看着那群怪兽踏着雪地朝他们迎面扑来。波普大叫："退后！门就要关上了！"

金属门"砰"的一声撞到了地面。

他们听到一连串沉闷的撞击声从门的另一侧传来。

终于安全了，皮尔彻紧绷的神经渐渐松弛，整个人很快便失去了知觉。

在他失去意识之前最后听到的声音，是帕姆歇斯底里的叫喊："那些他妈的是什么东西？"

BLAKE CROUCH
PINES

第二章

伊桑·伯克揭露真相后两个小时

珍妮弗·罗彻斯特

屋子里很暗。

珍妮弗下意识地按下了厨房的电灯开关,可是灯却没有亮。

她在黑暗中一路摸索着,绕过冰箱,来到了炉灶旁边。她抬起手来,拉开了炉灶上方的橱柜门,取出了放在里面的水晶烛台和一盒火柴。

她打开煤气灶,然后将一根划燃的火柴凑近靠后的炉眼,点着了炉火。

接着,她提起一个盛满水的水壶,将其放在"嘶嘶"往外冒着蓝色火苗的炉灶上。

她又划燃另一根火柴,点燃了烛台上残存的一小截蜡烛,继而在餐桌旁坐了下来。

来到黑松镇之前,她每天都要吸掉一整包香烟。天哪,现在她真想马上吸一支烟,好让自己的情绪平复一些,抖个不停的双手也稳定下来。

她的眼里渐渐盈满了泪水,这时蜡烛的火焰摇曳了一下。

她满脑子都想着她的丈夫特迪,以及他俩之间的遥远距离。

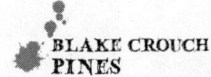

准确地说，两人相隔了将近两千年。

直到现在，她才意识到其实自己一直以来都怀有一种企望，那就是外面的世界依然正常存在着。她一面在这个小镇里过着梦魇般的生活，一面打心底里渴望回到通电围栅之外的那个世界中去。她以为她的丈夫，她的家，以及她在大学里的教职，一切都依然如以往一般存在着。从某种程度上说，正是这样的希望支撑着她在黑松镇度过了这么多年的时光。她默默企盼着自己某天早上会在斯波坎市的家中醒来，一睁眼便看到特迪依然躺卧在她身旁熟睡，而自己在这里——黑松镇——所度过的岁月将化为一场梦境。她会悄悄地溜下床，进到厨房去为特迪煎蛋，再煮上一壶香浓的咖啡，然后坐在餐桌旁等着丈夫起床。不一会儿，特迪便会穿着他那件难看的睡袍从卧室出来，睡眼惺忪，头发蓬乱……噢，她发现自己好爱他！她见到特迪后会说："我昨天晚上做了一个好奇怪的梦。"可是在她试着向他详细讲述自己的梦境时，却发现她在黑松镇经历过的一切都会像从前做过的那些梦一样，变得模糊不清，难以忆起。

于是，她会朝着坐在桌子对面的丈夫笑一笑，"可是我忘了梦里边有些什么了。"

现在，她的这个希望已经彻底破灭。

寂寞如影随形。

不过在寂寞之下，却有怒火在默默燃烧着。

她为发生在自己身上的事情感到生气。

为自己所失去的一切感到生气。

这时，笛音水壶开始大声鸣响。

她费力地站起身来，脑子依然在飞速运转。

她将水壶从炉灶上移开，笛音渐渐减弱，直至消失。她将滚烫的开水注入自己最喜欢的陶瓷马克杯——她总爱在杯子里的茶叶浸煮器里放满甘菊叶，这次也不例外。她一只手端着茶杯，另一只手握着烛台，走出黑乎乎的厨房，进到了走廊里。

镇上的大多数居民都还在剧院那边，他们为治安官所揭露的真相而感到震惊不已。也许她也应该跟其他人一起待在那儿，可是，说实话她现在更想静静地独处。今天晚上，她需要在床上大哭一场。若是能哭到睡着就再好不过了，但她认为这样的事不大可能发生。

她绕过栏杆，开始踏上"嘎吱"作响的楼梯，映在墙上的烛火倒影不断跳跃着。

这里以前也有过几次停电，可是此时她心中始终有个挥之不去的感觉，她认为今夜的停电一定别有用意。

不过，她想到自己已经锁好了每一扇门和窗户，便察觉到了一丝极为微小的安全感。

治安官伊桑·伯克

伊桑抬头仰望着二十五英尺高的架线钢管，以及裹着尖利刀状铁片的导线。通常这道围栅总是发出"嗡嗡"的电流声，其电压比足以令人毙命的强度还要高出千倍。只需站在离围栅百米开

外的地方，就能听到那"嗡嗡"的声响，而当人越走越近的时候，也能感觉到弥漫在空气中的电磁波。

然而今天晚上，伊桑却什么声音也听不到。

更糟的是，围栅上那扇三十英尺高的大铁门竟然被开得大大的。

而且还被固定在开启状态。

一丝丝雾气从伊桑身旁飘过，他有一种狂风暴雨即将来袭的不祥预感。他只能一动不动地凝视着围栅外那片黑黢黢的森林，思忖着眼前这一切意味着什么。

伴随着自己"怦怦"的心跳，他听到远处森林里传来了此起彼伏的尖厉嗥叫声。

艾比怪兽就要来了。

戴维·皮尔彻的最后那句话在他脑海里不断地重复着。

"地狱就要来找你们了。"

这都是伊桑的错。

"地狱就要来找你们了。"

伊桑误以为那个疯子是在虚张声势地吓唬人。

"地狱就要来找你们了。"

他不该把真相告诉镇上的居民们。

此时镇上的所有居民，包括他的妻子和儿子在内，全都命不久矣。

\#

伊桑转过身去，在寂静无声的松树林中穿梭狂奔。他每跑一步，每呼吸一次，心头的恐慌感便又加深了一层。

他的野马越野车就在前方，怪兽的尖叫嘶吼声已经越来越近，也愈加响亮。

伊桑飞快地跳上车，在驾驶室里坐定，然后赶紧发动了引擎。汽车在丛林里飞驰起来，悬挂系统也被他推至极限，挡风玻璃上残存的几块碎片被震得飞了出去。

他很快便来到了绕回镇上的马路边，越野车咆哮着越过路堤，跳上了马路。

他用力将油门一踩到底。

引擎发出了巨大的咆哮声。

他驶离了林区，看到前方不远处有一片牧场。

汽车的远光灯从小镇边缘的广告牌上扫过，那里印着手挽着手的一家四口，每个人脸上都带着二十世纪五十年代美国人所特有的无忧无虑的笑容。在这笑容满面的一家人下面，用大写字母印着一行字：

欢迎来到人间天堂黑松镇

现在已经不是人间天堂了，伊桑想道。

如果运气好的话，那些艾比怪兽会先来到牧场，并在袭击牛群并饱餐一顿之后才冲进镇中心，这样兴许可以为他们争取一点点时间。

到了。

就在正前方。

那里就是黑松镇的镇郊。

在天气晴朗的日子，小镇的轮廓看起来相当完美。色彩鲜艳的维多利亚式房屋整齐地排列着，每户人家都有白色的尖桩篱栅和繁茂翠绿的草坪。主街看起来就像是以吸引观光者驻足徜徉，同时令他们幻想着退休后来这里安享晚年为目的而修建的，整条街都透露出一种古朴典雅的情怀。小镇四周的峭壁峻岭似乎就是一道天然的屏障，庇护着小镇，自然而然地给人一种安全感。乍一看，你怎么都不会觉得这里是一个来了就无法离开的小镇，一个倘若你试图离开便会被赶尽杀绝的可怖之地。

可今晚是个例外。

今晚，这里所有的建筑物都被黑暗所笼罩。

伊桑拐弯驶入第十大道，越野车一路呼啸着接连驶过了七个街区。这时伊桑猛地将方向盘向左一转，车子驶上了主街。由于转弯时车速过快，有几秒钟汽车的右轮竟然飞离了地面，随后才重新回落下来。

在伊桑前方，镇上的居民还站在主街和第八大道交叉路口的剧院门口，就跟他不久前离开时一样。四百多号人站在黑暗中，身上还穿着为参加"庆典"而专门准备的华服，看上去如同刚从一场化装舞会里被赶了出来。

伊桑关掉引擎，从车里走了下来。

主街在黑暗中显得极为怪异，街上各家店铺的橱窗玻璃里边都是黑乎乎的，杂乱无章的手电筒光芒照亮了一些门面和店招。

伊桑看到了"热豆咖啡"咖啡馆。

木玩宝藏——凯特和哈洛德·博林格的玩具店。

黑松镇酒店。

理查德的面包房。

"啤酒花园"酒吧。

甜食爱好者之家。

黑松镇房地产中介公司——这是伊桑的妻子特丽萨工作的地方。

人群中发出极大的噪音。

大家刚听到伊桑所揭露的关于黑松镇的真相后，都极为震惊，甚至有些不敢相信，此刻他们的内心已经渐渐消化了伊桑提供的信息，彼此也开始交头接耳、议论纷纷。从某种程度上说，这是他们长久以来第一次与人展开真正意义上的交谈。

凯特·博林格匆匆朝伊桑走来。

凯特和她的丈夫本该在今晚的"庆典"上被处以极刑，结果伊桑揭露真相的行动挽救了他俩的性命。凯特左眼上方的伤口已经被人草草地缝合起来，不过她的脸上仍然残留着一条条血渍，过早变白的头发里也残存着一些尚未清理的瘀血。早在两千年前，凯特来到黑松镇后却失踪了，伊桑正是由于这个原因才被派往此处寻找她。在从前那个世界里，他们是特勤局的工作搭档。在一段短促而热烈的时期里，他们还有过地下情。

伊桑一把握住凯特的手臂，迅速将她拉到了越野车背后，在这里讲话应该不会被人群听到。她今晚差点儿丧命，而此时伊桑低头看着她时，能从她眼里看出她正处在情绪崩溃的边缘，仅凭一点点残存的意志力支撑着自己。

他说:"皮尔彻切断了电源。"

"我知道。"

"不,我是说他还切断了通电围栅的电源,同时打开了那里的大铁门。"

她定睛注视着伊桑,似乎是试图想清楚自己刚刚听到的这则消息究竟有多糟糕。

"这么说,那些东西……"她说,"那些怪兽……"

"现在它们可以畅通无阻地进到镇上,其实它们已经快到了,我在围栅那里听到了它们的叫声。"

"多吗?"

"我也不清楚,但即便是很小一群怪兽,杀伤力也很大。"

凯特回头看了一眼聚集在一起的群众。

人群里的交谈声已经渐渐消失了,大伙儿正朝着他俩所在的方向靠近,想听听他们在讨论些什么。

"我们当中有些人也有武器。"她说,"还有几个人有大弯刀。"

"可用刀子根本没法跟它们对抗。"

"难道你不能试着说服皮尔彻?给他打个电话?想办法让他改变主意?"

"现在说什么都没有用了。"

"那么,我们应该让所有人都进到剧院里去。"她说,"剧院没有窗户,舞台两侧各有一个小出口,再加上入口那扇对开门,很好防御。我们躲在里面应该很安全。"

"要是怪兽包围了剧院,从而导致我们不得不困在里面好几天的话，又该怎么办呢？那里面没有食物，没有暖气，也没有水。再说，我们也没有足够多的障碍物可以用来将怪兽无限期地阻挡在外。"

"那我们该怎么做呢，伊桑？"

"我也不知道，总之我们不能直接打发他们回各自的家。"

"有些人已经回家了。"

"我不是让你把所有人都留在这里吗？"

"我已经尽力了。"

"走了多少人？"

"五十，也可能六十。"

"噢，天哪！"

伊桑看到特丽萨和本杰明——他最珍爱的家人——正穿过人群朝自己走来。

他说："如果我能设法进到基地里去，然后让皮尔彻手下核心圈子里的人看清他的真面目，那么我们兴许还有得救的机会。"

"那你赶紧去啊！"

"可我不能就这么丢下我的家人，不能在还没有可靠计划的情况下就这样离开他们。"

特丽萨来到了伊桑身边，她将一头金色长发扎成了一个马尾，母子俩都穿着一身全黑的服装。

伊桑吻了她一下，然后将本杰明拉近自己，用一只手揉了揉男孩的头发。虽然这孩子才十二岁，可是伊桑已经能从眼神中看出他很快就会成长为一个优秀的男人。

"你发现什么了?"特丽萨问他。

"总之不是什么好事。"

"我想到了!"凯特说,"在你去基地的时候,我们得躲在一个安全的地方。"

"没错。"

"我们需要一个安全的,便于防御的,而且储备了足够多物资的地方。"

"你说得很对。"

她莞尔一笑,"我还真知道有这么一个地方存在呢。"

伊桑说:"'漫游者'聚会用的山洞。"

"是的。"

"这或许行得通。治安官办公室里还有一些枪可以派上用场。"

"那你快去取吧,可以带上布莱德·费希尔跟你一块儿去。"她指着人行道,"他就在那边。"

"我们要怎么做才能让这么多人一起爬上岩壁呢?"

"我会按每组一百人将他们分组。"凯特说,"然后每组安排一名熟悉路况的领队带大伙儿上去。"

"那些已经回家的人怎么办?"特丽萨问道。

她的话音刚落,远处便传来了一声尖厉的嚎叫,像是在回应她提出的问题。

原本还在低声交谈的人们突然安静了下来。

那叫声是从小镇南面传来的——声音尖细而又充满恶意。

它带给人的感觉实在是难以言喻,因为你不仅仅是听到了它。

同时你还感觉到了它背后的含义。

它意味着：死神已经近在咫尺。

伊桑说："要保护所有这些留在这里的人就已经非常困难了。"

"那么他们只能靠自己了？"

"现在我们每一个人都只能靠自己。"

他走到越野车的副驾驶座位旁边，将手伸进车窗，拿起了放在里面的扩音器，递给凯特。他说："这个你拿着？"

她点了点头。

伊桑看着特丽萨，"我想让你和本杰明都跟在凯特身边。"

"好的。"

本杰明说："我要跟你一起去，爸爸。"

"你得跟妈妈待在一块儿。"

"可是我能帮你啊。"

"你照顾好妈妈就是在帮我了。"伊桑转而对凯特说："我先去治安官办公室拿武器，很快就会来找你们的。"

"到时候，你可以来小镇北端的小公园跟我们会合。"

"是有凉亭的那个公园吗？"

"没错，就是那里。"

\#

黑松镇里唯一的律师布莱德·费希尔十分勉强地坐在被怪兽毁得面目全非的副驾驶座位上，他紧紧抓住车门上的把手，而伊桑正驾着越野车以六十英里的时速飞驰在第一大道上。

伊桑转过头去看了律师一眼，"你妻子在哪儿？"

布莱德说:"本来她跟我一起在剧院里,听你告诉我们全部的真相,后来我回头一看,却发现她已经不见了。"

伊桑说:"想想看,她背着家长们在学校教孩子学的那些东西……可能她认为大家会将她视为叛徒,也担心自己的人身安全会受到威胁吧。现在你对她是什么感觉呢?"

看来伊桑的这个问题对布莱德来说略显突然,他一时不知道该如何回答。布莱德脸上的胡须剃得很干净,符合精明能干的年轻律师通常所具备的典型特征。此刻,他一边思索,一边摸着下巴上刚刚冒出的胡子楂。

"我也说不准。我从来都不曾觉得自己真的了解她,她也不了解我。我们之所以住在一起,是因为被要求这样做。我们睡在同一张床上,有时候也会做爱。"

"听上去你们的生活跟很多正常夫妻没什么两样。你爱她吗?"

布莱德叹了口气,"这可不是三言两语说得清楚的。顺带说一句,我觉得你敢把真相告诉我们实在是太英明了。"

"如果我早知道他会切断围栅的电源……"

"别那样想,伊桑。你不过是做了自己认为对的事情而已,不要跟自己过不去。你救了凯特和哈洛德,也让我们看出自己的生命有什么价值。"

"但是,我在担心……"伊桑说,"一旦开始有人丧命,这种想法还能维持多久呢。"

越野车的远光灯射进了漆黑的治安官办公室。伊桑将车驶上人行道,然后停在离大门几英尺远的地方。他们从车上下来,走到了对开门跟前,这时伊桑打开了手里握着的手电筒。他打开门锁,推开了其中一扇门。

"我们要拿什么?"当两人跑过大厅,拐弯进入通往伊桑办公室的走廊时,布莱德问道。

"任何可以发射子弹的东西都拿。"

布莱德接过伊桑的手电筒,看着后者取出枪柜里的各式枪支,并为其装填上相应的弹药。

伊桑将一把莫斯伯格930霰弹枪放在办公桌上,填入了八发子弹。

将三十发子弹填入了一支大毒蛇AR-15半自动步枪的弹匣里。

为他自己的沙漠之鹰手枪填满了子弹。

随后他又取出了更多霰弹枪。

一些猎枪。

好几把格洛克手枪。

还有一把瑞士斯格手枪。

以及一把.357口径的史密斯威森左轮手枪。

接下来,他又为另外两把手枪装填好子弹,不过他做这些事花费了不少时间。

凯特·休森·博林格

她一把抓住了哈洛德的手臂。

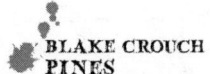

她的丈夫正准备领着一组人前往南面几个街区之外的入口，而她所带领的这组人则即将赶往小镇北端。

她伸出双臂环绕着哈洛德的脖子，长久地深吻他。

"我爱你!"她说。

尽管天气很冷，可他额前的银白色头发却被汗水浸湿了。他露齿微笑着，脸上的瘀青已经开始变黑。

"凯特，万一我出了什么事……"

"别再说了!"

"怎么了?"

"你一定要平安地去山洞与我会合。"

一阵嘶吼声从几个街区之外的地方传了过来。

凯特走向那些等着她引领至安全之地的群众，并回过头去给了哈洛德一个飞吻。

他伸出手来，在空气中抓了一把，表示自己接住了凯特的吻。

珍妮弗

珍妮弗走进自己的卧室，将烛台放在梳妆台上，然后脱掉了她穿戴着去参加"庆典"的全副行头——一件黑色风衣和一套红色连体内衣，头上还戴了一对自制的恶魔双角。她的睡袍就挂在卧室门背后等着她。

她爬上床，喝了几口甘菊茶，抬起头看着在天花板上起舞的蜡烛火光影子。

这茶喝起来暖人肺腑。

三年来,她每天夜里都会就着暖暖的甘菊茶入睡,她认为今天晚上也不该打破这个惯例。当你的世界坍塌崩溃的时候,抓住自己尚还能抓住的熟悉事物是明智的做法。

她想到了黑松镇的其他居民。

他们也都经历了跟她类似的过程。

起初对自己被告知的一切事情都感到怀疑。

最后不得不在遭受了可怖的威逼之后接受了现实。

明天又会是什么样子呢?

床边的窗户破了个洞,一阵寒冷的夜风从那里吹了进来。她刻意让卧室保持较低的温度,因为她喜欢这种在冰冷的房间里盖着一大堆毛毯入睡的感觉。

窗外是一个黑漆漆的世界。

连往日持续不断的蟋蟀鸣叫声也停止了。

她将装有甘菊茶的马克杯放在床头柜上,拉起毛毯盖住了双腿。梳妆台上的蜡烛只剩下短短半英寸了,而她现在还不怎么想让自己就这么置身于全然的黑暗之中。

那么,就由着蜡烛彻底燃完后自行熄灭吧。

她闭上了双眼。

感觉自己似乎正在往下坠落。

太多的思绪和巨大的恐惧感笼罩着她。

压得她快要喘不过气来。

还是赶快睡了吧。

她又想到了特迪。在过去的这一年里，她发现自己仍然清晰地记得他的气息，他讲话的语调，以及他的手抚摸着她的身体时的感觉，可是他的脸却在她头脑里变得越来越模糊。

她正在渐渐忘记他的模样。

这时，从屋外的黑暗世界里突然传来了一个男人的尖叫声。

珍妮弗赶紧坐了起来。

她从未听过如此这般的尖叫声。

恐惧、难以置信连同无法承受的痛苦，全都被压缩进了那个一直持续着，听起来似乎不会止息的尖叫声里。

那很像人在遭遇杀身之祸时才会发出的凄厉叫声。

难道他们最终还是将"庆典"的程序继续了下去，并对凯特和哈洛德施以了极刑？

尖叫声戛然而止，就如同水龙头被关上之后水流突然消失了一般。

珍妮弗低下了头。

她将两腿伸下床沿，站在了冰冷的硬木地板上。

她走到窗户旁边，将窗玻璃向上抬起了几英寸。

刺骨的冷风顿时灌进了屋子。

有人在附近的一所房子里喊叫起来。

紧接着是"砰"的一声，有扇门被很重地关上了。

然后她便听到了有人在小巷子里飞奔而过的脚步声。

另一阵尖叫声在小巷里回荡着，可这声音跟先前那个并不相同，听起来跟治安官的越野车里那只怪兽的叫声是一样的。

那是一种完全不像人类所能发出的非常恐怖的声音。

作为对这叫声的回应，紧接着又有好几声嗥叫同时响起。就在这当儿，一种像是麝香鹿尸体腐烂后的气味——浓烈而且极为刺鼻——乘着寒风进到了珍妮弗的卧室里。

楼下的花园里响起了一阵低沉嘶哑的嗥叫声。

珍妮弗赶紧把窗户拉下来，关紧并锁好。

她跌跌撞撞地后退了几步，惊魂未定地在床上坐了下来，随即她听到有什么东西从楼下客厅的窗户窜了进来。

珍妮弗转头朝卧室门口看去。

可梳妆台上的烛火偏偏在这个时候晃动了几下，继而便熄灭了。

她倒吸了一口凉气。

卧室里一片漆黑，伸手不见五指。

她迅速站起身来，一路磕磕绊绊地朝卧室门走去，途中一侧膝盖不小心重重地撞上了床尾的储物箱，不过她还是强忍着疼痛，没让自己倒下去。

她来到了卧室门口。

听声音，像是有什么东西正沿着阶梯往上走，梯级"嘎吱嘎吱"响个不停。

珍妮弗轻轻关上卧室门，摸索着找到了反锁旋钮。

她迅速转动旋钮，锁舌便弹了出来。

那入侵她房子的家伙现在已经来到卧室门外的走廊上了，木地板被它压得发出了沉重的"嘎嘎"声。

楼下又有了更多的声响。

满屋子都充斥着抓挠声和轻微的敲击声。

门外的脚步声越来越近,她俯身趴下,身体紧贴着地面,用双手和双膝着力,爬进了床底下的空间里。她的心脏贴在积满灰尘的硬木地板上,抑制不住地狂跳着。

她能听到阶梯那边传来了更多的踩踏声。

整个卧室门从铰链上脱离开来,"砰"的一声倒在地上。

紧接着,她便听到有脚步声进入了卧室,听起来很像大型动物的爪子在硬木地板上敲击的声音。

她又闻到先前在床边所嗅到的臭味了,现在它变得更为浓烈,血腥味、腐臭味当中还混杂着一种她不曾闻到过的恶臭。

她趴在床下一动不动,大气也不敢出一下。

床边的地板开始震动和发出声响,似乎有什么东西正在那里跪了下来。

她完全屏住了呼吸。

一个坚硬光滑的物体扫过来,擦过了她的手臂。

她尖叫着迅速把手臂缩了回来。

她突然觉得手臂有些冰凉。

于是伸出另一只手过去摸了一下。

那里湿漉漉的,她被割伤了。

她低声喊着:"噢,天哪……"

现在有更多的不速之客进入了她的卧室。

噢,特迪……如果这就是她生命的终点了,那么她还想再看一看特迪的脸,最后一次。

她的床被抬了起来,朝墙壁撞去,其中一根床脚从她的腰部一擦而过。

在全然的黑暗中,巨大的恐惧感令她全身麻痹,不能动弹。大量的鲜血从她上臂的伤口流出来,可是她却丝毫也感觉不到疼痛。这种时候,"战斗或逃跑"反应①也开始在她身上发挥作用。

它们离她很近,围在她身边对她虎视眈眈。它们的呼吸急促而短浅,就像一群气喘吁吁的野狗。

她把头埋在两膝之间,将身子缩成一团。

在他们的黑松镇亡命之旅开始前两个星期,她和特迪在斯波坎市的河滨公园度过了一个愉快的星期六。他们将野餐垫铺在草坪上,坐在上面用完餐之后又一直待到了黄昏时分才离去。其间他们各自读着一本书,还不时看一看从不远处的瀑布上飞溅起来的水花。

转瞬间,她的脑海中浮现出了他的脸,不是正面,而是侧脸。落日的余晖照在他所剩不多的头发上,他戴着的金丝框眼镜镜片闪闪发光。他正注视着渐渐往瀑布背后滑落的太阳,脸上带着心满意足的神情。在这一刻,她也感受到了同样的满足。

特迪。

他转过头来看着她。

朝她微笑着。

---

① "战斗或逃跑"反应是个医学名词,又称急性心因性反应,是指由于遭受到急剧、严重的心理社会应激因素后,在数分钟或数小时之内所产生的短暂心理异常。

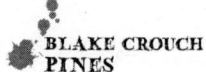

死亡随之降临。

伊 桑

当布莱德将装满弹药的帆布背包从越野车的后窗扔进车里的时候，伊桑已经跳上了驾驶座。

他看了一眼手表。

他们总共花了十一分钟的时间。

"快上车！"伊桑说。

布莱德用力拉开车门，爬上了破破烂烂的副驾驶座位。

车头灯透过玻璃门，照进了黑松镇治安部的大厅。

伊桑看了看后视镜，在汽车尾灯的红色光芒之中，掠过了一个灰色的影子。

他开始倒车。

越野车从人行道上往下退。当轮胎从人行道回落到马路上时，由于悬挂系统的作用，伊桑的身子向上弹起，头撞到了车顶。

伊桑猛地踩下刹车，让车在马路中央完全停住，再将挡位切换至前进挡。

突然，有什么东西撞上了副驾驶那一侧的车门，布莱德随即惊叫起来。当伊桑转过头去的时候，发现布莱德的两条腿已经从那没了玻璃的窗框滑了出去。

伊桑在黑暗中看不到血，可是却能闻到空气中突然冒出了一股浓烈的血腥味。

他拔出了手枪。

尖叫声已经停止了。

他只能听到布莱德的鞋子被拖在地面上的声音,渐行渐远。

伊桑一把抓起布莱德先前落在两个座位之间的手电筒。

他打开手电筒,往车窗外扫射着。

噢,天哪!

光束照到了一只怪兽。

它弯着两条后腿,脸埋在布莱德的喉咙那里。

感觉到光束后,它抬起头来,满嘴鲜血,朝着手电筒的方向发出颇具威胁性的"嘶嘶"声,就像是一匹狼在警告那试图靠近其猎物的抢掠者。

借着手电筒的光芒,伊桑看到在这只怪兽身后涌现出了很多灰色影子,纷纷朝马路这头靠近。

伊桑猛地踩下油门。

在后视镜里,他看到十多只怪兽四肢并用地追赶着他的越野车。跑在最前头的那只怪兽甚至已经来到了车门旁边,只见它一跃而起,扑向伊桑这一侧的车窗,可是它未能成功跳入车窗,反而撞上了车身侧面,随后被弹落到了地上。

伊桑看到那只怪兽在地上翻滚了几下,他赶紧用尽全力将油门一踩到底。

当他转过头重新往前看时,发现正前方二十英尺附近站着一只小怪兽,它迎着车头灯的强光伫立着,露出了尖利的牙齿。

伊桑握紧方向盘,不偏不倚地朝它冲了过去。

越野车的保险杠将怪兽撞飞了三十多英尺远,他紧追上前,从怪兽身上碾过。怪兽的尸体被卡在汽车底盘上,伊桑没有减速,拖着它跑过了半个街区。这期间越野车晃动得非常厉害,伊桑差点儿握不住方向盘。

最后,尸体终于从底盘下被吐了出来。

伊桑加速向北一路狂奔。

透过后视镜,他看到了一条漆黑而又空旷的街道。

这才大大地松了口气。

#

当伊桑来到小镇北端附近时,便转而向西行驶。他朝着主街的方向驶过几个街区之后,车头灯照到了在马路上排成一列的人群,他们当中有些人手里握着火把,所有人的脸都被火光映得通红。

他将越野车驶到路边停下。

他没拔出车钥匙,并让车头灯继续亮着。

他下车绕到越野车后面,放下后挡板,取出了一支已经装填好子弹的霰弹枪。

凯特站在一条长椅背后的活板门旁边,这打开的门板是一块约莫一英尺宽、四英尺长的厚木板,被固定在生锈的铰链上。门板外侧覆盖着泥土,上面还长有杂草,实在伪装得很好。凯特和另外一个男人正在帮助人们一个接一个地步入活板门下面的隧道。

当伊桑走近时,凯特也看到了他。

他将霰弹枪塞进凯特手中,然后回头看了看身后的人群——

大概还有三十个人等着要进入隧道。

"他们本该在五分钟之前就全部进到隧道里去的。"伊桑说。

"我们已经尽到最大努力来加快速度了。"

"本杰明和特丽萨在哪儿?"

"他们已经下去了。"

"怪兽已经来到镇上了,凯特。"

凯特还没来得及问出口,他便从她眼中看出了她想问的问题:"布莱德在哪里?"

"他被它们捉走了,我得告诉你,我们顶多还剩几分钟的时间了,不然全都得完蛋。"

队伍中的居民有序而迅速地朝隧道走去,没有一个人说话,空气中弥漫着极其紧张的气氛。

尖叫声——有人类的也有非人类的——越来越频繁地从小镇各处传来。

伊桑转身面对着正在列队行进的人群。

他说:"我有一车武器。如果你们当中有谁在从前的世界里拥有枪支,或者有过射击经验,就跟我来吧。"

有十个人从队伍当中走出来,跟在伊桑身后朝越野车后面走去。

钢琴家赫克托尔·盖瑟也在这十人当中,他又高又瘦,头发斑白,两侧鬓角已经全白了。他的脸色也很苍白,五官颇具尊贵气质。为了参加"庆典",他将自己打扮成凶狠的精灵。

伊桑问道:"你过去曾射击过什么,赫克托尔?"

"以前我总是在圣诞节当天早上跟父亲一起去猎鸭子。"

伊桑递给他一支莫斯伯格930霰弹枪。

"我为这支枪填满了十二号口径的子弹，它的后坐力会比你从前射鸭子的枪更强一些。"

赫克托尔握住了枪托——看到一双柔软、灵巧的手上竟握着这样一支火力强大的战术霰弹枪，着实给人一种相当奇怪的感觉。

伊桑说："待会儿你和我最后进入隧道，我会陪着你。"说完，他将注意力转回到自己的临时军械库，"我还有几把左轮手枪和一些半自动手枪。你们想要什么武器？"

BLAKE CROUCH
PINES

第三章

皮尔彻

黑松镇，十二年前

现在是早晨。

正值秋日。

在他的过往人生中，从来没见过这么蓝的天空。抬起头来，你会发现天空竟然蓝得有些发紫。空气清新而洁净，周围的一切都显得过度真实，各种色彩明艳到几乎令人炫目。

皮尔彻走在通往小镇的街道上，这条路是两个星期前才铺设完成的，现在仍然还散发着淡淡的柏油气味。

他从一块崭新的广告牌旁边走过，一名工人刚刚完成了"天堂"两个字的上漆工序。待这块广告牌完工之后，上面的完整文字是：

欢迎来到人间天堂黑松镇

皮尔彻朝那名工人喊道："早上好！你干得不错！"

"谢谢夸奖，先生！"

这里与一个像样的小镇还有很大距离，不过这片山谷已经开始渐渐有了人类文明世界的气息。森林里的大部分树木都被砍伐掉了，只留下了为数不多的树，用作街道两旁的装饰，或者为住

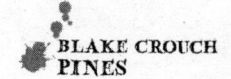

宅的前院遮阴。

一辆混凝土车轰隆隆地驶过皮尔彻身旁。

在远处,一栋栋还未建成的新宅正处于不同的施工进度。众人进入生命暂停装置之前,这些住宅的标准组合配件就已经预先制造好了。一旦打好地基,后面的装配工作就可以进行得非常迅速。随着一栋栋住宅渐渐完工,整个小镇的雏形也一天天越来越快地形成。

学校就快建好了。

医院大楼已经盖完第三层了。

皮尔彻来到一块尚未铺设柏油的平地,这里是规划中主街和第八大道的交叉路口。

山谷里充斥着电锯运转的声音,还有加压钉枪射出铁钉的声音。

即将矗立在主街上的建筑物都已经搭好了框架,黄色的松木板在晨光的照射下闪闪发光。

阿诺德·波普驾驶着一辆敞篷牧马人吉普车,来到了皮尔彻身边。

这名得力助手从吉普车上下来后,大步朝皮尔彻走来。

"你是下来查看工程进度的吗?"波普问道。

"看起来相当不错啊,不是吗?"

"其实我们的进度已经超过原来的计划了。如果一切顺利的话,我们应该能在下大雪之前搭建好一百七十栋住宅,并且将所有建筑物的外墙装配完毕。这样一来,我们就可以在冬天继续进行房屋内部的装潢工程。"

"那么,你认为我什么时候能举办正式的剪彩仪式呢?"

"明年春天。"

皮尔彻微笑着想象出一幅画面——五月中一个和煦的日子,山谷里遍布着五颜六色的花朵和或黄或嫩绿的新枝叶。

那是一个全新的开始,人类的世界将重新翻开崭新的一页。

"你有没有想过要如何跟镇上的第一批居民解释这一切事情?"

他们并肩走在马路中央,皮尔彻注视着一栋正面搭建着脚手架的建筑,这里将成为镇上的歌剧院。

"我猜,他们一开始可能会对一切都感到震惊和难以相信,可是当他们一旦明白我给了他们怎样难得的机会之后……"

"他们会匍匐在地,对你称谢不已。"波普接话道。

皮尔彻笑了笑。

一辆装载着木材的平板卡车从他们身旁轰隆隆地驶过。

"你有细想过他们被给予的是什么样的机会吗?"皮尔彻若有所思地说,"在我们原来生活的世界里,我们的存在是那么地理所当然,我们所拥有的一切也得来全不费功夫。正因为如此,人们常常对自己的生活际遇有诸多抱怨。我们每个人不过是全世界七十亿人口当中的一员,又如何会觉得自己的生存是有意义的呢?对于我们所需要的食物、服装和其他必需品,只要去一趟沃尔玛就能全部买齐,每个人都忙着在各种各样的电子产品上开展各式娱乐。我们的心开始变得麻木,生命的意义,以及我们存在的目的,也都渐渐变得模糊不清了。"

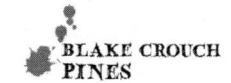

"那你是怎么看的?"波普问道。

"你指的什么?"

"我们存在的目的。"

"是为了让人类这个物种永远存续下去,将来得以重新掌管整个地球。尽管这可能不会在你我这一代人身上实现,但它终究会实现的。当人们从生命暂停装置出来并住进黑松镇之后,他们将不能再使用脸书网站账号,也不会有iPhone、iPad、推特和翌日到货的快递公司。他们将会以最原始的方式彼此沟通,那就是面对面地说话。他们会知道,自己是地球上仅存的最后一群人,而在通电围栅之外有上亿头怪兽等着吃掉他们。了解这些事之后,他们会明白自己的处境是多么的艰难和岌岌可危,然后就会意识到自己的生命极其富有价值。其实我们想要的不就是这个吗?我们希望觉得自己很有用,很有价值,不是吗?"

皮尔彻微笑着打量自己的小镇,这小镇也是他的梦想,现在正在他眼前慢慢地成形。

他说:"这里将会成为我们的伊甸园。"

特纳一家

吉姆·特纳吻了一下八岁女儿的额头,然后伸出手来为她抹掉了顺着脸颊不断往下流的泪水。

她说:"可是我想让你和我们待在一起。"

"我得守护这座房子。"

"我很害怕。"

"妈妈会陪着你的。"

"外面怎么有那么多人在尖叫呢?"

"我不知道。"他撒了个谎。

"是因为那些怪兽吗?我们在学校里学过关于它们的事情,皮尔彻先生一直保护我们不被它们伤害。"

"我不知道它们是什么,杰西卡,不过我得去做些事情来确保你和妈妈的安全,好吗?"

小女孩点了点头。

吉姆将她拉得离自己更近一些。

"我爱你,宝贝。"

"我也爱你,爸爸。"

他站起身来,伸手捧住了妻子的脸。黑暗中他没法看清她的模样,可是他能感觉到她的嘴唇在颤抖,也感觉到温热的泪水正从她的唇上流过。

他说:"你们这里有水、食物和一把手电筒。"他试着以开玩笑的口吻继续往下说,"甚至还有一个可以往里面尿尿的罐子。"

她搂住吉姆的脖子,将自己的嘴唇凑到了他耳边。

"别这么做。"

"没别的办法了,这你也知道的。"

"地下室……"

"那里不行。木板太长了,没法架在门上。"这时他听到了街对面的邻居米勒一家人在房子里垂死挣扎的声音。"到了该出来的

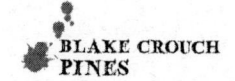

时候……"

"你会把我们放出来的。"

"我也希望如此。可是如果那时我不在这里，你们就用这根铁锹把木板撬开。"

"我们应该跟其他人待在一块儿的。"

"我知道，可是当时我们主动离开了，现在就只有尽人事听天命了。无论你们在这间卧室里听到任何声音，都要安安静静地待在衣橱里。万一……你要捂住她的耳朵。"

"别说这样的话。"

"万一什么，爸爸？"

"噢，天哪，不要说。"

"我爱你们。现在我得把这门关上了。"

"不要啊，爸爸！"

"别出声，杰西卡。"他低声说道。

吉姆·特纳与妻子亲吻道别。

接下来他又吻了吻女儿。

随即他飞快地将衣橱门关上了。

这个位于淡紫色维多利亚式小屋二楼卧室里的衣橱，就是特纳妻子和女儿的藏身之处。

他的工具箱已经摊开放在卧室的地板上。

他打开手电筒，从堆在地上的木料中选出了一块大小比较合适的木板。这些木料是他去年盖狗舍时剩下的，一直闲置在柴火棚里，没想到竟然会派上这种用场。

他脑子里浮现出那些个温暖的午后,自己在后院劳作的情形……

这时米勒太太的尖叫声打断了他的回忆。

"不——不——不——不——不——不——不!噢,天——哪!"

杰西卡在衣橱里哭了起来,格雷丝努力安慰着她。

吉姆抓起一把铁锤,往木板的四角各钉入了一颗钉子。其实用螺丝钉的话会更好些,可是时间已经来不及了。他将手中的木板横着靠向衣橱门,然后将木板上的钉子一一钉入了衣橱门板里。

他的脑子一直转个不停。

他反复回忆着治安官所说的话,却没法想清楚这究竟是怎么回事。

全世界的人类怎么可能就只剩下了这里的几百人?

当他往衣橱门板上钉入四块木板之后,街对面的米勒家已经变得寂静无声了。

他放下铁锤,用衣袖擦了擦额上的汗滴。

他跪在地上,将嘴凑近衣橱的门缝。

"杰西卡?格雷丝?"

"我能听到你说话。"妻子回应道。

"我已经往衣橱门上钉好木板了。"吉姆说,"现在我得去找个地方躲起来。"

"你务必要小心。"

他将一只手放在衣橱门上。

"我非常爱你们。"

她应了一句什么,可是吉姆并没有听清,因为她是带着哭腔以极其微弱的声音说出来的,而且还隔着柜门。

他站起身来,手里握着手电筒和先前所用的那把铁锤——这是他的工具箱里最适合用作武器的工具了。

走出卧室之后,他转身握住门把手,将门轻轻拉过来关上了。

走廊里一片漆黑。

在刚刚过去的半个小时里,他的耳边一直都充斥着尖叫声和哀号声,此时却如此安静,反而令他觉得极其不对劲。

你要藏在哪里呢?

你该怎么做才能活下来?

走到二楼的楼梯口时,他停下了脚步。他很想打开手电筒来照明,可是又担心这样做会引来不必要的关注。

他用一只手扶着楼梯的扶手,慢慢地走下"嘎吱"作响的梯级。一楼的客厅里也是漆黑一片。吉姆走到前门边,把门反锁了,可是他在潜意识里却觉得这样做其实毫无用处。根据他先前所见到的情形来看,这些怪兽是破窗而入的。

那他现在应该继续留在屋子里吗?

还是应该离开屋子到外面去?

这时他听到门外传来了一些刺耳的刮擦声。

他把眼睛贴在窥视孔后,察看着门外的场景。

门外没有一盏亮着的路灯,不过借着微弱的星光,他还是能依稀看到屋外的尖桩篱栅、柏油路以及停在路边的汽车的轮廓。

有三只怪兽正走在尖桩篱栅和前门之间的石板小径上。

刚才他在二楼卧室的窗边瞥见过它们在街上奔跑的身影,可这还是他第一次如此近距离地观察它们。

它们的体形都不及他那么高大,可是肌肉却相当发达。

它们看起来……

就像穿着怪兽外衣的人类。

原本该是手指的地方,却长着尖利的爪子,它们的尖牙像是专门为撕咬猎物而设计的,不断挥舞着的手臂特别长,甚至比腿还长,看起来与身体相当不成比例。

他用气音自言自语地说话,像是在祷告一般:"你们他妈的是什么东西?"

它们来到了门廊。

他的心被突如其来的恐惧感完全攫住了。

他从前门往后退,在漆黑的房间里穿梭。他从沙发和茶几之间穿过,随即进入了厨房,星光透过水槽上方的窗玻璃照射在厨房的油毡地板上,让他可以看清脚下的路。

吉姆将铁锤放在厨房台面上,然后把挂在屋子后门边一个挂钩上的钥匙取了下来。

就在他将钥匙插进房子后门的锁孔里时,他听到有什么东西重重地撞上了前门。

紧接着,前门那里又传来了木制门板破裂的声音,还有门锁剧烈摇晃的"咔哒"声。

他转动着插进门锁的钥匙,锁舌立刻缩了回去。

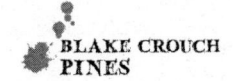

他猛地拉开后门,在这当儿前门也被撞开了。

前门被打开后,那些怪兽第一眼看到的就是通往二楼卧室的阶梯,而他的妻子和女儿此时就躲在那间卧室的衣橱里。

吉姆后退几步回到了厨房里,他高声喊道:"嘿,伙计们?去你妈的!"

房间里顿时充满了振聋发聩的尖厉嗥叫声。

虽然他什么都看不到,却能听到那群怪兽撞翻沿途的桌椅,朝着他的方向猛冲过来的声响。

他迅速穿过厨房,从后门跑了出去,随即转身关掉了身后的房门,然后抬腿往下一跃,进到了他精心打理过的漂亮草坪上。

他从狗舍旁边跑过。

奔向草坪边缘的尖桩篱栅。

他身后传来了玻璃碎裂的声音。

他迅速来到了通往小巷的大门边,这时他回头一望,其中一只怪兽正从厨房窗口往外爬,而另外两只则用它们的身体猛烈地撞向房子的后门。

他打开大门上的铁扣,将门拉开一条缝隙,迅速地钻了出去。

伊 桑

当伊桑终于钻进隧道入口的时候,此起彼伏的怪兽嗥叫声听起来离他们只有不到一个街区的距离了。伊桑伸手握住头顶上方活板门内侧的把手,用力将它拉下来盖好。

在伊桑所站的梯子下面，隧道里充斥着一百个人的说话声，这声音大到足以掩盖活板门外的怪兽叫声。

伊桑对活板门仔细检查了一番，发现他这一侧没有任何锁具，所以这门并不能确保可以将他们与外界完全隔绝开来。

伊桑走下有二十五级梯级的梯子，来到了隧道里面。十几支火把照亮了隧道中相当大的一块区域。

这隧道其实是一条用水泥筑成的排水管道，历经两千年的岁月变迁，墙壁上的水泥早已斑驳脱落了，处处可见盘旋交错的树根。这条隧道从镇上墓园旁边的地下穿过，是二十一世纪的黑松镇最后留下的遗迹。

这里阴冷、潮湿，还给人一种极其古老的感觉。

人们排成长长的一列，每个人都背靠着墙壁站立，看起来就像列队等着接受某种严格训练的小学生。他们都很紧张，浑身发着抖，但内心隐隐怀有某种期待。有些人惊恐地睁大了眼睛，有些人则面无表情，仿佛仍然拒绝去相信眼前发生的一切事情。

伊桑沿着隧道一路小跑，来到了凯特身边。

"所有人都进来了吗？"她问他。

"是的。你来带路，赫克托尔和我走在队伍最后压阵。"

伊桑一面往队伍末尾走去，一面将食指放在嘴唇上，示意人群安静下来。

当他来到妻子和儿子身边时，他与特丽萨四目相对，并朝她眨了眨眼，还轻轻捏了捏她的手，然后就从她身旁匆匆走开了。

伊桑快要走到队伍末尾时，人群开始慢慢朝前走了。

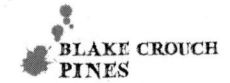

他将走在队伍最后、举着火把的人拉出了队列,这女孩每个周末都会去"啤酒花园"酒吧的吧台做侍者,伊桑记得她好像叫玛姬。

"你想让我做什么呢?"她不解地问道。

她很年轻,看起来非常害怕。

伊桑说:"握好你手里的火把就行了。你叫玛姬,是吗?"

"是的。"

"我叫伊桑。"

"我认识你。"

"我们走吧。"

队伍行进的速度非常慢,以至于伊桑、赫克托尔和玛姬倒退着走路也丝毫不必担心会摔跤。火把照亮了人群后方四十英尺长的隧道壁,火光在剥落的水泥墙上跳动不已,而隧道中央却是一团令人感到极其不安的漆黑空间。

除了鞋子在积水中踩踏的脚步声和人们彼此间偶尔简短交谈的话语声,隧道里几乎听不到其他任何声音。

一路上伊桑满脑子都想着特丽萨和本杰明,其实他们就在他前方五十英尺远的地方,可是在这样的情形下,他着实不愿跟家人有任何距离。

队伍来到了一个岔路口。

玛姬手中的火把顿时照亮了几条交叉的隧道。

在某个瞬间,伊桑觉得自己听到黑暗中有尖叫声在回荡,不过很快便淹没在人群的动静声中,消失不见了。

"我们走对了吗?"玛姬问道。

她的声音略微有些发颤。

"是的。"伊桑回答,"我们很快就能抵达安全的地方了。"

"我好冷。"

她身上的"庆典"服是一套比基尼泳装,外面罩了一件雨衣,脚下是一双有毛皮衬里的靴子。

伊桑说:"等我们到了目的地,会在那里生火取暖的。"

"我很害怕。"

"你表现得非常好啊,玛姬。"

又经过两个岔路口之后,队伍向右拐弯,进入了另一条隧道。

当他们途经一部通往上方黑暗空间的旧铁梯时,伊桑停下了脚步。

"那是什么声音?"赫克托尔问道。

伊桑看着玛姬说:"把你的火把借我用一下。"

"为什么?"

他一把抓过玛姬手中的火把,随即把自己的霰弹枪递给她。

伊桑用一只手握着火把,另一只手握住梯子的横挡,往上攀爬起来。

大约向上爬了十阶之后,他听到赫克托尔的声音从下面传了上来。

"伊桑,我不是存心向你抱怨,可是我在这下面什么都看不到。"

"我很快就会回来的。"

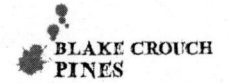

"你在做什么啊？"玛姬喊道，声音带着哭腔，不过伊桑继续往上爬，直到头顶撞到了上方的一扇活板门。他用一只手紧紧握住梯子最上面的一根横挡，另一只手里的火把照亮了活板门，他的脸也感受到了火光的温暖。

玛姬和赫克托尔仍然在梯子底下呼唤着他。

他抬手推开了头顶上方的活板门。

与漆黑的隧道相比，在星光照耀下的小镇差不多亮如白昼。

他之所以会爬上这梯子，是因为他听到了尖叫声。

是来自人类的尖叫。

此时他实在不知道该对眼前所见到的景象作何反应。

这是怎样的一幅画面啊：人们在美到足以登上《星期六晚间邮报》封面的马路中央狂奔，一大群在夜色下皮肤呈半透明灰白色的怪兽正紧追不舍。有些怪兽直立着上身快速奔跑着，有些则四肢着地，以恶狼的姿势跳跃着前进。

伊桑环顾四周，将一幕幕可怖场景尽收眼底。

离他最近的一栋房子里，主人眼睁睁地看着怪兽撞破了前窗玻璃，凄厉绝望的尖叫声撕心裂肺。

三只怪兽正奔跑着追赶一名负责维持"庆典"秩序的警员，这名警员在最后关头停下脚步，转身面对着它们。可是他太早挥出了手中的大弯刀，没能击中领头那只怪兽的鼻子。紧接着，跟在后面的两只怪兽猛扑过来，将他推倒在地。

三十米开外，一个男人被压在一只怪兽的利爪之下，怪兽一把扯出了"猎物"的肠子，塞到嘴里大嚼特嚼起来，而可怜的男人只能用仅存的微弱气息断断续续地发出阵阵绝望的哀号。

在主街正中央,一只体形硕大的怪兽正与梅根·费希尔纠缠在一起,梅根被它压在身下,于是伸出拳头无助地击打它那没有毛发的头颅,还试着想要挖出它的眼睛,可这不过是徒劳无功罢了。

主街上已经有十几个已死或垂死的人倒下了,大多数人都一动不动地躺在浸泡着内脏的血泊当中。有两个人仍在缓缓向前爬行,嘴里哭喊着"救命",还有三个人正被怪兽生吞着。

这场面看起来很像一场恐怖版的"冰棍化了"游戏,所有人都漫无目的地胡乱逃窜。伊桑心里涌起了一股冲动,他想从活板门走出去帮助他们,迫切地渴望救出一些人,哪怕是只救一个人,或者只杀一只怪兽。

可是那样做就相当于主动送死。

更何况他没有携带任何武器。

伊桑眼前的这一组人——差不多是黑松镇四分之一的居民——还没来得及赶到他们要去的隧道口,就不幸被抢先一步的怪兽袭击了。

他们当中除了有人带着弯刀之外,再没有别的武器。可是倘若他们每人手中都有一把枪,情况就真的会有所不同吗?如果被怪兽发现了隧道,那么伊桑那一组人用枪就可以对付它们吗?

这真是令人恐惧的想法。

想想你的家人。

他们就在你身下的隧道里。

他们需要你的帮助。

你得活着才能为他们做些什么。

"伊桑!"玛姬在下面大喊道,"快回来!"

地面上,一个男人飞快地从伊桑旁边跑了过去。伊桑从不曾见过有人竟能跑得如此之快,如果不是正受到不可思议的死亡威胁,没有人可以跑出如此这般的力度和速度。

一只怪兽四肢着地,紧跟在逃命者身后,速度快得惊人,距离不断地拉近。在那个男人回头看身后的一瞬间,伊桑认出他是吉姆·特纳——镇上的牙科医生。

这时不知从哪里突然窜出了另一只怪兽,它以极快的速度撞上了吉姆,巨大的冲力瞬间便折断了牙医的脖子。

伊桑脑子里涌起了一个挥之不去的问题——要是他没有向镇上居民揭露真相,结果会如何呢?要是他由着他们杀掉凯特和哈洛德,然后让小镇的一切都如以往一般继续进行下去,情况又会怎样?不管怎么说,至少眼前这些人不会现在死去。

伊桑小心翼翼地拉回活板门,然后沿着梯子往下爬。

玛姬已经有些歇斯底里起来,赫克托尔正努力安抚她。

伊桑返回到梯子底部,将火把还给玛姬,换回了自己的枪,继而说道:"我们走吧。"

他们沿着隧道迅速前行,同组的其他成员已经不见了踪影。

"上面发生什么事情了?"玛姬问道。

伊桑说:"另外一组人没能及时进入地下隧道。"

赫克托尔说:"那我们得去帮他们。"

"没人可以帮到他们。"

"这话是什么意思?"玛姬瞪大了眼睛。

伊桑瞥见远处隐约有火光在闪耀,于是加快了步伐。

他说:"我们得拼尽全力让我们这组人尽快抵达安全的地方,无暇再顾及其他了。"

"有人死去吗?"玛姬问道。

"是的。"

"死了多少人?"

"我想他们最终将会全数罹难。"

理查德森夫妇

鲍勃·理查德森坐进了他那辆1982年款奥尔兹莫比尔轿车的驾驶座,随即发动了引擎,他的妻子芭芭拉匆匆忙忙地坐在了他身旁的副驾驶座位上。

"这样做实在是太愚蠢了。"她说。

他推动排挡杆,将车缓缓驶入了漆黑的街道。

"那你有什么好主意吗?"他问她,"难道就待在房子里等着那些怪兽闯进来?"

"你没开车灯。"芭芭拉提醒道。

"我是故意这么做的,亲爱的。"

"难道你觉得他们不会听到我们的引擎声?"

"你就不能闭上嘴让我安心开车?"

"当然可以。反正也没有路可以通往镇外,你是开不了多久的。"

鲍勃拐弯驶上了第一大道。

尽管他嘴上不愿意承认,也不愿自己打开车灯,可是他的确觉得路上实在是太黑了,黑到他甚至对自己到底能不能在没开车头灯的情况下驾驭这辆车感到有些没把握。

他已经有好几个月没摸方向盘了,现在感觉很生疏。

轿车从黑松镇治安部旁驶过。

由于他们的车窗是关着的,所以镇上此起彼伏的尖叫声几乎未能入侵到车内的静谧空间,自然也没有给他们已经紧绷的神经带来太大的冲击。

他们很快便来到了小镇边缘。

透过车窗,鲍勃看到牧场里有东西在移动。

"它们就在外面。"芭芭拉说。

"我知道。"

她将左手从他大腿上方横过去,按开了车灯。两束强光直直地射向牧场的草地。好几十头被开膛剖肚、挖掉内脏的牛横尸在牧场上,每头牛的四周都围着一群正在狼吞虎咽的怪兽。

"噢,该死,芭芭拉!"

所有的怪兽都从它们的饕餮大餐中抬起头来,一张张血盆大口在汽车远光灯的照射下闪闪发光。

鲍勃用力地将油门一踩到底。

他们的车从黑松镇"告别"广告牌旁飞驰而过,广告牌上的

一家四口挥手微笑着,下面还有两行字:

希望你在黑松镇度过了愉快的时光!

别见外!欢迎下次再来!

随后的道路开始在森林中蔓延。

鲍勃将远光灯换成了角灯,光线的强度刚好够他看清路面,好让车轮分跨在双黄线两侧行驶。

松树林中的狭窄通路弥漫着浓重的雾气。

鲍勃一边开车,一边不时转头看看后视镜里的情形,可是他从中唯一能看到的东西不过是一小段被汽车尾灯照亮的柏油路面而已。

"再开快一点!"芭芭拉催促道。

"不行,很快就要到前面的大急弯了。"

她从前排座椅中间的空隙钻到后面,然后跪在后排座位上,透过后窗玻璃往外看去。

"你看到什么了吗?"鲍勃问道。

"没有。我们接下来该怎么做?"

"我也不知道,不过起码我们不在镇上,没有置身于那可怕风暴的中心。也许我们可以把车开到森林里某个安静的地方先躲起来。"他建议道,"直到这一切都过去了为止?"

"可是,万一这一切永远都不会结束呢?"

这个问题像一朵黑压压的乌云般笼罩着两人。

原本朝镇外延伸的道路突然开始转弯,鲍勃小心翼翼地操作着方向盘,同时将时速控制在二十英里以下。

芭芭拉在汽车后座哭了起来。

"我真希望他没把真相告诉我们。"她说。

"你在说什么啊?"

"伯克治安官……他太武断了。就是因为他告诉我们真相,所以才会发生这些事情。"

"可能你说的有道理。"

"我倒并不是有多喜欢这儿,可是你知道吗?"芭芭拉啜泣着说,"住在这个小镇,我从来不用为支付账单和偿还房屋贷款而操心什么。而且,我们还拥有自己的面包店。"

"你已经习惯这里的生活了。"

"没错。"

"可是在这里我们不能谈论过去的生活。"鲍勃说,"我们永远也见不到自己的朋友和家人了,而且连自己的结婚对象也没法自行挑选。"

"但结果也并不算糟啊。"她说。

鲍勃沉默着驶过弯道。

转眼间,原本出镇的道路变成了进入小镇的道路。

当他们经过黑松镇的欢迎广告牌时,鲍勃松开了油门。

黑松镇就在前方,笼罩在全然的黑暗当中。

他让汽车慢慢停下,继而关掉了引擎。

"我们就在这里等着吗?"芭芭拉问道。

"暂时先这样。"

"为什么不继续往前走了?"

"现在已经没剩多少油了。"

她从车后座爬回到前排的副驾驶座位。

她说:"此时此刻,镇上的人正在纷纷死去。"

"我知道。"

"都怪那个该死的治安官。"

"我倒很高兴他说出了真相。"

"什么?"

"我说我很高兴他这么做。"

"我又不是叫你再说一遍,我的意思是,你为什么会这样想?现在我们的邻居们正在遭受杀戮啊,鲍勃。"

"可我们从前过着奴隶般的生活。"

"那么,重获自由的感觉怎么样?"

"如果我的生命行将结束,我会因为自己在临死前得知了真相而感到高兴。"

"你不害怕吗?"

"我怕得要死。"

鲍勃推开了车门。

"你要去哪里?"芭芭拉在他身后喊道。

车内的座舱顶灯刺痛了他的双眼。

"我需要独处一会儿。"

"我是绝对不会下车的。"

"我也希望如此,亲爱的。"

伊　桑

就在他们三人快要追上组内其他成员时，伊桑脑子里浮现出了先前所看到的地面上那组人的悲惨遭遇，而他们这组人目前仍然在隧道里活得好好的，于是他的内心久久无法平息下来。他想到了命运总是以一种随机的方式影响着战场上的所有人——如果你选择的是向左走而不是向右走，那么那颗子弹本来会击中你的眼睛，而不是你战友的眼睛。如果凯特所带领的这组人去的是另一个隧道入口，那么在主街上被屠杀的应该就是伊桑和他的家人。此刻，他没法让自己不去想梅根·费希尔，同时又不断地在想象中将梅根的脸换成特丽萨的脸。他在伊拉克看到过太多的死亡和毁灭，所以他知道在接下来的很长一段时间里，可怜的梅根将会常常成为他噩梦中的主角。他还知道自己会不断地去想——倘若当时他不顾一切地冲出隧道，情况又会怎样？他能杀死那只攻击梅根的怪兽，救下她并将她带回这条隧道里吗？他在脑子里一遍又一遍地重播梅根被怪兽攻击的画面，直到最后他觉得自己已经分不清那究竟是现实呢，还是想象中的场景。他真的可以将这幅关于梅根的画面从脑海中清除掉吗？直到现在，一些关于过往战争的画面仍然不时浮现在他眼前，而且他知道自己永远无法忘掉那些血腥残忍的画面，这真是难以解释的痛苦和负累。

怪兽袭击黑松镇的画面，其血腥和残忍程度比先前那些战争画面都更甚。

就在这组人刚转进另一条隧道时，伊桑他们总算赶上了大部队。

伊桑心想：地球上刚刚损失了四分之一的人口。

他看着前方的一排人，在昏暗的光线下，他看到了特丽萨的后脑勺。

他非常渴望走过去跟她和本杰明待在一起。

梅根躺在主街上。

别想了。

梅根在尖叫。

别再想了。

梅根……

这时，一声尖厉刺耳的嗥叫如惊雷般突然在隧道里响起。

玛姬和赫克托尔停下了脚步。

伊桑赶紧举起了霰弹枪。

玛姬握着火把的手抖得相当厉害。

伊桑回头看了看。

队伍停止了前行——所有人都听到了先前那声嗥叫，每个人都转过头来，伸长了脖子，竭力想要看清在一团漆黑的隧道末端究竟有什么。

伊桑对大伙说："继续往前走，不管发生什么事情都不要停下来，快走！"

于是他们回过头去继续赶路。

众人又前行了五十英尺，玛姬说："我觉得我听到了一点声音。"

"是什么?"赫克托尔问道。

"听起来就像……水花溅起的声音。好像有人在水中行走。"

"可能是我们的人在前面涉水而行吧。"

她摇了摇头,指着黑乎乎的隧道说:"声音是从那个方向传来的。"

伊桑说:"我们先停下来,让其他人先行一步。"

大部队渐行渐远,伊桑眯缝着眼睛望着黑暗的隧道。现在他也听到那个声音了,听起来不像是在水中走路的声音。

那更像是奔跑的声音。

他觉得嘴巴又干又涩,同时突然意识到自己的心脏正在胸腔里狂跳不已。

"现在是用枪的时候了,赫克托尔。"伊桑说。

"有东西来了吗?"

"没错,是有东西来了。"

玛姬不由得后退了几步。

伊桑说:"我知道你很害怕,可是我们唯一的光源就在你手上,玛姬。无论你看到什么东西从隧道里冲过来,都得保持镇定,牢牢地站在原地。如果你跑开了,那么我们所有人都会死。你明白了吗?"

水花泼溅的声音越来越大,越来越近。

"玛姬?你听明白我刚才对你说的话了吗?"

"明白。"她低声说道。

伊桑将霰弹枪的子弹推入枪膛。

"赫克托尔,你解除枪的保险了吗?"

"解除了。"

伊桑回过头去,想要在人群中寻得特丽萨和本杰明的身影,可是他们已经走得太远了,而光线又是那么暗淡,所以他未能如愿以偿。

伊桑将黑色枪托抵在肩窝,低头看着枪管前端。这枪配备的是自发光瞄准具——很快黑暗中就出现了三个清晰的绿色小圆点。

伊桑说:"你要记住,你现在射出的是子弹,可不是狩猎用的大号铅弹哦。"

"所以击中目标后弹头不会爆裂开来?"

"没错,所以要尽量击中要害。"

"要是子弹用光了我该怎么办?"

"船到桥头自……"伊桑没来得及说完这句话。

一只怪兽全速从黑暗中冲了出来,四肢紧贴在地面上,以惊人的速度奔跑着。

它的速度与灵缇犬不相上下。

伊桑用枪瞄准了它。

赫克托尔开了一枪。

枪口迸发出刺目的火焰,刹那间,伊桑的眼睛什么都看不见了。

当伊桑再度能看见的时候,那怪兽仍然笔直地朝他们奔来,此时它就在离他们二十英尺远的地方,眼看再过两秒钟就能扑上来了。

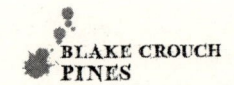

玛姬的呼吸非常急促，下意识地不断低喊着："噢，天哪！噢，天哪！噢，天哪！噢……"

伊桑扣下扳机，巨大的后坐力令枪托重重地抵进了他的肩窝。在这密闭的隧道空间，霰弹枪的开火声犹如炮声般震耳欲聋。

怪兽在离伊桑的靴子仅有三英尺距离的地方摔倒在地，它的脑后部有一大块头骨被子弹炸飞了。

赫克托尔不由得感叹道："哇哦！"

伊桑还在耳鸣，完全听不清赫克托尔的声音。

他们开始在隧道里慢跑起来，想要尽快追上前方的队伍。由于彼此的距离太过遥远，对他们来说前面的大部队不过是个远远的小光点而已。随着伊桑的听力渐渐恢复正常，他听到隧道里又有新的嗥叫声在回荡。

"我们得再跑快一点。"

他能听到不止一只怪兽涉水奔跑的脚步声，"怪兽军团"正在他们身后步步逼近。

他不断回头朝漆黑的隧道张望，可是什么都看不到。

三人全速奔跑着，玛姬跑在最前面，伊桑和赫克托尔并肩前行，每跑几步，两个男人的手肘便会撞在一起。

他们路过了一个岔路口。

就在这时从他们右手边的隧道里传来了尖叫声、嘶吼声和哭号声……

哈洛德·博林格

走在队伍最后面的人最先发出惨叫。

紧接着黑暗中响起了此起彼伏的尖叫声。

有人类的。

也有非人类的。

——跑，跑，跑，跑，跑，快跑——

——噢，天哪，它们来了——

——救命啊——

——噢，不，不，不，不不不不——

队伍遭遇巨大冲击，人们纷纷跌进水里。

越来越多的人哭喊着求救。

随之而来的是极其痛苦的哀号。

一切都来得如此迅速，让人猝不及防。

哈洛德转过身去想要救人，可是身后却一片漆黑，什么都看不到。所有的火把都熄灭了，只能听见此起彼伏的尖叫声、喧闹声——他觉得地狱里的情形大概也就不过如此了吧。

这时，他听到邻近的隧道里传来了几声枪响。

是凯特他们吗？

蒂芙尼·戈尔登高声呼喊着哈洛德的名字，她提醒他以及其余各人都不要站在原地，得赶紧朝前跑。

她正站在哈洛德前方大约三十英尺远的拐角，手里握着这个小组的最后一根火把。

人们推挤着从哈洛德身旁跑过。

有人重重地撞到了他的肩膀,于是他向后倒在了水泥已经剥落的隧道壁上。

被袭击的垂死者发出的惨叫声已经越来越近了。

哈洛德开始奔逃起来。他的左右两侧各有一个女人,她们正朝着前方那束越来越远的火光一路狂奔。她们的手肘不时撞到哈洛德的身体侧面,很快便跑到他前面去了。

他记得前面的隧道没有多长了,顶多再跑个三四百米就能抵达隧道和树林的交会处。

倘若他们当中哪怕只有一半的人能跑出隧道……

伴随着一声刺耳的尖叫,远处的火把突然熄灭了。

周遭一团漆黑。

隧道里的尖叫声数量比先前多了三倍。

哈洛德觉出空气中弥漫着巨大的恐慌。

他自己也恐慌不已。

紧接着,他被人撞倒在地上的水坑里,有人踩着他的双腿往前奔跑,随即又踩过他的身体。他刚挣扎着站起来,很快又被人撞倒在地,惊慌失措的人群就像跨越障碍物似的从他身上越过,甚至踩踏着他的头部。

他翻身滚到隧道壁边,艰难地爬了起来。

在黑暗中,有什么东西从他身旁飞跑而过。

那东西浑身散发出腐臭味儿。

几英尺开外,一个男人在咬嚼骨头的"嘎扎"声中哀哭求救。

发生在眼前的这一切事情实在是太突然、太难以置信了,令哈洛德的神经备受摧残,一时竟变得有些迟钝起来。

好几秒钟过后,他才意识到自己应该赶快走。

尽管这里暗得伸手不见五指,尽管他怕得不行。

但他还是得设法赶快跑开。

附近的那个可怜虫已经不再出声了,剩下的只有怪兽咀嚼和吞食猎物的声音。

怎么可能发生这样的事情?

一股恶臭气息朝他迎面扑来。

就在他身旁几英寸远的地方,突然响起了一声低沉的嗥叫。

哈洛德喃喃道:"不要!"

他觉得喉咙一热,胸口顿时感到湿润而暖和。他仍然可以呼吸,而且丝毫没有疼痛的感觉,可是却有大量的鲜血从他的脖子喷涌而出。

他渐渐有些头昏。

当怪兽用尖利的爪子划破他的肚腹时,他跌坐在了冰冷的溪流中。

当它开始吞吃他的内脏时,他只觉察到了一丝遥远、迟钝的痛意。

他的周围充斥着极度恐惧的垂死者所发出的呻吟声和哭喊声。

黑暗中仍然有人从他身旁奔逃而过,他们奋力想要前往安全之地。

他没有发出任何声音。

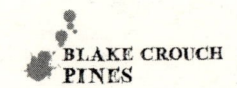

也没有抗争。

震惊的情绪，失血过多，精神上的重创，还有巨大的恐惧感，已经令他浑身麻痹、无法动弹了。

他没法相信自己居然会遭遇这样的事情。

怪兽以一种饿了好几天的劲头吞食着哈洛德的五脏六腑，它的后爪死死地踩在哈洛德的两条腿上，前爪则将他的两条手臂紧压在水泥地面上。

这时哈洛德仍然没有感觉到痛。

他想自己应该是为数不多的幸运者之一。

因为他应该会在真正的疼痛感袭来之前就丧失性命。

伊　桑

听得出来人们正饱受折磨，无比恐惧。

凭声音就可以判断，一定有人遇上大麻烦了。

伊桑喊道："别停下来！继续跑！"

他心里想着：是不是又有一组人在临近的隧道里被怪兽袭击了？

伊桑不敢细想那会是怎样的情形。

在这狭小而又密闭的隧道空间里被怪兽追击，该是多么惨烈的场面啊！

当怪兽不断逼近，人们争相逃窜的时候，一定会彼此推挤，以致有人绊倒，接下来跌倒的人又会被正在逃命的人踩踏。

火把会从惊慌失措的人们手中掉落。

火苗会被溪水浇熄。

人们将陷入一片黑暗当中。

这时,跑在前面的伊桑这组人的火光消失了。

伊桑气喘吁吁地问:"他们去哪儿了?"

"我不知道。"赫克托尔回答道,"火光突然不见了。"

伊桑靴子底下的溪流已经变得相当湍急,流动的溪水带来了一股持续阴冷的寒风。

他们走出隧道,来到了一片布满岩石的河床。怪兽的嗥叫、嘶吼声暂时被一阵湍急的水流声盖过了,可是在黑暗中他们只感觉到水流离自己很近,却看不到它究竟在何处。

伊桑抬头望向山腰,看到几支火把在山间的森林里若隐若现。

他指着那火光对赫克托尔和玛姬说:"你们跟着那火光追上去。"

"你要留下来吗?"赫克托尔问道。

"我很快就会赶上你们的。"

好几只艾比怪兽的嗥叫声压过了瀑布飞溅的水声。

"快走啊!"伊桑喊道。

赫克托尔和玛姬赶紧转身朝树林里奔去。

伊桑将一颗新子弹推入枪膛,然后爬到河床上方几英尺高的一块平坦岩石上。他的眼睛渐渐适应了周遭的黑暗环境,现在他能看清树木的轮廓了,甚至还看到了远处的小瀑布——在星空的映衬下,黑色的水流从几百英尺高的出口呈弧形奔腾而下。

先前在隧道里的那阵疾跑令伊桑手脚酸痛不已，虽然现在非常寒冷，可他的内衣却已经被汗水浸透了。

一只怪兽从隧道里冲了出来，在河床上停下了脚步。

它正在打量周边的新环境。

突然，它看到了伊桑。

来吧！

它朝伊桑奔来，脑袋歪向身体的一侧。

当伊桑射出的子弹击中怪兽的心脏时，它一下子向后倒进了河水中。

又有两只怪兽从隧道里冲出来了。

其中一只撞上了先前倒下的同伴，于是发出了一阵低沉而急促的呻吟。

另一只怪兽四肢并用，在布满岩石的河床上沿着最短的路线朝伊桑奔来。

伊桑又将一颗子弹推入枪膛，不偏不倚地击向了它张开着的嘴巴里。

当它跌落在地时，另一只怪兽紧随其后冲向伊桑，而这时隧道口又出现了两只怪兽。

真是没完没了！

伊桑上膛、开火。

刚冲出隧道口的两只怪兽也朝伊桑奔来，而他觉得它们身后好像又响起了更多的嗥叫声。

他一枪击毙了前头那只怪兽，却未能击中第二只的头部。

他赶紧取出一颗新子弹上膛。

近距离开枪,击中了第二只怪兽的脖子。

鲜血喷溅在伊桑的眼睛上。

他用衣袖抹了抹脸,这一瞬间却看到又有一只怪兽加入了战局。

伊桑上膛,瞄准,扣动扳机。

霰弹枪却发出了"咔哒"的声响。

该死。

那只怪兽也听到了枪的声音。

它朝伊桑猛扑过来。

伊桑扔下子弹已经用光了的霰弹枪,拔出"沙漠之鹰",一枪击中了怪兽的心脏。

枪口冒出阵阵浓烟,伊桑的心脏狂跳不已,这时他听到隧道那边涌起了更多的嗥叫、嘶吼声。

快走,快走,快走!赶紧离开这里!

他把手枪塞回枪套,抓起地上的霰弹枪,从蹲守的石块上下来,在河床上的岩石堆和泥淖中跋涉前行,最后来到了松林中。额上的汗水流进了他的眼睛,令他的双眼倍感刺痛。

前方有几个火光在闪烁。

身后怪兽的嗥叫声此起彼伏,不绝于耳。

他将霰弹枪背在肩上,一路狂奔起来。

过了一分钟,他觉出身后怪兽的叫声变得跟先前有些不太一样了。

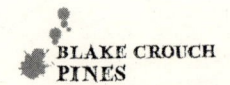

它们已经全都冲出了隧道。
数目可真不小。
他没有回头张望。
他不断地前行。
不断地向上攀爬。

BLAKE CROUCH
PINES

第四章

亚当·托比亚斯·汉索尔

汉索尔的远征，怀俄明州西北部，六百七十八天前

色泽鲜艳的藻类植物覆盖在水池边缘，温泉水从炽热的池底冒着泡泡浮出水面，空气中可以嗅到浓烈的硫黄味和其他好多种矿物质的气味。

在漫天飞舞的雪花中，汉索尔脱光了全身的衣服，然后将自己那件脏得发臭的大衣盖在了其他衣物上面。他飞快地走过草地，滑进了水池里，刚一入水他就发出了心满意足的呻吟。

水池中央的水很深，而且非常清澈，呈天蓝色。

他在靠近池岸、一英尺半左右深的池水中找到了一条光滑的长石块，它的形状简直就是一张天然的躺椅。

如同天造地设一般自然。

跟这池温泉相当匹配。

他就这么躺进了大约40℃的池水中，雪花继续飘飘洒洒地往下落。他不时把眼睛闭上一会儿，好享受这身心欢愉的时刻，好让自己想起从前在便利而舒适的文明世界里，真正像人一样活着是什么滋味。而且，那时的他不必像现在一样随时随地都得为性命担忧。

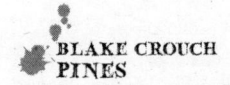

可是他没办法完全不去想自己身在何处、自己究竟是谁以及自己为何会待在此处这一系列事实。他脑子里有个声音——正是这个声音让他在这片广阔的荒蛮之地得以存活了八百多天——正在低声告诫他：停留在这个水池里泡温泉是非常愚蠢的做法。这样的行为鲁莽而任性。这里并不是温泉浴场。随时都可能有成群结队的艾比怪兽光临此地。

通常他都非常谨慎，不过他也觉得这处温泉池简直就是天赐的礼物，而且他知道，在这里泡温泉的愉快回忆，将会支撑着他有气力去应付在未来几个星期里可能会遇到的艰难险阻。再说了，在这暴风雪肆虐的时刻，地图和指南针根本无法派上用场，所以在这恶劣天气过去之前，他原本就被困在了此地。

他再度闭上双眼，任由飞舞的雪花飘落在自己的眼睫毛上。

他听到远处传来了声响，有点类似于水柱从鲸鱼的喷水孔冲出来的声音——一个较小的间歇泉眼又开始喷水了。

他颇感意外地发现自己竟因此而露出了笑容。

他最初知道这个地方是因为他在父母家地下室一本《不列颠百科全书》上看到过的一张褪色的彩色照片——一群二十世纪六十年代的群众站在黄石公园的木板人行道上，观看着老忠实间歇泉喷出沸腾的矿泉水。

从孩提时代开始，他就一直渴望着有一天能来到这里。只不过，他无论如何也不可能想到自己第一次造访黄石公园竟然会是在这样的情形之下。

竟然会是在两千年后一个几乎已经变成地狱的世界里。

　　汉索尔抓起一小撮碎石片，打算用它们将附着在皮肤上形同盔甲的污垢刮下来。他朝水池中央缓缓走去，深吸一口气，然后潜入到足以没过头顶的深水中。

　　这是他好几个月来第一次将自己洗得如此干净而彻底。他爬出水池，坐在被霜覆盖的草丛里，让身体慢慢降温。

　　不断有蒸汽从他的双肩往上升腾。

　　被热水泡过以后，他觉得有些头昏眼花。

　　空气中弥漫着泉水的热气和星星点点的雪花，草地另一端高高耸立着的常青树如鬼魅般若隐若现。

　　不一会儿……

　　一个原本被他视为灌木丛的东西竟开始慢慢移动起来。

　　汉索尔吓得连心跳都差点儿停止了。

　　他坐直了身子，眯缝着眼睛想要看个究竟。

　　他没法判断那东西和自己的确切距离，可是肯定在一百米之内。从他所在的位置看过去，很容易让人觉得那是一个人四肢着地、趴在地上爬行，不过这个世界已经没有人类存在了。最起码，在那道环绕在黑松镇四周、顶部附有带刺铁丝网的通电围栅之外不可能还有人类了。

　　唔，不对，事实上还有一个。

　　那就是他自己。

　　那个身影和汉索尔的距离渐渐缩短了。

　　噢，不。

还不止一个身影呢。

总共有三个。

你这个该死的蠢货。

他现在全身赤裸，唯一的防御武器——一把.357口径的左轮手枪——被塞在了他放在水池另一端的大衣口袋里。

可是，就算他将自己的史密斯威森左轮手枪握在手里，也没有把握能在能见度极低的暴风雪天气下近距离击败三只怪兽。要是他事先有所准备，并且趁它们离自己还很远的时候就发现了它们，那么他兴许可以先用温彻斯特步枪击毙其中两只怪兽，然后再用左轮手枪近距离打爆最后那只怪兽的头。

现在想这些根本就没有用。

它们正朝水池这边走来。

汉索尔悄无声息地回到水池里，只把头露在水面上。弥漫在池子上方的水汽让他几乎看不见它们，而他在心中默默祈祷着它们也同样看不见他。

随着怪兽离水池越来越近，汉索尔继续往下沉，最后只剩下两只眼睛还露在水面上观察。

朝他走来的是一只成年雌性怪兽和两只瘦长的小怪兽的组合，两只小怪兽的体重大约都在一百二十磅左右——这样的体格轻而易举便能置人于死地。他以前曾见过体形比它们还小的怪兽不费吹灰之力便打败了一头成年野牛。

那只雌性怪兽的体型差不多是两只小怪兽加起来那么大。

只剩下六十英尺远了，汉索尔看着那只雌性艾比怪兽在他的衣服和背包旁边驻足停留下来。

它低下头，将鼻子凑到他的大衣上嗅了又嗅。

两只小怪兽来到它身旁，也跟着用鼻子嗅大衣的气味。

汉索尔略微上浮了一点点，刚好将鼻子露出水面。

他深深地吸了一口气，然后再次下沉，这次他不断地呼出肺部的气体，让身体一直往下潜。

很快，他便得以坐在水池底部的岩石地面上。

无数滚烫的小水柱纷纷从他双腿下面的细小岩缝里喷射出来。

他闭上双眼，随着肺部的压力和疼痛感逐渐增强，他对氧气的渴望也愈发强烈了。

他将几根手指甲用力地扎进了大腿肌肉里。

想要呼吸的愿望还在加强。

已经到了难以抑制的地步。

当他觉得自己已经无法再继续忍下去的时候，便将头部浮出水面，大口大口地喘着粗气。

谢天谢地，那三只怪兽已经不见了踪影。

他在水池里慢慢转动身子，一点一点地转动……

突然，他像被冻住了似的瞬间停了下来。

他感到自己根本抑制不住心里突然涌起的想要把身子转回去，然后马上逃跑的冲动。

水池边，一只小怪兽正把头凑到水面附近，他和它之间的距离甚至还不足十英尺。

小怪兽一动也不动。

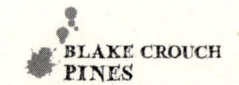

它的头微微歪向一侧。

就像一尊雕像。

难道它是在观察自己的倒影吗?

汉索尔见过的怪兽数不胜数,不过大都是透过步枪上的瞄准器,远远地观察它们。

他还从未在没被怪兽发现的情况下,如此近距离地观察过它们。

他没法让自己的视线离开怪兽的心脏:它在半透明的皮肤下面跳动着,每搏动一次,血液便通过紫红色的动脉被输送出去。眼前的一切都有些模糊不清,汉索尔觉得自己就像是隔着一层薄薄的石英板观察那只怪兽。

它的一双黑色眼睛令汉索尔联想到了黑钻石——坚硬并且不像这个世界的产物。

奇怪的是,令他感到焦虑不安的其实并非怪兽那可怕的外形特征。

而是在它那尖利的爪子、锋利的牙齿和破坏力十足的体格之下所隐藏着的人性。这些怪兽无疑是从人类演变而来,现在这整个世界都是它们的了。据戴维·皮尔彻——汉索尔的老板、黑松镇的创造者——估计,仅在美洲大陆,艾比怪兽的数量就有五亿只左右。

弥漫在水面上的蒸汽很浓,可是汉索尔不敢冒险滑回水里去。

他只能保持一动不动的姿势。

那只小怪兽继续仔细观察着自己的倒影。

要是它看到了他，那么他就死定了，除非……

远处的雌性怪兽发出了一声尖厉刺耳的嗥叫。

池边这只小怪兽立即扬起头来。

雌性怪兽又叫了一声，它的声音里充满了危机四伏的紧张感。

小怪兽急忙朝它奔去。

汉索尔听到三只怪兽离开水池，渐渐远去。少顷，他尽可能保持身体不动，仅仅快速转头环顾了一下四周，发现怪兽的身影已经消失在了漫天的暴风雪当中。

\#

汉索尔想等到雪停了再走，可是这雪却纷纷扬扬地下个不停。他从水池里爬了出来，将池边大衣上积了三英寸厚的雪沫抖掉，然后擦干两只脚，把它们伸进了自己的靴子里。

他穿上被雪浸湿了的大衣，抓起地上的其余行李，然后慢跑着穿过草地，进到松树林中。他弯腰钻进了一片由低垂的松枝构成的冠盖下面，树荫下的这片空间给人一种进到茅草屋里一般的安全感。他浑身战栗着将手中的物品放在地上，接着打开了背包。放在最上面的是一把松萝，其下是他在下第一场雪那天的清晨搜集的一包干火绒，他还记得那天清早的天空中积聚着厚厚的乌云，看上去就像铺陈着一块巨大的灰色床垫。

他用燧石和铁块取火，点燃了干火绒。

当一簇与松萝绑在一起的细小树枝也被火引燃之后，他将手边可及之处的稍大树枝掰下来，用膝盖折断，然后放进了火里。

\#

火烧得很旺。

他不再感到寒冷了。

他脱光衣服站在炽热的火焰旁,火焰烘干了他身上残留的水汽,也烤干了湿衣物。

很快他便重新穿好了衣服,舒舒服服地靠在松树干上,把两只手凑到篝火边取暖。

在他所处的这片不受气候影响的隐匿角落之外,雪花依然不断地飘落到草地上。

夜晚已悄然降临。

他感到很暖和。

浑身干爽。

而且暂时……

尚未死去。

总而言之,在这个糟糕透顶的新世界里,对一个度过了漫长而寒冷的一天之后的人来说,他所期望的不就是如此吗?

\#

等他再度睁开眼睛的时候,透过头顶上的树枝空隙看到的是深蓝色的天空,而且他发现树林旁草地上的积雪已经厚达一英尺。

篝火早在几个小时之前就已经熄灭了。

草地上的小树被积雪压弯了腰,看起来就像一座座小拱桥。

托温泉的福,数月来汉索尔还是第一次在早上挣扎着起身时没觉得身体像生锈的铰链一般僵硬。

他很口渴，可是他带的水已经在夜里结成了冰。

他吃了一点点牛肉干，以此来缓解自己每天早晨醒来时都会有的饥肠辘辘的感觉。

他举起步枪，透过瞄准镜观察草地上是否有什么危险。

此时的气温比昨天低了十几度——大概已经是零下十几度了吧——而从温泉池里冒出的热气积聚在池面上方，如同一朵永远也不会散去的云。

在一派辽阔的冬景之中，汉索尔看不到任何动静。

他掏出指南针和叠成一小块的地图，随即将背包用力举起，背在背上。

片刻之后，汉索尔从低垂的松枝下爬了出来，开始穿过草地。

天气很冷，几乎没有什么风，太阳即将升起。

他在草地中央停下了脚步，透过温彻斯特步枪的瞄准镜观察四周的情形。

起码在此时此刻，这个世界只有他独自一人。

\#

他继续穿越草地。

随着太阳渐渐升起，经雪地反射后的阳光变得非常刺目。他本想停下来把太阳镜找出来戴上，可是却发现一片郁郁葱葱的森林就在不远之外了。

一眼望去，那一片区域全是美国黑松。

那些树高达两百英尺，有着又直又细的树干和狭窄的树冠。

在这样的森林里行进将变得更加危险。当汉索尔来到森林边

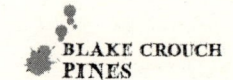

缘的时候，从大衣的内兜里掏出了他的.357口径左轮手枪，并检查子弹是否上好。

森林的地势逐渐升高。

阳光透过枝叶间的缝隙，将星星点点的金光洒在了林中的地面上。

\#

汉索尔爬上了山顶。

一个如宝石般散发着温润亮光的湖泊映入了他的眼帘，靠近岸边的湖水已经结了冰，可是湖中央的水依然在微微荡漾着。他坐在一块被晒得褪色了的树桩上，将步枪的枪托架在肩上。

湖面非常辽阔。汉索尔检查了一下湖岸边的情形，确定在自己即将前往的方向除了纯白发光的积雪之外，就别无他物了。

在相反的方向，他看到两英里之外有一只巨大的熊躺在被鲜血染红了一大片的雪地上，它的脖子被身旁一只雄性怪兽咬断了，此刻那怪兽正从熊肚子里掏出长长的肠子来。

汉索尔开始沿着缓坡往下走。

到了湖岸边，他再度掏出地图研究了一番。

森林离湖很近，他沿着湖泊和森林之间的通路行走，绕到了湖的西面。

在雪地里跋涉令他精疲力竭。

汉索尔将步枪从肩上取下，随即在湖岸边一屁股坐了下来。近距离观察之后，他发现湖面结的冰其实并不厚，只有极薄的一层，大概是昨晚气温陡降时才刚结的冰。今年的初雪来得很早，实在是太早了。根据他的估算,现在应该还是七月。

他再次检查了一下湖岸边的情形。

他身后便是森林。

森林里一丝动静也没有,不过湖对岸的那只怪兽此时已经将它的整个脑袋都埋进了大灰熊的肚腹里,兀自狼吞虎咽起来。

汉索尔背靠在自己的背包上,然后掏出了地图。

这里没有风,太阳在他头顶上绽放着光芒,他觉得全身都暖洋洋的。

他热爱早晨——这无疑是他在一天当中最喜欢的时光。在晨光中行走时,由于不知道这一天会有怎样的经历,所以心里满怀着希望。而午后的时光是情绪最难捱的,这时太阳渐渐西沉,并且他知道自己又得在户外独自度过一个漫长的黑夜,同时还将时刻面临死亡的威胁,心情怎么也好不起来。

不过至少就此刻而言,黑夜降临还让他觉得是非常遥远的事情。

在不知不觉当中,他的思绪又飘向了北边。

飘向了黑松镇,那地球上的最后一个小镇。

飘向了他抵达通电围栅并回到安全之地的那一天。

飘向了位于第六大道的那座维多利亚式房屋。

还飘向了那个他不知道为何会令自己爱她爱得发狂的女人。正是为了她,他才心甘情愿地放弃了自己在2013年的生活,自愿进入生命暂停装置待上两千年,他甚至并不知道自己醒来后将会面对一个怎样的世界。他只知道,那个世界里有特丽萨·伯克,而她的丈夫伊桑则早就死去了，仅凭于此，便足以令他博上一切。

他将地图和指南针对照着看。

在这片区域中，最为突出的地标是一座曾经被称作谢里丹山的高达一万英尺的山峰，其顶部一千英尺的高峰位于林木线以上，白雪皑皑的顶峰与紫色的天空相映成趣。那里风很大，不断飘落的雪花被吹得四散飞舞。

在最佳条件下，只需一个小时便能攀到顶峰。

可是倘若踩在新近落下的积雪中攀爬的话，就得花上两三个小时了。

此刻，谢里丹山的顶峰暂时成了他心目中北方的象征。

那里是他家的方向。

理查德森夫妇

鲍勃从车上下来，随即轻轻关上了身后的车门。

森林里一片寂静，镇上怪兽的嗥叫声感觉很遥远。

他朝车子前面走了一段路，试图理清头绪。

逃离小镇是正确的选择。正因为如此，他们才能活到现在。

车里的座舱顶灯熄灭了。

他被一团黑暗包裹着。

他坐在柏油路面上，将脸埋在双膝之间，轻声哭了起来。过了一分钟，他身后的车门打开了，车里的灯光照亮了路面。

他在黑松镇的妻子朝他走了过来。

"我不是跟你说了我需要独处一会儿吗?"鲍勃说。

"你哭了?"

"没有。"他擦了擦眼睛。

"噢,天哪,你真的在哭呢。"

"请让我一个人待一会儿。"

"你为什么要哭?"

他伸手指着小镇的方向,"难道这还不够吗?"

她在他身旁坐了下来。

"你有自己爱的人,对吗?"她说,"我是说在你来黑松镇之前。"

他并没有作答。

"她是你的妻子吗?"

"他是男的,他叫……"

"男的?"

"他叫保罗。"

他们就这么静静地坐在柏油路面上。

两人都沉默了许久。

最后是芭芭拉打破了沉寂,"这一切对你来说一定糟透了。"

"我相信这对你来说也差不多。"

"可你从来没表现出你竟然是……"

"我很抱歉。"

"我也一样。"

"你又有什么错呢?这一切都不是我们自己的选择,芭芭拉。

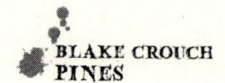

你以前从没结过婚,是吗?"

"你是我生命中的第一个男人,在很多方面都是如此。"

"噢,天哪,我真的非常抱歉。"

"你又有什么错呢?"芭芭拉笑道,"一个五十岁的老处女……"

"和一名男同性恋者。"

"这听起来真像垃圾肥皂剧的情节。"

"谁说不是啊!"

"你和保罗在一起有多久?"

"十六年。我只是无法相信他已经死了,你知道吗?他竟然已经死去两千年了,而我还一直以为总有一天我会和他再度重逢。"

"或许你们最后还是会重逢的。"

"谢谢你这么说。"

她伸出手去握住了他的手,说道:"在过去的五年里,你就是我的一切,鲍勃。你总是尊重我,也体贴地照料我。"

"我想我们都已经尽到最大努力去过好这里的生活了。"

"而且我们一起做的英式小松饼真的非常好吃。"

这时远处传来了阵阵枪响,在山谷里回荡着。

"我不想今晚就死去,亲爱的。"她说。

他捏了捏她的手,"我不会让这样的事情发生的,你放心好了。"

比琳达·摩瑞恩

老妇人坐在一张皮制躺椅里，小腿平放在展开的搁脚板上，她的大腿上放着一个餐盘。借着昏暗的烛光，她在玩一种单人纸牌接龙游戏，正伸手将一张张扑克牌翻开。

她隔壁的邻居一家正受到怪兽的攻击，传出阵阵凄厉的喊叫。

她兀自低声哼着小曲。

她翻出了一张黑桃J。

她把这张牌压在中间那一列的红桃Q下面。

紧接着她又翻出了一张方块6。

这张牌被她压在了黑桃7下面。

有什么东西重重地撞响了她家的前门。

她不以为意，继续翻着纸牌。

然后把翻开的纸牌放在合适的位置。

前门又被猛撞了两下。

伴随着"咣当"一声，前门被撞得脱离了合页，旋即倒在了地上。

她从牌堆里抬起头来。

一只怪兽爬进了屋内，当它看到坐在椅子里的比琳达时，便开始咆哮起来。

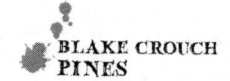

"我知道你会来。"她说，"只是没料到你会过这么久才来。"

梅花10……唔……这张牌没有地方可以放，只好放回牌堆里。

怪兽朝她靠近，她凝视着它那双又小又黑的眼睛。

"难道你不知道未经邀请就进到别人家里是非常没礼貌的行为吗?"她问道。

听到她的声音,它突然停了下来,歪着脑袋看着她。

大量的鲜血——无疑是来自她的某位邻居——顺着它的胸口滴落到地板上。

比琳达放下另一张扑克牌。

"我现在玩的是单人纸牌游戏,所以你没法参与。"她说,"再说了,我也没有茶水来招待客人。"

怪兽张开嘴巴,从喉咙深处发出了一声响亮而刺耳的嗥叫,犹如从一只可怕的鸟儿嘴里发出来的叫声。

"这不是你本来想发出的声音。"比琳达厉声说道。

怪兽不由得后退了几步。

比琳达放下了最后一张扑克牌。

"哈!"她一边拍手一边说道,"这局我赢了!"

她将餐盘里的所有扑克牌都收拢成一叠,然后再分成大致均等的两叠,开始洗牌。

"这种单人纸牌接龙游戏我可以玩上一整天。"她说,"我发现人生中最好的伴侣有时候竟然是自己。"

怪兽喉咙里再次发出了一声虚张声势的咆哮。

"你马上给我闭嘴!"她高声喝道,"我可不允许有谁在我家里用这种态度对待我。"

怪兽的咆哮声立刻转变成了类似"咕噜咕噜"的柔和声音。

"这样就好多了。"比琳达边说边准备开始一局新的接龙游戏,"很抱歉刚才对你大吼大叫,我有时候的确有些控制不了自己的脾气。"

伊 桑

前方的火光已经越来越近了,可是他完全看不清周围的情形。

他每走几步就会跌倒一下,两只手也因为在黑暗中不断推开挡路的树枝而被划得伤痕累累。

他心想:那些艾比怪兽能追上我们吗?他们是靠什么进行追踪的呢?是气味、声音、视觉,还是三者都有?

他离前方的几束火把已经非常近了。

借着火光,他已经能看到小组的其他成员了。

伊桑走出树林,来到了岩壁底部。

已经有人像蚂蚁一样排成一列,朝着岩壁上方攀爬起来了,他们当中一些人手里握着火把,光芒如同圣诞灯饰一般悬在峭壁上。

伊桑只在上回试图打入"漫游者"——凯特和哈洛德的秘密组织——内部时,走过一次这条路线。

一条条钢缆以一连串极为蜿蜒曲折的"之"字形结构被固定在岩壁上,钢缆下方的岩石表面上有许多人工凿出来的凹痕,便于人们在攀爬时抓握和踩踏。

有十来个人正站在峭壁底部,排队等候着开始攀岩。伊桑试着在这些人当中寻找自己的家人,可是他们并不在里面。

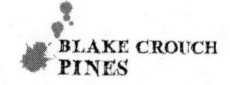

赫克托尔朝他走来，"这可不是个好主意。"他说，"让孩子们也在黑暗中抓着钢缆攀岩。"

这话令伊桑想到了本杰明，他强迫自己不要再继续想下去了。

"追来的怪兽多吗？"赫克托尔问道。

"已经远远超过了我们能应付的数量。"

伊桑听到半山腰的树林里传来了树枝被折断和踩踏的声音。

他还有满满一袋十二号口径的子弹，他一边将子弹填入弹匣，一边密切观察着林木线。

当他将最后一颗子弹填入弹匣之后，用霰弹枪对准了树林。

他心里想着：现在还不行，我们还需要再多一点的时间，再多一点点就好。

赫克托尔拍了拍伊桑的肩膀说："轮到我们了。"

他们顺着岩壁往上爬，手里抓着冰冷的钢缆。

当伊桑来到第三个转折处时，从他脚下的森林里传出的嗥叫和嘶吼声已经到了振聋发聩的地步。

仿佛阵阵可怖的鬼哭狼嚎。

离他最近的火把在他上方二十英尺左右，不过今晚天空中繁星的光芒足以让他看清岩壁上的路线。

伊桑低头看了看峭壁下方，发现有一只怪兽已经钻出了树林。

紧接着第二只也出来了。

然后是第三只。

又出来了五只。

随即又出来了十只。

很快，岩壁底部已经聚集了大约三十只怪兽。

他继续向上攀爬，集中注意力去抓握钢缆，并努力确保自己每一步都踩得稳稳当当的。可是每次当他往下瞄的时候，都会发现聚集在岩壁底部的怪兽比先前更多了。

没过多久，他已经来到了垂直向上的岩壁区域。

他很想知道特丽萨和本杰明现在情况如何。

他们是不是平安地待在"漫游者"的山洞里呢？

突然，他听到从自己的正上方传来了一个人的尖叫声。

那声音和他越来越近、越来越近、越来越近……

音量也越来越大，最终来到了他的头顶上方。

伊桑抬起头来，看到一个男人正飞快地往下坠落，他拼命扑打着双臂，瞪得大大的眼睛里全是恐惧。

他与伊桑擦肩而过，当两人处于同一高度时，距离还不到两英寸，可这么短的距离足以决定人的生死。他的头撞在了伊桑脚下二十英尺外的岩架上，整个人被弹得翻了个筋斗，随即便悄无声息地往森林地面继续坠落。

天哪！

眼前这可怕的一幕令伊桑觉得两腿发软。

他的左脚下意识地颤抖了一下。

他将身体前倾，靠在岩壁上，用手紧紧地抓着一个把手点，然后闭上了双眼，让惊吓所带来的恐慌感渐渐平息。

他终于再度平静下来了。

伊桑抓着生锈的钢缆，一步一步地向上继续攀爬，底下那群怪兽正争先恐后地抢食先前失足跌下峭壁的男人的身体。

伊桑来到了用厚木板搭建而成的便道。

这块六英寸宽的木板横贴在岩壁上。

赫克托尔已经走到了木板中央。

伊桑跟了上去。

他们与脚下那片森林的距离差不多有三百英尺。

森林那一边,漆黑空间里的某处便是黑松镇了,没有一点灯火,可是却充斥着凄厉的尖叫声。

伊桑发现下方的岩壁似乎有些动静。

几个白色的影子正朝他所在的方向爬上来。

他朝赫克托尔喊道:"它们爬上岩壁了!"

赫克托尔低头往下看了看。

艾比怪兽正以无所畏惧的姿态飞快地沿着岩壁向上攀爬,看起来它们认为自己根本不可能从峭壁上跌落下去。

伊桑停下脚步,用一只手握住了钢缆,然后试着将手中的莫斯伯格930霰弹枪握好,好让它处于便于射击的状态。

可是他很快就发现,在目前的处境之下,他没法独立完成这件事。

于是他朝赫克托尔喊道:"你到我这里来!"

赫克托尔在狭窄的木板上艰难地转了个身,然后朝伊桑走来。

"我需要你抓住我的腰带。"伊桑说。

"为什么?"

"因为这里没有足够大的空间让我能站稳并瞄准。"

"我不太明白你的意思。"

"你用一只手握紧缆绳,再用另一只手抓住我的腰带。我要从那块岩架探出身去瞄准射击。"

赫克托尔横向移动着脚步,走完最后一段路程来到了伊桑身旁,继而伸手抓住了他的腰带。

"我想你的腰带应该是扣好的吧。"他问道。

"你真幽默。你抓紧了吗?"

"抓紧了。"

不过伊桑还是停顿了三秒钟,平息了自己的紧张情绪,然后才鼓起勇气开始行动。

他放开手中的钢缆,把霰弹枪的肩带从肩上取了下来,随即将夜视瞄准镜对准了下方的岩壁。

该死!

十只怪兽正挤成一团向上攀爬。伊桑试着集中注意力,努力排除内心的恐惧感,可是先前那个男人从他身旁坠落,一头撞在岩架上的那一幕却始终浮现在他脑海里。

起初那个男人在尖叫。

被撞击后又无声地坠落。

先是尖叫。

然后无声。

伊桑感到胃部一阵绞痛,头也有些眩晕,身边的世界似乎正快速冲向他,但与此同时又好像是在飞快地远离他。

得振作一点。

伊桑瞄准了领头的那只怪兽,然后扣动扳机。

霰弹枪的巨大后坐力将他向后推往岩壁,子弹爆炸的声响贯穿整个山谷,传向西面的岩壁,然后又反弹了回来。

子弹击中了领头的那只怪兽。

它发出了一声刺耳的嗥叫,随即从岩壁上翻身跌落,途中又撞上了紧随其后的四只怪兽,它们就像被击中的保龄球瓶一样四散跌落。

然而跟在那群先头兵后面的怪兽们却牢牢地贴在岩壁上。

它们已经爬到了距离厚木板还不足六十英尺的地方。

伊桑再一次前倾身体,他听到身后传来了赫克托尔的呻吟声,他猜想可能是因为缆绳割伤了钢琴家纤细的手指。

剩下的怪兽吸取了前车之鉴,已经在岩壁上分散开来。

伊桑不疾不徐地从左至右一一瞄准、射击。

弹无虚发,没有一只怪兽得以逃脱。

伊桑看着它们在黑暗中坠落,途中又撞落了好几个刚开始往上攀爬的伙伴。

他的子弹已经用光了。

"好了。"伊桑说道。

赫克托尔将他拉回到木板上,他俩匆匆走完了这段木板路,绕到了山洞附近。

两人从一块较宽的岩架上快速走过,然后进入了一条山中隧道。

伊桑在隧道里几乎什么都看不见,正前方那扇通往山洞的门也是紧闭着的。

他用力地敲打木门。

"外面还有两个人!快开门!"

内侧的门闩被拉开,紧接着,随着"嘎吱"一声响,木门被打开了。

伊桑第一次来这里时并没有注意到这扇门,但现在他仔细打量着它。这门是用灰泥黏合一根根横向摆放的松木条构建而成的。

他跟着赫克托尔进到门里。

凯特在他身后把门关上,然后用一根粗大的钢条作门闩,推进孔眼。

伊桑说:"我的家人……"

"他们都在这里,很安全。"

他搜寻一番之后,看到妻子和儿子都站在舞台旁边,于是朝他们比了一个"我爱你们"的手势。

伊桑环顾了一下四周——这个山洞的占地面积有好几千平方英尺,为其照明的光源是从低矮的岩面天花板上垂挂下来的一盏盏煤油灯。

洞内各处都摆放着一些家具。

伊桑左手边有个吧台。

舞台在他右手边。

吧台和舞台看起来都不怎么牢固,像是用废弃的木料凑合着搭建起来的。山洞后方有个大壁炉,已经有人在着手准备生火了。

伊桑看了看,这里总共只有一百个人左右,人们一小群一小

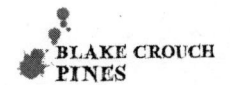

群地围聚在火把四周,一双双眼睛在火光的映射下闪闪发光。

他问:"其他几组人在哪儿?"

凯特摇了摇头。

"就只剩下我们了吗?"

她眼里迅速盈满了泪水,伊桑一把将她拉到自己身边,拥抱着她,"我们会找到哈洛德的。"他说,"我向你保证。"

怪兽的嗥叫声在木门外的隧道里此起彼伏地回荡着。

"我们的战士在哪里?"伊桑问道。

"都在这里。"

他看到六个被吓得面无血色,以极不熟练的动作握着枪的人。

用"乌合之众"来形容他们应该很恰当吧。

伊桑再次察看了一下那扇木门:门闩是一条直径约半英寸的实心长钢条,其长度足以横跨这扇宽约五英尺、与门洞完全贴合的拱门,门闩的锁扣看起来也相当牢固。

凯特说:"我们可以出去守在门外,对准任何试图进入隧道的东西开枪。"

"我觉得这样不妥。首先,我们并不知道它们的数量有多少,而且……"伊桑看着周围一张张惊恐万状的脸,"我并非有意冒犯各位,可是你们当中有多少人在目前这种精神压力极大的状态下还能精准射击呢?那些怪兽并不容易对付。至于你们当中握着.357口径左轮手枪的人,你们能做到一枪就打爆怪兽的头吗?不行,我认为我们还是应该待在这里面,同时祈祷它们不会撞破大门闯进来。"

伊桑转过身去对着其余的人喊话："我希望你们都能移动到里面那堵墙的旁边去，目前我们还没有脱离险境，请大家都保持安静。"

人们纷纷开始离开舞台和吧台，朝着山洞后壁边的沙发区移动。

伊桑对凯特说："我们就留在这扇门跟前，射杀任何试图闯入门内的东西。弹药包在哪里？"

一名在镇上奶牛场工作的年轻男子说道："在我这里。"

伊桑从他手中接过弹药包，将其放在地上，随即蹲了下来，说道："请给我一点光。"

玛姬将手中的火把举到伊桑头顶上方。

他在弹药包里翻找着，从中取出了一盒温彻斯特步枪子弹供自己使用，然后将包里的备用弹药分发给其他各人。

伊桑后退到离松木门二十英尺远的地方站定，往弹匣已装满的莫斯伯格930霰弹枪的枪膛里又塞入了一颗子弹，这时整个山洞都被一阵令人不安的寂静所笼罩。

玛姬和另一个手握火把的人站在一众"战士"身后。

凯特站在伊桑身旁，她手里握着自己的霰弹枪。伊桑能看出她已处于精神崩溃的边缘，此时正竭力支撑着自己不要垮掉。

突然间，门外面的隧道有了一些动静。

凯特深吸了一口气，擦了擦眼睛。

伊桑能觉出一场恶战即将临到。他回头看了看身后，试图从人群中找出妻子和儿子的身影，可是他们已经随着大部队退到靠近岩洞后壁的黑暗区域了,所以无从看清。他已经做好了自己或将死去的心理准备,但他无论如何也无法接受妻子和独生子被怪兽残忍杀害并生吞活食。倘若这样的事情果真发生了,那么无论他是否能最终脱险,都无法再继续活下去。

如果怪兽撞破了那扇门,而同时闯入的怪兽数量又超过了十只,那么这个山洞里的所有人都将悲惨地死去。

他原以为会听到嗥叫声,可是从门外传来的却是利爪敲打在隧道的石头地面上的声音。

有东西从门背面的松木上刮过,随即又开始在金属把手附近不断刮擦着。

BLAKE CROUCH
PINES

第五章

皮尔彻

黑松镇成了一堆废墟。

一栋栋房屋被翻转得底朝天，一辆辆汽车七零八落地散布在小镇各处，好些道路拦腰断成了两截。甚至连医院也遭到了严重毁损，最顶上的三层楼全都倒塌了下来。伊桑家的房子是镇上所有建筑中被毁损得最为严重的——坍塌得不成样子，后院里好几棵山杨树被折断后倒下来，插进了房子的窗户里。

黑松镇的微缩建筑模型是戴维·皮尔彻于2010年不惜花大价钱请人建造的，最终这套精心制作的模型造价竟高达三万五千美元。两千年来，它一直都是皮尔彻办公室里的重要装饰物。它不仅是小镇本身的代表，同时还代表着皮尔彻那无穷无尽的野心。

可是他只花了十五秒的时间就将其彻底摧毁了。

此时他坐在一张皮沙发上，看着布满显示屏的那面墙，每个显示屏里播放的都是现实中的黑松镇渐渐被摧毁的画面。

他已经切断了整个山谷的电力，不过镇上的监视摄像头仍然靠备用电池运转着，而且大多数摄像头的夜视功能仍然能被启用。皮尔彻的显示墙播放的是一台台摄像头即时拍摄的画面，而镇上每家每户的每一个房间、每一家店铺、灌木丛中和街灯的灯罩下面都安装着这样的摄像头。他在黑松镇每个居民的大腿上都

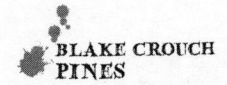

植入了一颗追踪芯片，摄像头在侦测到这些芯片的时候便会启动并进行拍摄，今晚摄像头拍摄到的画面可真多呢！

可以说墙上的每一块显示屏都在持续不断地播放各种影片。

在其中一块屏幕上：一只怪兽正在楼梯上追赶一个女人。

另一块屏幕：三只怪兽在一间厨房中央的地面上撕扯一个男人的身体。

一大群人沿着主街奔逃，却在糖果店门口被怪兽追上了。

比琳达·摩瑞恩在家中的躺椅上被怪兽生吞活食。

好几家人在自家走廊上奔跑逃命。

父母们试图保护自己的孩子免受袭击，但却无能为力。

所有的屏幕都播放着类似的画面。

这一幕幕场景充满了痛苦、恐惧和绝望。

皮尔彻喝了一口新开的苏格兰威士忌——瓶子上标示的年份是1925——他试着思考自己应该对目前正在发生的事情作何反应。当然，这类事情是有先例的。当上帝的孩子们反叛时，上帝对他们施行了正义的惩罚。

这时一个轻柔的声音——皮尔彻一直以来都拼命地想要忽略这个声音——出现在了正处于极其狂暴不安状态的大脑里：你真的相信你就是他们的上帝吗？

上帝提供人所需要的一切吗？

的确如此。

上帝保护他的子民吗？

没错。

上帝创造万物吗?

没错。

那么,结论是什么呢?你就是他们的上帝!

想要寻求人生的意义,一直都是人类忧虑不安的根本原因,而皮尔彻已经超越了这个层面。他给了山谷里那四百六十一人一种远超乎其想象的生活。他让他们在他的庇护之下过着安稳舒适的日子,还帮助他们寻求生活的意义。正是因为蒙他拣选,他们便成为了自二十万年前智人开始在东非大草原行走以来最为重要的人类物种群体。

他们是自食其果。

他们要求知道真相,可是那真相却又令他们消受不起。当他们从伊桑·伯克那里得知了全部真相之后,便开始集体反叛他们的创造者。

尽管如此,从显示屏上看着他们惨死的样子,还是令皮尔彻感到伤心。

他极其珍惜他们的生命。毕竟,若是没有了人,他的整个项目也就不再有任何意义。

不过——去他妈的,让艾比怪兽把他们全都吃掉吧。

还有几百人正待在生命暂停装置里等待复活呢。

这也不是他第一次从头来过了。

皮尔彻站起身来,走路有些不稳。他摇摇晃晃地走到自己的书桌跟前。除了他本人之外,这山中基地里没有第二个人知道山谷里正在发生什么。他已经指示泰德·厄普肖在今晚将整个监视系统都关掉，他打算过后再以巧妙的方式将自己的所作所为告知基地里的其余各人。

皮尔彻瘫坐在办公椅上，拿起了桌上的电话听筒，随即拨通了他那亲爱的老朋友泰德的电话号码。

帕 姆

在万籁俱寂的深夜，帕姆来到了通电围栅旁边，伊桑·伯克在她左大腿后侧留下的伤口正将疼痛的感觉放射至整条腿，进而向上蔓延至整个躯干。治安官取出了植入她大腿里的追踪芯片，并将她扔在了通电围栅之外的荒野地带。直到眼下这一刻，她依旧想不明白他为什么要这么做。此时，她注视着眼前的通电围栅，先前的好奇心被脑子里新冒出的另一个疑惑取代了：这他妈的到底是怎么回事？

这里非常安静。

完全听不到电流通过导线时所发出的"嗡嗡"声。

虽然她自己打算要做的事极其愚蠢，可她还是控制不住地想要去做。她伸出手去，握住了围栅上的一根铁丝。锋利的金属倒刺扎进了她的掌心，不过就仅此而已了，她并没有因触电而震颤。她继续抚摸铁丝网，体验着一种类似偷情般的奇特而愉悦的感觉。

片刻之后她渐渐清醒过来，于是松开手，因自己的发现而倍感兴奋。

她沿着围栅一瘸一拐地走着,心里在想:是不是伯克关掉了围栅的电力?两个小时前,她躲在一棵松树的枝杈上——那儿大约有四十英尺高——看到很大一群怪兽从下方经过,然后一路向北跑向黑松镇所在的山谷。

那群怪兽数量不小,至少有好几百只。

她忍着左大腿的灼痛,加快了行走的步伐。围栅上的大铁门应该离她不远了。

五分钟之后,她来到了大铁门跟前。

门是大打开的。

而且……居然是被固定在开启的状态下。

她回过头去,望了望先前自己遇见一大群怪兽的那片幽暗森林,接着转过头来注视着眼前这扇大开着的铁门。

这怎么可能?

那群怪兽冲进山谷去了?

帕姆小跑着进到门内,她的腿痛得无以复加,可是她并没有因此而减慢速度,只是不时呻吟几下而已。

她又前行了几百米,之后便听到了此起彼伏的尖叫声。由于距离太远,她无法分辨出这些声音究竟是来自人类还是艾比怪兽,但听得出来声音的数量众多。现在她停止了奔跑,左腿的伤口跳动着作痛。她手上没有任何武器,而且还受了伤。此外,她已经亲眼见到有一大群怪兽进入了山谷。

她现在犹豫不决,拿不定主意。脑子里有个声音在敦促她要自我保护,得赶紧跑回山中基地去,然后再找个安全的地方疗伤和休养。当务之急是让米特尔医生把她腿上的伤口好好缝合起来,可是,一种恐惧感却森然笼罩着她的每一根神经。令她感到恐惧的不是那些怪兽,也不是在一个被怪兽侵袭的小镇上她有可能见到的凄惨可怖的景象。她真正害怕的是也许自己会发现伊桑·伯克已经死了,而这是她万万不能接受的结果。在他对她做过那些事情之后,她最想做的就是找到他并将他慢慢地折磨至死。

她要将他千刀万剐。

泰德·厄普肖

他一推开老头子的办公室大门,就感觉到一股酒气扑鼻而来。

皮尔彻正坐在办公桌后面,看到泰德后,他咧开嘴露出了一个略显夸张的笑容。泰德很快就发现他满脸通红,目光呆滞。

"进来,快进来!"

泰德向前走了几步,然后关上了身后的门,皮尔彻也挣扎着站了起来。

皮尔彻把这间办公室弄得一团糟。墙上有两块显示屏被砸得稀烂,原本罩在黑松镇微缩模型上的玻璃罩子被砸得粉碎,玻璃碴散落一地。模型本身更是惨不忍睹,被七零八落地翻倒在地上,一个个毁损严重的微缩建筑物正静静地躺在满地的玻璃碴当中。

"我吵醒你了,是不是?"皮尔彻问道。

事实并非如此,即便今晚有人为泰德注射了整管的镇静剂,他也不可能入睡。不过他还是回答道:"不要紧。"

"来吧,让我们像老朋友一样一起坐一会儿。"

皮尔彻的语速迟缓,吐词含混不清,泰德在心里琢磨着他究竟醉到何种程度了。

皮尔彻步履蹒跚地走向皮沙发,泰德跟在他身后。这时,泰德才留意到房间里的显示屏全都被关掉了。

他们在冰冷的皮沙发上坐了下来,面朝着黑漆漆的屏幕墙。

皮尔彻拿起一个看起来很昂贵、贴着"麦卡伦"标签的酒瓶,往两个杯子里倒入了满满的苏格兰威士忌,然后把一个杯子递给了泰德。

他们轻轻碰了碰杯,两个水晶玻璃杯发出了清脆的"叮当"声。

两人都举杯喝了一口。

这是泰德两千年来第一次喝酒。当他在妻子去世后沦为醉生梦死的无家可归者时,倘若能喝到这样的陈年威士忌,一定会感动到流泪的。可是,现在他已经不再有这样的嗜好了。

"我还记得我们第一次见面时的情形。"皮尔彻说,"当时你在收容所里排队等着领汤,你那双写满悲伤的眼睛引起了我的注意。"

"你救了我的命。"

老头子看着他,"你还信任我吗,泰德?"

"当然了。"泰德撒谎道。

"我想也是。当我让你关掉监视系统的时候,你立马就照做了。"

"没错。"

"你甚至没问我原因。"

"是的。"

"因为你信任我。"

皮尔彻晃了晃手中的酒杯,低头看着琥珀色的液体在杯子里打着旋。

"我今天晚上做了一件事,泰德。"

泰德抬起头来望着墙上一块块漆黑的显示屏,胃部涌起了一阵突如其来的凉意。他看到皮尔彻拿起一块控制面板,然后在触控屏上轻敲了几下。

墙上的显示屏都亮了起来。

身为监控小组的组长,泰德人生中四分之一的时间都在观察黑松镇的居民们进食、入睡、大笑、哭泣、做爱,偶尔——在举行"庆典"的时候——还会看着他们如何死去。

"我这么做的时候,心情也不轻松。"皮尔彻说。

泰德看向墙上的显示屏,他的视线无法从其中一个影像离开——一个女人蜷缩在浴室淋浴喷头下方的角落里,当浴室门被一只握成拳头的利爪撞破的时候,女人剧烈抖动着双肩啜泣着。

他突然觉得有些不舒服。

皮尔彻正看着他。

泰德转而盯着老板,眼里盈满了泪水,他说:"你得在这件事上停手。"

"已经太迟了。"

"为什么呢?"

"我用我们俘虏到的几只怪兽作道具,将一大群怪兽吸引到了通电围栅边,然后我打开了围栅的大门。现在五百多只怪兽已经进到小镇了。"听到这儿,泰德抹了抹眼泪。五百……他实在没法接受这个数字。他知道,仅仅五十只怪兽就足以给小镇带来极大的灾难。

泰德尽力控制着自己的语调。

"想想看,你在这几十年里花了多大的工夫才找来这么多人住在山谷里。你应该还记得当我们每一次将一个新人放入生命暂停装置时你有多兴奋吧。对黑松镇来说,最重要的元素不是那里的街道、房屋或你所建造的任何东西,也不是我们的生命暂停装置,而是住在那里的居民,可你却……"

"他们背叛了我。"

"所以这伤了你那该死的虚荣心吗?"

"还有好几百人在生命暂停装置里沉睡。我们可以重新再来。"

"可是那里的人正在死去,戴维,当中还有孩子们。"

"伯克治安官把一切都告诉他们了。"

"所以你就大为光火。"泰德说,"我可以理解你的心情。现在,你赶紧派一队人去镇上救人吧,能救多少就救多少。"

"已经太迟了。"

"只要还有人活着就不迟。我们可以把救回来的人重新放进生命暂停装置里,他们不会记得……"

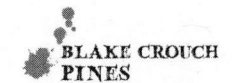

"过去的事做了就做了,随它去吧。再过一两天,山谷里的叛乱就会平息下来,不过我担心的是很快就会有人入侵基地。"

"你在说什么啊?"

皮尔彻喝了一口酒,"你认为治安官仅靠他自己能做成这些事情吗?"

泰德握紧了拳头,以免自己的身体抖动得太厉害。

"我手下有人做了伯克的内应,为他提供帮助。"

"你怎么知道有这样的事情?"

"因为伯克掌握了一些除了凭借监控小组的帮助之外,绝对不可能获得的信息。所以,你的小组里有人做了他的内应,泰德。"

皮尔彻明确地提出了他的控诉。

泡在他酒杯里的冰块裂开了,发出"噼啪"的声响。

"你指的是什么信息?"泰德问道。

皮尔彻对泰德提出的问题置之不理,只是死死地盯着他的眼睛,"监控小组除了你还有四名监视分析师。我知道你对我绝对是忠心耿耿的,可是你的那几名下属情况怎样呢?伯克得到了他们当中某个人的帮助,你觉得那个人会是谁?"

"你是如何得出这样的结论的?"

"泰德,这可不是我想听到的答案。"

泰德低下头看了看放在自己大腿上的酒杯,随即又抬起头来。

他说:"我真的不知道我的组员中有谁会做这样的事。这就是你让我关闭监视系统的原因所在吗?"

"你负责的是基地里最为机密的一个小组,可它现在却出了问题。"

"那么帕姆又怎样呢?"

"帕姆?"

"治安官也有可能收买了她啊。"

皮尔彻不禁笑了,略带嘲讽地说:"如果我要求帕姆纵火自焚,她也会毫不犹豫地照做的。顺带说一句,最近她失踪了。她的追踪芯片显示她在镇上,可我已经有好几个小时联系不上她了。我再最后问你一次——你手下的哪个人与伯克沆瀣一气?"

"请给我一个晚上的时间。"

"什么?"

"给我一个晚上的时间,让我来查明究竟是谁干了这事儿。"

皮尔彻向后靠在沙发上,用深不可测的眼神死死地盯着泰德,说道:"你想自己处理这件事,是吗?"

"是的。"

"是因为荣誉感的关系吗?"

"差不多吧。"

"那好吧。"

泰德站起身来。

皮尔彻指着屏幕墙,"只有你和我知道此时山谷里正在发生的事情。你要暂时为我保守秘密,不要告诉任何人。"

"我明白,先生。"

"对我来说,今夜的确是个难挨的夜晚,泰德。不过,有个像你这样的朋友可以让我依靠,这让我心怀感激。"

泰德原本还想挤出一丝笑容，可是却没法做到，他只是说："我明天早上再来见你。"他将手中的威士忌酒杯放在沙发前的一张桌子上，然后径直朝办公室门口走去。

伊　桑

所有人都害怕得不敢作声。

山洞里无比安静，以至于伊桑能清楚听见山洞远端壁炉里柴火燃烧时所发出的"噼啪"声。

门上的刮擦声和抓挠声都停止了。

他又再次听到利爪敲打在隧道的石头地面上——咔哒，咔哒，咔哒……

但这声音越来越远。

这倒可以解释得通，怪兽们为什么会认为猎物就躲在这扇门背后？它们甚至连门是什么都不知道。它们不知道门是可以打开的，更不知道打开后可以通往另一个空间。不过，大多数怪兽很可能还在外面……

突然有个东西撞到了门上。

门这边的所有人都不由得倒抽了一口凉气。

门闩在锁扣里晃动着，"哐当哐当"地响了好几下。

伊桑挺直了背脊骨。

门又被重重地撞了一下——撞击力度是上次的两倍那么大——好像有两只怪兽同时撞到了门上。

伊桑动动大拇指,解除了枪的保险,随即朝赫克托尔、凯特和其余人递了个眼色。

"门外有多少怪兽?"凯特问道。

"我不知道。"伊桑轻声回答,"可能有三十只,也可能有一百只。"

这时,从他们身后的黑暗中传来了孩子们的哭声。

父母们赶紧安抚孩子,想让他们保持安静。

门不断地受到撞击。

伊桑走到门的左边,门板的这一侧通过铰链与门框连接。他眼睁睁地看着一颗螺丝钉从一块生锈的铰链铜片上弹了出来。

凯特说:"这门支撑得住吗?"

"我也不知道。"

门又被撞了一下——这是迄今为止力度最大的一次撞击。

一整块铜片从门框上掉落下来。

不过还剩下四块铰链铜片连接着门和门框。

伊桑喊来了玛姬,借着她手中的火把光芒,他仔细察看着门闩的锁扣。

当门再次受到撞击时,锁扣晃动了几下,但是还能支撑。

伊桑走回凯特身边,问道:"除了这扇门,还有别的通道可以离开这个山洞吗?"

"没有了。"

怪兽们的攻击仍在继续,随着它们撞向木门的次数越来越多,它们似乎也越来越愤怒,现在它们在每次撞门失败之后都会

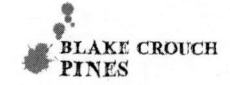

发出激动而尖厉的嗥叫声。

又一块铰链铜片从连接缝隙脱落下来。

紧接着第三块也掉了。

终结就要来了。伊桑不禁想到自己此刻应该找到妻儿，然后朝他们开枪，让他们迅速而痛快地死去。因为一旦怪兽进来之后，他们人生终结前的全部感官将会被恐惧占满。

门外的通道渐渐变得安静了。

不再听到刮擦声。

也没有了脚步声。

整个山洞里面的人都屏住了呼吸。

又过了好一阵子，伊桑来到门边，将耳朵贴在了门板上。

听不到任何动静。

他朝门闩伸出手去。

凯特低声说："别这样！"

可他还是尽可能轻地拉开了门闩，继而抓住了门上的把手。

"玛姬，把火把拿过来。"

当玛姬举着火把站在伊桑身后时，他拉开了木门。

仅剩的两个铰链铜片支撑着整扇门的重量，随着门的转动发出了巨大而沉重的"嘎吱"声。

火光照亮了门外的通道。

空气中仍然散发着怪兽的体味——这是一种夹杂着死亡气息的腐臭——不过通道里却空无一物。

\#

有些人背靠着岩壁,一言不发地啜泣着。

有些人则因先前所见到的恐怖场景而浑身战栗。

有些人如雕像一般静静地坐着,两眼呆滞地望着前方。

其他人则马不停蹄地忙碌着。

照料壁炉里的柴火。

修理被撞坏的木门。

整理武器和弹药。

将食物和水从贮藏室里搬出来。

安慰因失去亲人而悲痛不已的同胞。

\#

伊桑同妻子儿子一起坐在壁炉旁一张破旧的双人小沙发上。现在山洞里很暖和,赫克托尔正在钢琴边弹奏着一支旋律优美的古典曲子,这样的氛围令这里的每一个人都觉得自己多多少少还活得像个人样。

借着昏暗的光线,伊桑一次又一次地清点着山洞里的人数。

数来数去,结果都是一样的——九十六人。

就在今天早上,黑松镇还有四百六十一个活着的居民呢。

他试着告诉自己,也许其他组还有人生还了下来,而且他们可能躲进了怪兽找不到的别的避难所里,比方说房子里,剧院里,或者是森林里。可是在他内心深处,他根本就不相信有这样的事情。当然,倘若他先前没有钻出那扇活板门,没有看到梅根·费希尔在大街上的遭遇以及其他人被屠杀的惨状,他或许会设法让自己相信这种可能性是存在的。

可是，不。

黑松镇里百分之八十的人口已经被消灭了。

特丽萨说："我随时都觉得我们会听到有人敲门的声音。你认为还可能有其他人来到这里吗？"

"各种可能性都是存在的，不是吗？"

本杰明的头枕在父亲的大腿上，已经睡着了。

"你还好吗？"特丽萨问伊桑。

"我在想，我做了一个让镇上大多数居民悲惨而死的决定。"

"伊桑，你并没有切断通电围栅的电源，也没有打开围栅的大门。"

"是的，不过我却促成了这些事情的发生。"

"要不是因为你说出了真相，凯特和哈洛德已经在'庆典'上被杀死了。"

"可现在哈洛德很可能还是已经死了。"

"你不能这样看待这些事情……"

"我把一切都搞砸了，亲爱的。"

"你让这些人重获自由。"

"我相信在被怪兽咬破喉咙之前，他们一定有机会好好品味过自由的滋味。"

"我了解你，伊桑。事情不是这样的，你好好看着我。"她扶着他的下巴，将他的脸转向自己这边，"我了解你，我知道你之所以那么做，是因为你相信那么做是正确的。"

"我希望我们这个世界能以主观动机来衡量人的行为,可事实上,我们的行为却以其客观结果来得以衡量。"

"听我说,我不知道接下来会发生什么,可我只想告诉你,想让你知道,我觉得此时此刻——在我们濒临死亡的时刻——是这些年来我感觉与你最为亲密的时刻,甚至也许是自我们相识之后与你最亲近的时刻。我现在越来越信任你了,伊桑。我开始相信,你是爱我的。"

"我非常爱你,特丽萨。你是……我的全部。"他吻了她一下,她朝他倾过身来,把头靠在他的肩膀上。

他用手臂环抱着她。

她很快便睡着了。

他环顾着四周。

他觉得山洞中的哀恸气氛似乎触手可及,它就像水汽或浓烟一样弥漫在空气中,压迫着每一个人的心灵。

他的手越来越冰冷,于是他将右手插进大衣口袋,紧接着他的手指触到了存有戴维·皮尔彻残杀亲生女儿那段录像的存储器。他用拇指和食指小心地捏着这块存储器,怒火不由得从心头升腾而起。

泰德手头也有这段录像的好几份备份文件,而伊桑曾嘱咐他暂时先不要有任何动作,只需静观其变就好。可是,伊桑上一次见到泰德是在怪兽入侵小镇之前。那么,泰德知道此刻黑松镇的模样吗?

伊桑再次清点了一下山洞里的人数。

仍然只有九十六人。

在这样的大患难面前,人的生命就像草芥般脆弱,不堪一击。

伊桑又想到了皮尔彻,现在那老家伙应该正坐在他那间温暖安全的大办公室里,通过二百一十六块显示屏观摩着被他从另一个时代绑架而来的人们正在遭受残杀的场面。

#

伊桑在一阵吵嚷声中醒了过来。

他睁开眼睛。

睡在他身旁的特丽萨在睡梦中翻了个身。

山洞里的火光没有丝毫变化,可是他却觉得自己好像已经睡了好多天一样。

他轻轻地将熟睡着的本杰明的头从自己大腿上挪开,然后站起身来,揉了揉眼睛。

人们已经纷纷醒来并四处走动着。

他听到有人正在大门附近高声嚷嚷着。

大门旁边站着两群人,领头的分别是赫克托尔和一个伊桑不太熟悉的男人,凯特则站在他俩中间。

两个男人都在朝对方大声喊叫着。

伊桑朝他们走去,凯特也看到了他。

她说:"这里有些人想要出去。"

一个男人大声说:"我妻子还在外面。刚开始时所有人被分成四组逃难,我和她分开了。"伊桑已经忆起他叫伊恩,是"修鞋匠的店"的店主,他的店也在主街上。

"那么你究竟想做什么呢?"伊桑问道。

"当然是出去救她咯!不然你认为我要做什么?"

"那你就去吧。"

"他还想要一支枪。"凯特说。

一个在社区农场工作的女人推开几个站在自己前面的围观者,走到伊桑跟前怒瞪着他:"我儿子和丈夫都还在外面。"

凯特说:"你应该知道我丈夫也在外面吧?"

"那我们为什么要躲在这里,而不是出去救他们呢?"

赫克托尔说:"一旦你们走出了这个山洞,不到十分钟就会没命的。"

"可我主意已决,伙计。"伊恩说。

"你不能带走枪。"

伊桑插话道:"请稍等一下,我想我们所有人应该一起交流交流。"

他走到山洞中央,用大到足以令每个人都能听见的音量说:"请大家都到这里来围成一圈!我们得谈一谈。"

人群缓缓地围了过来,每个人都睡眼惺忪、蓬头垢面。

"我知道所有人昨天晚上都不好过。"伊桑说。

人群一片静寂。

他觉得每一双盯着自己的眼睛都写满了愤怒和责备。

他不知道这当中有多少是他想象出来的,有多少是真的。

"我知道你们都很担心那些没能来到这里的人。我也跟你们一样。我们自己也差点没能赶到这里。你们当中有些人可能在想,

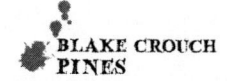

我们在逃难的途中为什么没有停下来帮助别组成员。我现在可以告诉你们，如果我们当时那样做了，那么此时这个山洞里将会空无一人，因为我们所有人都已经葬身于山谷中了。听我这么说，你们可能会很难过。我作为在目前处境下对你们的安全负责的人……"

说到这里，伊桑情绪激动不已，一时语塞。

他任由眼泪喷涌而出，并用发颤的声音继续往下说。

"我走在队伍的最后面。"他说，"我亲眼看到了地面上的那些人遭遇了什么事。我知道那些怪兽有多大的能耐。我认为我们只有接受一个残酷的事实，那就是：现在躲在这个山洞里的人，很可能就是黑松镇唯一幸存下来的人了。"

人群中有人喊道："去你妈的，你别胡说八道了！"

一个男人走到了人圈中央。他是负责"庆典"的警员之一，仍然还穿着一袭黑衣，手里握着他的大弯刀。伊桑过去从来没有和此人有过任何交谈，但他知道这个人住在哪里，也知道他平日里在图书馆工作。警员的身材修长又结实，剃着光头，下巴上有短短的胡子楂，脸上隐约流露出一丝渴望得到权势之人所常有的傲慢神色。

警员开口说道："我来告诉你应该怎么做。你应该跪在地上，用双手和双膝爬行着去找到皮尔彻，然后请求他的谅解。你要告诉他是因为你自作主张、一意孤行才让我们有了这样的遭遇，还要告诉他我们想要回到原来的生活状态。我们当中没有谁是站在你这边的。"

"已经太迟了。"伊桑说,"现在你们所有人都已经知道了关于小镇的真相,这是无法逆转的事实。所以,你提出的建议其实并不可行。"

一个矮胖的男人挤进了人圈里,他是镇上的屠夫。

他说:"你刚才说我的妻子和女儿们都已经死了,而我的好友中,有一打以上也死了。那么你认为我们该怎么做?我们应该像一群胆小鬼一样躲在这里,然后把他们统统都忘掉?"

伊桑朝他走去,绷紧了下巴说道:"我并没有说我们应该这样做,安德鲁。我也没有说过我们应该忘掉任何人。"

"然后呢?我们应该怎么做?你让我们知道了真相,这是为了什么呢?为了让我们当中的大多数人丧命,然后让剩下的人像现在这样活着?与其如此,我倒宁愿当个奴隶,那样起码可以和家人一起安全地活着。"

伊桑在离屠夫一英尺远的地方停下了脚步。他环视着人群中的一张张脸,找到了特丽萨。她正在哭,并用眼神向他传递着爱的信号。"或许是我打响了这重重不幸的第一枪,可是我并没有切断通电围栅的电源,也没有打开围栅的大门。那个该为我们家人和朋友的死负责,该为我们在黑松镇的生活负责的人,此时正在离我们两英里远的山洞里活得好好的。我有个问题想问你们:难道你们就可以忍受他的逍遥自在吗?"

安德鲁说:"可你说过他拥有一支属于自己的强大军队。"

"没错。"

"那你想让我们怎么做?"

"你们不要放弃希望！戴维·皮尔彻是个丧失人性的恶魔，可是并非每一个在山中基地里工作的人都像他一样。我打算越过山谷去到基地那里。"

"什么时候？"安德鲁的语气听起来像是他压根儿就不相信伊桑所说的。

"就是现在。我想让凯特·博林格和另外两个会用枪的人跟我一起去。"

"我们应该带一大队人马一起过去。"警员说。

"为什么？是为了引来更多的注意，从而令更多人丧命吗？不，我们得以小阵容快速行动，尽最大可能不被发现。当然，我们这一去很可能会死在途中，再也回不来了。可是除此之外，我们唯一的选择只能是坐在这个山洞里，等待那必然会到来的死亡结局。所以，我认为我们还是应该主动出击才对。"

赫克托尔·盖瑟说："就算你能进到那山里的基地，你真的相信你能制止那个老家伙吗？"

"我对此确信无疑。"

一个女人从人群中走了出来，她身上还穿着昨晚参加"庆典"的服装——那是一件舞会长礼服，她甚至没想到要取下头上戴着的皇冠头饰。她的妆容已经全花了，口红、睫毛膏、眼线膏在脸上糊得乱七八糟。

"我想跟大伙儿说几句。"她说，"我知道你们当中有很多人都对治安官满怀怒气。我的丈夫……"她停顿了几秒钟来整理自己的情绪，然后鼓起勇气继续往下说，"被分在了另一组。我们已经结婚六年了。尽管我和他是被迫结合在一起的,可我还是很爱他。他是我最好的朋友,虽然我们彼此间并不怎么交谈。我们可以通过对方的眼神来洞悉彼此的心思意念,这是多么奇妙的事情啊。"人群中开始有人嘀咕着表示赞同她所说的。她转而凝视着伊桑:"我想让你知道,我宁愿卡尔死了,宁愿自己就在今天死去,也不愿意在那个病态而虚假的小镇中再多活几个小时。我们曾经在那里像囚犯和奴隶一般活着。我知道你做了你认为正确的事情。我丝毫不会责怪你。或许并不是这里的每个人都跟我想法一致,但我知道我绝不是唯一一个这么想的人。"

"谢谢你!"伊桑说,"谢谢你这么说。"

他缓缓转过身去,打量着九十五张正注视着自己的脸庞。他觉得他们的身家性命全都沉沉地压在了自己的肩膀上。

最终他开口说道:"我会在十分钟之后从那扇门走出去。凯特,你愿意跟我一起去吗?"

"我当然要去。"

"我们还需要另外两名志愿者。我知道也许有很多人想要加入我们,可是你们要知道,这个山洞仍然有可能会遭遇下一轮袭击。我们希望留在这里的人能得到妥善的保护和防卫。如果你善于射击,有很好的体能,而且能够控制内心的恐惧感,那么就请走到门前来加入我们吧。"

#

伊桑坐在舞台上,特丽萨和本杰明坐在他左右两侧。

男孩开口说道:"爸爸,我不想让你再回到外面去。"

"我明白,孩子。我就只在私底下告诉你吧,其实我一点都不想出去。"

"那你就别去啊。"

"有时候,我们不得不做一些自己不想做的事情。"

"为什么?"

"因为它们是正确的事情。"

他无法猜出儿子的头脑里正在想些什么。学校教授给孩子们的所有谎言,全都被残酷的真相击得粉碎。伊桑还记得当自己还处在本杰明现在的年纪时,父亲常常在自己做噩梦时将自己摇醒,然后告诉自己说那不过是个噩梦而已,这世上压根就没有什么怪兽存在。

可是在他儿子的世界里,怪兽却实实在在地存在着。

而且是无处不在。

你应该如何去帮助孩子接受一个连你自己都难以接受的事实?

男孩伸出双臂,紧紧地抱住了伊桑。

"如果你想哭,就哭出来吧。"伊桑说,"这不是什么丢脸的事儿。"

"你就不会哭。"

"你再看看呢。"

男孩抬起头来看着父亲,说道:"我以前从没见你哭过,你现在哭是因为你知道自己不会活着回来了吗?"

"不是的,是因为我爱你们,我非常非常爱你们。"

"你会回来吗?"

"我会尽力的。"

"要是你回不来了怎么办?"

"他会回来的,本杰明。"特丽萨说。

"不,我们应该对他更诚实一些。儿子,我要做的事是非常危险的。我有可能没法完成任务。如果我遇到任何不测,你要好好照顾妈妈。"

"我不希望你遇到任何不测。"本杰明再次哭了起来。

"本杰明,看着我。"

"什么?"

"我再说一次,如果我遇到任何不测,你要好好照顾妈妈。那个时候,你就是一家之主。"

"好的。"

"你得向我保证。"

"我保证。"

伊桑亲吻着男孩的额头,视线转向特丽萨。

她实在很坚强。

"你会回来的。"她说,"等你回来的时候,你会让这个小镇变得更好。"

汉索尔

外勤侦察员汉索尔原本打算再在荒野中度过最后一个晚上,可是当他钻进位于一棵松树顶端的露营袋,并合上拉链的时候,他才意识到——今夜恐怕无法成眠了。

他已经在通电围栅之外的荒野里度过了一千三百零八天了。虽然他没法确定，可他估计此时黑松镇应该就在他北面几英里远的地方。在每日的探险生涯中，他总会在某个时刻想象着此时此刻的情景。他常常想——我还会再见到黑松镇吗？穿过通电围栅的铁门，走回那个安全的，有着我所爱之人及所爱之物的小镇，会是什么感觉？

在黑松镇的历史上，总共只有八名外勤侦察员被送出通电围栅之外。在皮尔彻的核心圈子成员眼中，执行该项任务是至高的荣耀，也是最英勇的牺牲。据汉索尔所知，没有任何一名外勤侦察员能在执行完长期任务之后返回黑松镇——除非有人在他出发之后才返回——他将成为第一个完成侦察任务之后平安归来的英雄人物。

他速度很慢、有条不紊地对自己的凯尔蒂双肩背包进行最后一次整理。包里还有几个空水瓶、一些燧石和铁块、一个空的急救药箱以及最后几片已经发霉的牛肉干。

他习惯性地将皮面日记本放进塑料袋里密封起来。这个本子里记录了这三年半来他在荒野里点点滴滴的经历：悲伤的时刻，快乐的日子，他确信自己命不久矣的绝望瞬间，他所发现的一切，还有他所看到的一切。

当他看到五万多只怪兽成群结队地从曾被称为大盐湖邦纳维尔盐碱滩的地方飞奔而过的时候，被吓得心跳频率顿时达到了每分钟一百六十下。

当他看着落日的余晖将从前波特兰市一座座高达天际、锈迹斑斑的大楼残骸照成金黄色时,情不自禁地潸然泪下。

原本蔚蓝的火山口湖已经干涸得滴水不剩了。

从前巍峨高耸的沙斯塔山垮塌了一大半。

他曾站在海角堡的遗址上看着海湾对面金门大桥的剩余部分——南塔最顶端的一百英尺从海面上突起,像极了一艘沉船的桅杆。

他曾度过了无数个阴冷潮湿的漫漫长夜。

常常都得忍饥挨饿,还得忍受寂寞感的折磨。

他在无数个灰蒙蒙的清晨不愿钻出露营袋继续赶路。

好些夜晚他都心满意足地坐在一团篝火前吸着烟斗。

这真是一段怪异而奇妙的人生经历。

而现在,经历了这一切之后,他就要回家了。

汉索尔系好背包的系带,扣好肩带,然后将它背在了背上。在过去的这几天里,他比以往更为急切地赶路前行,以至于此时他感觉到两腿和双臀的肌肉似乎因为承受了过多的压力而被拉伤了。这种渐渐累积起来的伤病得静养休息好几天才能得到恢复。但现在这又有什么关系呢?他很快就可以吃饱喝足,洗净全身,躺进温暖而舒适的被窝中去了。在归家前的最后一段旅途,咬咬牙也就把疼痛忍过去了。

他沿着一条溪流前行,后来它改道流向了西边,而汉索尔则继续一路向北行进。

渐渐地,水流的声音越来越小。

森林变得阴暗而寂静。

他所迈出的每一步都深具意义，每向前迈出一步，就表明他离家又更近了一步。

他停住了。

通电围栅就伫立在他的正前方。

事情不大对劲。通电围栅的致命电压本该发出"嗡嗡"的声响，可现在却声息全无。

这时他满脑子只想着一个名字——特丽萨。

汉索尔迈开脚步，朝围栅的大门狂奔而去。

BLAKE CROUCH
PINES

第六章

泰 德

泰德的住处位于四楼,他的宿舍面积比其他员工大了一倍,这是他作为最早加入戴维·皮尔彻核心圈子的成员所得到的特别优待。他已经在这间狭小的宿舍里住了整整十四年,这里的每一件东西都摆放在适当的位置上,整个房间弥漫着一种像家一样的令人觉得自由而舒适的凌乱感。

在基地里生活,工作和休闲两个组成部分以某种奇特的节奏交替进行着,这里的人们大多花了好几年的时间才能从中找到平衡。无论你就职于哪个部门,工作任务都相当繁重。每周得工作六天,每天工作十个小时。可是即便如此,每个人也只能勉强完成当日的既定工作任务。身为监控小组组长的泰德,已经记不得自己上一次周工作时间少于七十个小时是什么时候的事情了。可是更大的考验在于,他自己又该如何安排每周除了工作和睡眠之外的另外几十个小时的自由支配时间。他不是一个性格外向的人,但即便每天只是通过监控室的显示屏观察黑松镇的居民们,他还是觉得自己工作时的每一分每一秒都在跟居民们相处。所以,他很希望工作之外的时间能够以独处的方式度过。

他曾试过绘画。

以及摄影。

甚至还试过编织和大量运动，为的就是打发时间。

八年前的某一天，他在基地里偶然发现了一台年代久远的安德伍德牌触摸达人5号打字机。他把这台打字机连同好几箱打印纸都搬回到自己的住处，然后在房间的角落里摆放了一张小小的打字桌，这样一来，他便在宿舍里拥有了一个舒适的打字区。

他这辈子始终都觉得自己终有一天能写出代表美国精神的主题小说。

可是现在美国已经不复存在了，事实上，这个地球上以往的一切都不复存在了，那他还能写什么呢？

换句话说，既然人类已经处于濒临灭绝的边缘，那么文学和艺术创作又有什么意义可言呢？

他不知道该如何回答。不过当他开始用手指敲击打字机上老旧的按键——这些按键已经被磨损得几乎看不见上面的字母了——的时候，他知道自己喜欢写作，也喜欢用手指按压打字机键盘的感觉。

当他坐在打字机前的时候，面前没有屏幕。

他享受着有触感的悦耳"咔哒"声，嗅着纸张被缓缓卷入时所散发出的油墨香气，同时沉浸在自己的思绪中。

起初，他试着创作一部侦探小说。

可后来却无疾而终。

接下来他又开始写自己的传记，但很快就因懒得去回想过往的经历而放弃了。

自那以后又过了两个星期，他脑子里突然灵光一闪：既然每天都盯着监控显示屏，观看好几百号人以绝望程度各不相同的内心状态过着日子，那么他完全可以以黑松镇的居民为主角写一部小说啊。他可以先记述他们以往的人生经历，再描写他们在黑松镇的融合过程，同时试着揣摩他们内心的想法和恐惧感。

于是他便认真地写了起来，而且一发不可收拾。

一个接一个的故事在他脑海中涌现。当他按照预先的设想写完成千上万个关于人们在黑松镇生活的故事之后，摆在桌子上的稿纸已经累积得像一堆厚厚的积雪那么高了。

他不知道接下来该如何处置这些故事。

他想象不出会有谁想要阅读它们。

他将这部小说的书名暂定为《黑松镇的秘密生活》，他预期的理想封面是住在山谷小镇里每一位居民的脸部照片集锦。他得先把书写完，然后才能考虑后续事宜。然而如今他却遇到了一个困扰：这本书看起来压根儿就没法收尾，人们在黑松镇的生活仍在继续，不断有新的事情发生。有人死去，也有新人复活后住进小镇。如果一本书里的故事永远没有终结，那这本书如何才能收官并出版呢？

可是，当泰德昨天晚上坐在皮尔彻的办公室里，透过屏幕墙看到一大群怪兽袭击小镇的画面时，这个问题便有了悲剧性的答案。

黑松镇的"上帝"突然而迅速地为小镇带来了终结，这就是小说故事的大结局。

\#

一大早就有人敲响了泰德宿舍的房门。

他还没有起床。在刚刚过去的那一整夜里,他一直躺在床上恐惧担忧着,浑身乏力,犹豫不决。

他说:"请进。"

他的老朋友戴维·皮尔彻推开门走了进来。

泰德一整夜都没有睡着,而皮尔彻看上去应该也是彻夜难眠。老头子显然非常疲倦,泰德从他眯缝着的眼睛里看出他还没从昨夜的宿醉中彻底清醒过来,而且他嘴里仍然散发着那瓶上好苏格兰威士忌的气味。皮尔彻脸上已经冒出了一些须楂,甚至连他那光秃秃的头顶上也钻出了几根极短的灰白色头发。

皮尔彻走到泰德的打字桌旁,将下面的椅子拉出来,然后拖到床前坐下。

他看着泰德,半晌没有说话。

他终于开口道:"你有什么要告诉我的吗?"

"告诉你什么?"

"跟你的小组成员有关的事情。你对我说你想自己处理这件事,你说你会查明是你的哪一个手下帮助伯克治安官策划了这次叛变。"

泰德叹了口气,从床上坐了起来,伸手摸到床头柜上镜片厚厚的眼镜,将其戴在脸上。他身上还穿着昨天穿过的那件脏兮兮的短袖衬衫,领带都没有取下来。他的裤子也没换过,甚至连鞋子都还在脚上。

昨天晚上在皮尔彻的办公室里，泰德觉得很害怕。

而此刻的他只是觉得疲惫和愤怒。

他非常愤怒。

他说："昨天你跟我说，伯克掌握了一些除了凭借监控小组成员的帮助之外便无法获得的信息，你能告诉我你指的是什么信息吗？"

皮尔彻向后靠在椅背上，跷起了二郎腿。

"不，这我不能说。我只是希望身为监控小组组长的你，能做好你他妈的分内的工作。"

泰德点了点头。

"我知道你不会告诉我。"泰德说，"不过没关系，我知道那是什么信息。其实我昨天晚上就该告诉你的，可是我那时实在太害怕了。"皮尔彻歪着头，满脸困惑。"我找到了你和帕姆杀害你女儿的那段录像。"

接下来，泰德的宿舍里只剩下了令人难堪而痛苦的沉默。

"是因为伯克治安官来找你求助吗？"皮尔彻开口打破了沉寂。

"我花了整整一个晚上的时间来思考自己应该怎么做。"泰德把手伸进衣兜，取出了一小块外形类似云母片的存储器。

"你把那段录像复制下来了？"皮尔彻问道。

"是的。"

皮尔彻低下头看了看地板，然后又抬起头来看着泰德。

他说："你明明知道我为我们的伟大计划付出了多少心血。我当时的一切付出都是为了让我们能在两千年后的今天坐在这里。

我们是这个世界仅存的人类。我拯救了……"

"凡事都应该有一个界限,戴维。"

"你真的这么认为吗?"

"你杀害了自己的亲生女儿。"

"她帮助一个地下组织……"

"无论在任何情况下,你杀害阿莉莎都是不对的。你怎么可能不知道这一点?"

"当我还生活在从前那个世界时,就做出了选择。对我来说,没有任何事比黑松镇更为重要,一个也没有!"

"甚至包括你的女儿在内吗?"

"对,甚至包括我亲爱的阿莉莎。你以为……"泪水夺眶而出,顺着老头子的脸颊往下流,"你以为我想要这样的结果吗?"

"我已经搞不清楚你想要的到底是什么了。你害死了全镇的居民,你杀掉了自己的女儿,你还在多年前杀害了自己的妻子。何处才是尽头?你的界限在哪里?"

"对我来说,根本就没有所谓的界限。"

泰德用手指在储存器上轻抚了一下。他说:"你仍然还有赎罪的机会。"

"你在说什么啊?"

"你去把所有人都召集起来,把一切事情都坦白交代。你要告诉他们你对阿莉莎做了什么,以及你对黑松镇的居民做了什么……"

"他们当中没有人会理解的,泰德。连你也不理解。"

"这么做不是为了博取他们的理解,而是因为你应该这么做。"

"我为什么要听你的?"

"为了你自己的灵魂,戴维。"

"让我来告诉你吧。在我这一生中,人们不理解我为什么会为了获得成功而不惜一切代价。连我妻子也不理解,阿莉莎同样没法理解。现在令我感到伤心的是,居然连你也不理解,当然这并不让我感到惊讶。你看看我所创造的一切,看看我完成了什么壮举。如果现在还有历史书的话,我的名字应该在书中被列为人类有史以来最重要的头号人物。这可不是我一厢情愿的妄想,而是他妈的真真切切的事实。我拯救了人类,泰德,原因就在于我为了获得成功而不惜一切代价,没有人会理解这一点。唔,事实上,还是有两个人可以理解,可是阿诺德·波普已经死了,而帕姆又失踪了。你知道这意味着什么吗?"

"不知道。"

"这意味着接下来我得亲自去完成那些卑鄙的勾当了。"

皮尔彻突然从椅子上站了起来,朝泰德靠近。泰德直到看见了老板手中发出寒光的匕首时,才意识到眼前发生了什么。

伊 桑

最后,伊桑只挑选了两名合他心意的志愿者。在这群人当中的其余各人——甚至包括凯特在内——都不曾像这两人一样有过直面怪兽的经历。他认为大多数人在面对一只朝自己迎面扑来的艾比怪兽时,都会被吓得瞬间失去一切勇气,那些从未有过类似经验的人更是如此。

他们开始选取武器。

鉴于玛姬以前只用过.22口径的步枪,所以伊桑给了她一支上好了大号铅弹的莫斯伯格930霰弹枪,然后又往她的雨衣口袋里装满了备用子弹。他为她示范该如何握枪,如何装填弹药,同时也教她该如何应付射击时产生的巨大后坐力。

接下来,他依次为另一支莫斯伯格930霰弹枪和一支.357口径的史密斯威森左轮手枪上好弹药,并把它们交给了赫克托尔。

凯特选的是大毒蛇AR-15半自动步枪,又拿了一把.40口径的格洛克手枪备用。

伊桑站在洞穴门外的隧道里,转头看着留下来负责看守木门的那几个人。

"要是你们没有回来,我们该怎么办呢?"负责维持"庆典"秩序的警员问道。

"你们这里有足够维持好几天的食物。"凯特回答说。

"食物总会被吃完啊。"

"我想接下来你们就得自己想办法了。"

特丽萨和本杰明都站在木门旁边。

他们一家人已经道别过了。

伊桑的视线一直没有离开妻子,直到厚重的木门被关上,门闩也被推回锁扣。

隧道里很冷。

他们能看到隧道尽头有阳光在闪耀。

伊桑说:"不到万不得已,我们都不要开枪。最完美的情节是,我们可以不用一发子弹就平安去到镇上。一旦我们开枪暴露了自己的位置,很可能会把怪兽全都吸引过来。"

凯特领着众人朝隧道口的亮光走去。

伊桑回想着木门关上之前,自己最后一刻所瞥见的特丽萨和本杰明的模样。

他心想,这会是我最后一次见到你们吗?

你们知道我有多爱你们吗?

\#

他们站在岩架的末端,俯瞰着整片山谷。

现在是清晨时分。

位于他们身下一千英尺处的小镇悄无声息。

阳光暖暖地照在伊桑脸上,他觉得很舒服。

玛姬小声说:"我觉得这就像一个再普通不过的美好早晨,不是吗?"

由于距离太远,他们没法看清下面大街小巷的情形。伊桑想到了放在治安官办公室最下面抽屉里的双筒望远镜,要是此刻带着它就好了。

他走到岩架边缘,看着正下方三百英尺处一块与岩壁垂直的石块,它在阳光的照射下闪闪发光。

他们走过厚木板栈道,来到了岩壁另一侧最高的转折处。

岩壁被阳光照得发热。

他们开始向下攀爬。

手里握着钢缆。

沿着岩石表面的人工凿痕,一点一点往下挪动着脚步。

一只飞鸟也看不到。

甚至连一丝一毫的风声都听不见。

唯一能听到的只有他们四个人紧张的呼吸声。

当他们攀到比树顶还低的岩壁时,发现手中的钢缆由于照不到阳光而冷得如同冰块一般。

接下来他们便从岩壁上下来了,双脚踩在了柔软的森林地面上。

伊桑说:"凯特,你知道进入小镇的路吗?"

"我应该知道的。现在我觉得这里的一切都好奇怪,可能是因为我从来没在白天来过这里的缘故吧。"

她领着大家进入了松林中。

林中地面上还有好些残存的积雪,以及昨晚众人留下的足迹。

他们沿着足迹走下山坡。一路上伊桑不时打量着周围的树丛,可是没发现任何动静。整片树林似乎陷入了完全的死寂当中。

过了一会儿,他听到了"哗啦哗啦"的瀑布水流声。

他们攀下一个相当陡峭的山坡。

没过多久,他们来到了排水隧洞出入口附近的河流边。河水中,河岸边,处处都能见到伊桑昨天夜里射杀的怪兽尸体。

瀑布飞溅起来的水雾浸湿了他的脸庞。

他抬起头来,看向从两百英尺高的岩架上倾泻下来的瀑布,发现阳光照在瀑布水流上形成了一道美丽的彩虹。

"我们走隧道去镇上吗?"凯特问道。

"不。"伊桑说,"我们应该选择更大的空间,以便奔逃之需。"

\#

待他们又走了四分之一英里之后,地势渐渐变得平坦起来。他们走出森林,来到小镇东部边缘一栋破旧老房子的背后。伊桑认出这栋房子就是他刚来黑松镇时发现埃文斯特工腐烂尸体的地方。

他们走进了房子侧面的杂草丛中。

在此之前,伊桑一直觉得寂静令他感到安心。可此时的寂静却令他备感不安,仿佛整个世界都屏住呼吸等待着什么可怕的事情发生。

他说:"这一路走来,我一直在考虑一件事。倘若我们能找到一辆可用的汽车,那么我们就可以一路驾车前往小镇南端,而且途中也不必担心会遭受伏击。凯特,你家门前那辆旧车还能开吗?"

"那车已经好几年没用过了,我可不想冒险去开它。"

"我家门口那辆车还能用。"玛姬说。

伊桑问:"你最后一次开它出去是什么时候?"

"两个星期以前。那天早上我接到一个电话,有人让我开着车在小镇绕上几个小时。"

"我一直不明白他们为什么让人那样做。"赫克托尔说。

"那是因为在一个正常的小镇,街道上不可能一直都没有汽车行驶往来。"伊桑说,"所以他们用这种方式令黑松镇看起来正常一些。你家在哪里,玛姬?"

"第八大道,位于第六大道和第七大道之间。"

"那里离这儿不过六个街区而已。你的车钥匙放在家里哪个地方的?"

"就在床头柜的抽屉里面。"

"你确定吗?"

"百分之百确定。"

伊桑躲在房子转角处察看了一下四周的情形,他看到远处的街道上有好几具尸体,却没能发现怪兽的踪影。

"我们在这里坐下来歇息一会儿吧。"他说,"缓口气再走。"

他们在被腐蚀得不成样子的木板墙边坐了下来。

伊桑说:"玛姬,赫克托尔,你们都没有在军中服役的经历吧?"

两人齐刷刷地摇了摇头。

"我从前做过黑鹰直升机的飞行员,我在法鲁贾市见过不少惨烈的战斗。眼下我们将穿越六个极其危险的街区,在这种情况下,我们得用正确的方法来移动,从而降低将自己暴露在敌人面前的风险。在我们目前所处的这个位置,我们只能看到邻近这一个街区的情形,不过当我们去到街对面之后,视野会跟着发生变化,我们的头脑也会接收到新的信息。尽管我们需要穿越六个街区,但我们可以把这段距离分解开来,逐一应付。玛姬和我会先去到街对面,找到一个安全位置。我会从新的位置对附近这块区域进行一番新的观察和评估，然后我会比画一个手势，到时候凯特和赫克托尔再过来加入我们。你们听明白了吗？"

众人一起点头。

"关于我们应该如何移动，我还想再说最后一点，就是一种被称为'战术纵队'的策略。当我们跑起来的时候，要尽量缩短彼此之间的距离，但是又不能小到令人无法保持警觉。当一个人穿过一片危险区域之后，出于本能反应，就会集中注意力去观察远处是否有危险存在，而这样做是错的。倘若我们看到有怪兽从一两百米远的地方朝我们跑来，那我们还有时间来作出反应。有可能发生的最糟糕的情况，是遭遇出其不意的近距离伏击。倘若有一只怪兽从你身旁的灌木丛中或建筑物拐角突然冒出来，那么你恐怕连举枪的时间都没有。所以，要随时留意自己邻近的危险区域，这是至关重要的。当你需要从一片灌木丛旁边经过，但又无法看见它后面有什么的时候，就举起你的枪瞄准那片灌木丛。明白了吗？"

玛姬握着霰弹枪的手开始抖个不停。

伊桑握住了她的手。"我相信你会做得很好的。"他说。

她突然转过身去在草丛中呕吐起来。

凯特拍着她的背，轻声说道："没事的，亲爱的。在这样的情况下，你感到害怕是正常的，也对你有好处，它可以令你保持更高的警觉性。"

伊桑有些担心，这个女人完全没有做好准备来应对眼前的挑战。玛姬从来没有面对过类似程度的恐惧感和压力，可这一路她还是挺了过来。

玛姬擦了擦嘴，深呼吸了几下。

"你还好吗？"伊桑问道。

"我做不到。我以为我可以，结果却……"

"我知道你做得到。"

"不，我应该回到山洞里去。"

"我们需要你，玛姬。躲在山洞里的那些人也需要你。"

她点了点头。

"你会和我一道行动。"伊桑说，"我们一步一步地慢慢来。"

"好的。"

"你能做到的。"

"也许我只是需要一点时间。"

他在战场上见过类似的情形，这被称为"战斗瘫痪"，时常发生在士兵因面对残暴的战斗场景而极度恐惧，或受到持续的死亡威胁的时候。当他在伊拉克服役时，夜里噩梦中最常出现的是狙击手的子弹和路边的简易炸弹。可是，就算是在法鲁贾市度过的最糟糕的日子里，也不用担心走在街上会遇到什么想要将你生吞活食的东西。

他伸出一只手，将玛姬从地上拉了起来。

"你准备好了吗？"他问道。

"我想是吧。"

他指着街道对面，"我们现在要做的是跑到转角处的那栋房子旁边。你要排除杂念，让自己的脑子不要再想其他任何事情。"

"好的。"

"我得先告诉你,好让你有个心理准备,接下来你将在街上看到一些尸体,但你别去在意它们,甚至连看都不要去看。"

"那里也是一种'危险区域'。"她勉强挤出了一丝笑容。

"你说得很对。好了,现在你紧紧跟在我身后。"

伊桑拔出了霰弹枪。

他感到极其紧张,忐忑不安。

这是一种久违而又熟悉的恐惧感。

他们离开房子侧墙不过五步,街上的几具尸体就赫然映入了眼帘。而且……你根本没法做到不去看它们。他数了一下,总共有七个人,其中包括两个小孩,所有人的肚腹全都被撕裂开来。

玛姬跟在他身后。

他通过她的脚步声能判断出她就在自己后面一两米远的地方。

他们跑到街道上,在这里听不到任何声响,除了自己踩在柏油路上的脚步声。

还有他们喘气的声音。

伊桑对第一大道左右打量了一番——空无一物。

四周一片死寂。

他们跑进前院,然后加快步伐冲到了街边转角处那栋两层楼高的维多利亚式房屋跟前。

他们在一扇窗户下面蹲了下来。

伊桑从房子拐角察看着周围的情形。

然后再次看了看第一大道。

没有危险。

他转头看向凯特和赫克托尔,接着举起了自己的右臂。

他俩站起身来,开始慢跑。凯特跑在前面,姿态充满自信,看起来她非常清楚自己在做什么,而赫克托尔则以略显不安的步伐跟在她身后。伊桑能通过他们的表情看出他们何时看到了街上的那些尸体,只见赫克托尔脸色一沉,而凯特则咬了咬牙,他们根本没有办法将视线从尸体上移开。

伊桑看着玛姬说:"你干得不错。"

这下子他们四个人又聚在了一块儿。

伊桑说:"街上是空的。我不知道街上为什么会如此安静,不过我们倒可以充分利用这一点。这次我们四个人一起行动,我们要跑进马路中央,然后沿着马路往下走。"

"为什么?"赫克托尔问道,"房屋附近不是比空旷地带更安全吗?"

"房屋拐角可能藏着不受欢迎的东西。"伊桑说。

他让赫克托尔和凯特休息了一分钟。

随后他站了起来。

"我们的下一个目的地是哪里?"凯特问道。

"在前方两个街区外的马路对面,有一栋绿色的维多利亚式房屋。那房子的前院种了一排杜松灌木,我们要跑过去躲在那排灌木后面。大家都听明白了吗?"

"你希望我来殿后吗?"凯特问他。

"好的。你负责我们右侧区域的安全,同时要常常回头察看后方的情形,确保没有东西追来。"

清晨的第八大道看起来是如此的平静祥和。

他们一直沿着马路中央慢跑着,街道两旁都是古典的维多利亚式房屋,白色的尖桩篱栅在阳光的映照下泛着微光。伊桑的肚子饿得很痛,他已经不记得自己上一次进食是在什么时候了,奔跑的时候身体明显感觉有些力不从心。

他的视线不时在左侧的房屋及前方的马路之间来回移动着。

房屋的侧院令他尤其不安,这些位于房屋和房屋之间的狭长地带通向屋后的后院,那里是他看不见的区域。

他们来到了第一个十字路口。

真是太奇怪了。他原本以为镇上会挤满了怪兽。他心里想着难道它们已经离开小镇了?难道它们在对小镇进行连夜突袭之后,便又通过皮尔彻打开的围栅大门回到了来时的荒野中?如果真是这样的话,只要他能获得通电围栅的控制权,就能将怪兽再度阻隔在围栅之外,事情就好办多了。

那栋绿色的维多利亚式房屋已经很近了,再跑过两栋房子就到了。

他加快步伐,朝它的前院跑去。

凯特突然跑到了他的身边。

"发生什么事了?"他气喘吁吁地问道。

"跑快一点。"她喘着气说,"赶快跑!"

伊桑跳上人行道,飞奔着穿过草坪。

他回头看了看身后——什么都没有。

他们跑到了杜松灌木跟前。

并从树丛中钻了过去。

最后在灌木丛和房屋之间的阴影地带蹲了下来。

每个人都喘得上气不接下气。

伊桑问道:"凯特,刚才发生什么事了?"

"我看到了一只。"

"在哪里?"

"就在街边的一栋房子里。"

"它在房子里面?"

"没错,它站在一扇窗户旁向外看。"

"你觉得它看到我们了吗?"

"我不知道。"

伊桑跪在地上,抬起头来,通过灌木枝叶间的缝隙看着外面。

"快蹲下!"凯特低声说道。

"我得看清楚才行。它在哪栋房子里?"

"有着棕色外墙和黄色镶边的那栋。前廊有一架秋千,院子里有两个矮人雕像。"

他看到那栋房子了。

他还看到房子的纱门转过去关上了,同时听见远处传来了木头撞击门框的声音。

可是他并没有看到那只怪兽。

伊桑又在灌木丛背后蹲了下来。

"它从房子里出来了。"他说,"纱门刚刚关上。我不知道它现在在哪里。"

"它可能会绕到这栋房子的侧面。"凯特说,"然后偷偷地靠近我们。这些怪兽有多聪明?"

"非常聪明。"

"你知道它们是如何捕捉猎物的吗?它们的感官有多灵敏?"

"这我不知道。"

玛姬说:"我听到一点声音。"

所有人都立刻默不作声了。

那是一种敲击和刮擦声。

伊桑再次将身子挺直到足以透过枝叶向外窥探的高度。

那只怪兽正穿越人行道,径直朝这栋房子行进。

那敲击声原来是它的尖利爪子与水泥地面接触时发出来的。

这是一只大块头的雄性怪兽。

它的体重至少有两百五十磅。

它显然刚刚才饱餐了一顿。它的前胸沾满了干涸的血迹和内脏碎块——看起来像极了一片围嘴,以至于伊桑几乎无法看清它那颗跳动着的硕大心脏。

它在门廊前停下了脚步。

转动脑袋左看右看。

伊桑将身子缩了下去。

他将食指放在嘴唇上,然后将凯特的头拉近自己,轻声耳语道:

"它就在离我们二十英尺远的门廊跟前。我们可能不得不开枪了。"

她点了点头。

他双膝跪在地上，举起霰弹枪，将头伸到了杜松灌木丛的上方。

你这支枪上膛了吗?

当然上膛了。我昨天晚上往这支枪已装满子弹的弹匣里又塞入了一颗子弹。

那怪兽不见了，可是他们能嗅到它身上散发出的浓烈体味。

它一定来到了很近的地方。

突然，它尖叫着从灌木丛的另一侧窜了过来，露出尖利的牙齿，双眼很像两颗湿漉漉的黑色石头。

枪声震耳欲聋，尽管这只怪兽体形硕大，子弹的巨大冲击力还是将它击倒在了草坪上。它向后仰躺着，胸膛被子弹击出一个小洞，殷红的鲜血喷涌而出，顺着半透明皮肤直往下流。

凯特已经站了起来。

躲在灌木丛背后的赫克托尔和玛姬被眼前的情景吓得呆若木鸡。

伊桑说："我们得赶紧离开这里。"

他手脚并用地爬出了灌木丛。

怪兽并没有死，它一面呻吟着，一面试图用爪子去堵住胸膛上那个硬币大小的伤口，并以一种难以置信的表情看着汩汩往外涌流的鲜血。

当伊桑从它身旁经过的时候，它伸出爪子朝他抓去，轻易地划破了牛仔裤的下缘。

凯特紧跟在他身后，赫克托尔与玛姬走得更慢一些。

"快点！"他喊道。

他们跑到了街上。

伊桑的前额开始渗出汗珠，汗水流进了他的眼睛里，刺痛不已。

他们跑过了下一个十字路口。

街道上没有任何异常之处。

伊桑回头看向第八大道。

玛姬和赫克托尔正用力摆动着双臂，拼尽全力往前狂奔，他们身后没有什么东西追来。

在伊桑右手边，一整片街区都被一所学校占据了。

一些儿童游乐设施静静地伫立在铁丝网围栏后面。

有跷跷板、秋千、滑梯和旋转木马。

以及一个系着绳球的木杆。

还有一个篮球架。

更远处则是红砖砌成的校舍。

玛姬突然喊道："噢，天哪！"

伊桑回头看去。

她在街道中央停下了脚步，注视着街边那所学校。

他快步跑回她的身边。

"我们得赶紧走了。"

她伸出手来指了指学校的方向。

校舍大楼的侧面，一扇门被打开了，一个男人正站在门边朝他们用力地挥舞着手臂。

玛姬说："现在我们该怎么办？"

是啊，我们该怎么办？

现在的决定将会影响后续的所有事情。

伊桑翻过四英尺高的铁丝网围栏，飞快地穿越儿童游乐场。他经过了位于一棵巨大三叶杨树荫下的沙坑和儿童攀爬架，踩在满是三叶杨落叶的地面上继续往前奔跑。

开门的男人叫斯皮茨，他是黑松镇的邮递员。对于这个没有邮寄需求的小镇来说，邮递员这个工作岗位不过是形同虚设而已。然而，他每周还是有好几天会走街串巷地往居民家门前的邮筒里塞入一些伪造的邮寄宣传品，或者胡编乱造的税负通知，诸如此类的信件总是多不胜数。他长得很结实，留着浓密的胡须，腰围粗大到极为夸张的程度，让人几乎不敢相信他的双腿竟然能支撑上半身的重量。此刻他穿着一件破破烂烂的黑色T恤和苏格兰式短裙——这是他在"庆典"上穿着的服装，左手臂被一块血迹斑斑的布料包裹着。他的脸颊上有一道很深的伤口，右腿上有块肉被挖走了，留下一个血淋淋的凹坑。

当伊桑跑到他面前时，他说："嗨，治安官。我真没想到还能再见到你。"

"我也没想到，斯皮茨。你看起来可真狼狈啊。"

"我只是受了一点皮肉伤而已。"斯皮茨咧嘴笑道，"我们还以为其他组的人全都死光了呢。"

"我们组的人沿着排水隧道爬上了山洞。"

"你们组还剩多少人?"

"九十六个。"

"我们组还有八十三个人躲在学校地下室里。"

凯特问道:"哈洛德也在吗?"

斯皮茨摇了摇头,"他不在。我很遗憾。"

赫克托尔说:"我们还以为其他人都死了呢。"

"我们在前往隧道的途中遭遇了袭击,在河边死了大约三十人,当时的场面极为惨烈。看我现在这模样,你应该知道我也被怪兽攻击过。五个男人一齐用力才得以将它从我身上拉开。要不是他们当中有人带了一把弯刀,那只怪兽肯定就把我们所有人都干掉了。一分钟前我听到了枪响,所以就出来看看是怎么回事。"

"我们在前一个街区遇到了一只怪兽。"伊桑说,"在那之前我们还以为它们已经全都回到树林里去了呢。"

"噢,不是这样的,它们现在还分布在镇上各处呢。我短跑去可及范围内的几家住宅里查看过,仍然还有人躲在自己家中。天亮之前我才刚刚救出了格雷丝和杰西卡,吉姆把她们钉在了衣橱里。他没在你们那组,是吗?"

"我昨天晚上见到他了。"伊桑说,"他没能活下来。"

"噢,真是不幸。"

"你们那组人怎么样啊?"玛姬问道。

"夜里有三个人因伤势过重死去了,还有两个人情况非常危急,很可能活不过今天。很多人都受了很重的伤,所有人都怕得要命。我们没有食物，饮水机里还剩了一点点水。我们这组成员里有一名学校老师，要不是他告诉我们可以来这里避难，恐怕我们这组人早就全数罹难了，对此我深信不疑。昨晚可真是一场大混战啊。"

"地下室有多安全？"伊桑问道。

"还算不错。我们躲在两扇门背后的一间音乐教室里，教室没有窗户，只有一个出入口。我们堆了好些东西挡在那里。当然，我不是说现在它已经牢不可破，可是我们目前还能撑得下去。"

这时，从好几个街区之外传来了一声尖厉的嗥叫。

"你们最好也跟我一起躲进地下室吧。"斯皮茨说，"听起来像是你们先前杀死的那只怪兽被它的同伴找到了。"

伊桑看了看凯特，又回头看着斯皮茨。

"我要去山上。"他说，"去找皮尔彻。"

玛姬说："既然那里面有伤者，我想我应该能帮得上忙。在来黑松镇之前，我正在护士学校接受培训。"

"那真是太好了！"斯皮茨说。

作为对先前那声嗥叫的回应，第二声嗥叫响了起来。

凯特问："你们手头有什么武器吗？"

"只有一把弯刀。"

噢，该死！这样一来伊桑就得留下一个会用枪的人跟他们待在一块儿。这组人光有大弯刀是不足以保护自己的。

"凯特，你也留下来跟他们待在一起。"他说。

"可是你需要我啊。"

"没错,可是如果我们俩都死了,那该怎么办呢?要是你留下来的话,倘若我回不来,你还可以执行后备计划。同时,你还能保护这里的人。"

赫克托尔看上去并非欣然接受伊桑的主意,他吞吞吐吐地开口道:"唔,伊桑,我猜这样一来就只剩下我和你一道行动了。"

"我还会再见到你吗,治安官?"斯皮茨问道。

"希望总是存在的。"伊桑抓住玛姬的手,问道,"你确定车钥匙在床头柜的抽屉里?"

"是的。上到二楼后,往右拐,我的卧室在走廊尽头的那扇门里。"

"你的房子上锁了吗?"

"没有。"

"是哪一栋房子?"

"粉红色外墙,有着白色镶边,前门上挂了一个花环。"

玛姬和斯皮茨跑进了校舍。

伊桑正要转身离开,可是凯特却伸出双臂搂住了他的脖子,她搭在他后颈的手非常冰冷。她不断把他拉近自己,直到两人的嘴唇触碰在了一起,然后她亲吻了他,而他也没有拒绝。

她说:"你要小心。"然后消失在了门后面。

伊桑看了看紧张的赫克托尔。

怪兽们的嗥叫声此起彼伏。

"还有两个街区。"伊桑说,"我们能跑过去的。"

他们在校园里奔跑,在野餐桌之间的空隙里穿梭着,跑进了

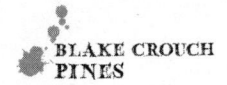

空旷的运动场,然后径直朝铁丝网栅栏奔去。

伊桑回头看了看身后,发现跟来了几个四肢并用的灰白色身影。

他将霰弹枪背在肩上,伸出双手握住铁丝网栅栏,一跃而起,从栅栏顶端跳了过去,一落地便开始继续奔跑。

他跑到了一个十字路口。

右手边——空无一物。

左手边——四只怪兽正朝他奔来,还好它们还在几个街区之外的地方。

突然,一只怪兽从半个街区之外的一栋房子里破窗而出,猛地扑向伊桑。

"你继续往前跑!"他停下脚步朝赫克托尔高喊道,同时站好了射击姿势,并将霰弹枪里的一颗子弹推入枪膛。

当赫克托尔从他身旁经过时,他正好用一发子弹命中了怪兽的头部。

随即他跟在赫克托尔身后继续奔跑,当他们来到玛姬房子前的最后一个十字路口时,他才想起刚才忘了问玛姬她的车是什么样子的。这个街区的街边停了好些汽车,而玛姬的房子外面也停了两辆车。

这时他们正前方出现了两只怪兽,距离只有不到一个街区。怪兽看到他们后便沿着主街朝他们跑来。伊桑回头看去,又发现五六只怪兽刚刚从两个街区之外的学校附近拐弯过来。

他和赫克托尔总算跑完了玛姬家前院的最后三十英尺路程。

随后他们走上台阶，进到了有顶篷的前廊。

伊桑用力拉开了纱门。

怪兽们的嗥叫声又响了起来，不绝于耳。

而且听声音可以知道它们已经渐渐聚拢了。

赫克托尔有些惊慌失措。

伊桑转动了一下门把手，侧身挤进了大门，迅速冲进了屋子里面。

"把门锁上！"当赫克托尔步履踉跄地走进来时他高喊道，"你就站在楼梯中间，只要有东西闯进来，你就朝它开枪。"

"你要去哪里？"

"我去取车钥匙。"

伊桑一步两阶地爬上了楼梯。

屋外的嗥叫声传了进来。

当他来到二楼时，立即右转进入了走廊，然后飞快地朝走廊尽头那扇关着的门跑去。

他丝毫没有减速地用身体撞开了门。

这个房间的墙壁漆成了黄色，铺设着白色的天花线。

面料柔软的窗帘遮挡着窗户。

一把椅子的椅背上搭着一件毛巾布睡袍。

伊桑看到了一张柔软而整洁的大床。

床头柜上摆放着一叠简·奥斯丁的小说和一个熏香炉。

室内寒冷的空气中依稀还能嗅到香精油的芬芳气息。

这里是玛姬的避风港。

伊桑迅速跑向床头柜，拉开了抽屉。

这时，楼下传来了玻璃破碎的声音。

以及木头断裂的声音。

还有嘶吼咆哮的声音。

就在伊桑将手伸进抽屉摸到钥匙的时候，他听到赫克托尔喊了一句什么。

紧接着便传来了一声枪响。

好几只怪兽顿时嗥叫不已。

赫克托尔喊道："噢，天哪！"

紧接着又是新子弹上膛的"咔哒"声。

"砰"的爆炸声。

"咔哒"声。

空弹壳从楼梯上掉落的声音。

伊桑将玛姬的钥匙串塞进了牛仔裤的前兜，跑回到走廊上。

赫克托尔尖叫了起来。

但不再有枪声传来了。

伊桑的靴底非常光滑，当他冲到楼梯口的时候，由于靴底在硬木地板上打滑，好不容易才停了下来。

他看到了鲜血。

到处都是。

赫克托尔被三只怪兽团团围住，一只怪兽撕扯着他的右腿，另一只正将他一条手臂上的二头肌扯下来，还有一只正在撕咬他腹部的筋膜和肌肉。

赫克托尔发出凄厉的惨叫声，同时用自己还能活动的那只手无力地敲打着正准备吞食内脏的怪兽的头。

伊桑举起了霰弹枪。

第一发子弹击中了正打算钻进赫克托尔肚腹中的怪兽的颈部，令其身首异处，当场毙命。接下来的一发子弹在第二只怪兽扬起头来咆哮时击中了它的头部，不过与此同时第三只怪兽却先发制人地伸出爪子朝伊桑扑了过来。说时迟那时快，伊桑赶紧将子弹推入枪膛并扣下扳机。

它从楼梯上跌落，正好撞在了另外两只刚刚破门而入的怪兽身上。

伊桑将一颗新子弹推入枪膛，在楼梯顶部站稳，试着想清楚接下来该采取什么行动。他竭力抵御着内心深处的恐慌，可脑子里却隐隐觉得自己这次恐怕没法逃脱噩运。莫斯伯格霰弹枪射击时所产生的后坐力令他的左肩一触即痛，但他此时却不得不将枪托继续抵在左肩上，疼痛令他倍受折磨。

刚进门的两只怪兽从死掉的同伴尸体下面爬了出来，朝伊桑逼近。就在它们刚一攀上楼梯的时候，伊桑便连开两枪击毙了它们。

屋子里硝烟弥漫，唯一能听到的声音是赫克托尔的大腿股动脉不断将鲜血喷射到前门上所发出的"嘶嘶"声。

楼梯上浸满了鲜血，看起来极其可怖。

赫克托尔呻吟着，颤抖着，两只手握着自己的肠子，又惊又惧。

他的血流失得非常迅速，满脸苍白，冷汗顺着他的头发滴流下来，看起来他的生命行将结束了。

他勉强抬起头来，用战场上行将死去的士兵看着躲过敌人子弹的战友一样的目光注视着伊桑。

眼里充满了恐惧和难以置信。

天——哪——请——告——诉——我——这——不——是——真——的！

前门已经被撞得从铰链上脱落开来，透过门洞，伊桑看到更多的怪兽正涌入前院。

它们将在赫克托尔气息尚存的时候生吞了他。

伊桑掏出手枪，解除了保险。

虽然他并不确信这是不是真的，但他还是说道："你将要去一个更好的地方了。"

赫克托尔只是注视着他。

我应该让你去找钥匙的……

伊桑一枪击中了钢琴家的眉心。当怪兽们蜂拥着进入前门时，他已经跑进了与玛姬的卧室相反方向的走廊。

他推开右手边的第二扇门，走了进去。

他轻轻地关上身后的门，按下了一个看起来阻挡不了任何东西的门锁。

在这个房间里，磨砂玻璃窗下面放着一个古典四脚浴缸。

在他走向浴缸的途中，透过房间门听到了怪兽们所发出的声音。

它们正在大吃特吃。

伊桑把霰弹枪放在立柱水槽上，然后抬脚跨进了浴缸。

他打开了锁住窗户的搭扣。

将窗户往上抬升了两英尺。

已经开到最大了。

他爬上浴缸的边缘，看到窗户外面有一个用围栅围起来的空旷小后院。

楼梯"嘎吱"作响，怪兽们上来了。

紧接着走廊里传来一声巨响，像是有什么东西全速撞向了二楼的某扇房门。

伊桑跳下浴缸，一把抓起了霰弹枪。

浴室门外响起了一只怪兽的嗥叫声。

他走到窗户边，开始往窗台上攀爬。

有东西重重地撞上了浴室的门。

木门从中间裂开了。

伊桑把一颗子弹推入枪膛，对准门板的中央开了一枪，随即他听见门外有东西"砰"的一声倒在了地上。

门板上留下了一个弹孔，一大摊鲜血从门缝下面渗进了浴室，并缓缓地在铺着黑白相间瓷砖的地板上蔓延开来。

伊桑爬上了窗台。

他将霰弹枪扔到窗外一楼的屋顶上，然后从打开的窗户费力地往外钻，这时又有一只怪兽正在撞击他身后的浴室门。

伊桑跪在窗框下面，往霰弹枪的枪膛里填入了八颗子弹，然后将枪的背带背在肩上。

那只怪兽仍在试图撞开浴室门。

伊桑关上窗户,小心翼翼地朝一楼倾斜屋顶的下缘横向挪步。

这里离后院的地面约有十二英尺高。

他趴下身子,缓缓爬到屋顶下缘,伸手抓住了排水沟,并将整个身体从屋顶垂下。他努力把身体伸展开来,待双脚离地只有五英尺的距离时,就将手从排水沟上松开了。

他重重地落到地面,在双脚触地的一刹那,他将两腿弯曲以减轻撞击力。他落地后在地上滚了一圈,随即迅速地站了起来。

透过屋子后门上的窗格玻璃,他能看到屋内有好多怪兽。

伊桑小跑着绕过砖砌露台,他的肌肉、骨骼乃至身上的每一寸地方都疼痛不已,而且疼痛程度还在不断加剧。

后院的围栏由一英寸厚、六英寸宽、五英尺长的木板搭建而成,围栏上开了一道通往侧院的门。

他踮起脚尖,把眼睛凑到围栏顶部,看了看外面的情形——没有发现任何怪兽的踪影。

他拉开通往侧院那道门的门闩,把门拉开了一道刚好足以令他侧身挤过去的狭小缝隙。

突然,他听到二楼那里传来了玻璃破碎的声音。

他沿着房子的侧面朝前院跑去,快到的时候特意放慢了速度。

此时此刻,前院空空如也。

他看到了停在玛姬家门前的两辆汽车。

一辆是老式的CJ-5软篷吉普车。

另一辆是很旧的白色别克旅行车。

他从裤兜里掏出了钥匙串。

上面有三把钥匙。

每把钥匙上都没作任何标识。

他听到头顶附近传来了一些动静,听起来像是尖利的爪子在锡制屋顶上移动的声音。

他飞一般地健步冲入了前院。

紧接着他迅速穿过空空的前院,往路边跑去。跑到一半时他回头一看,正好看到一只怪兽从屋顶上跳下来,落在了前廊上。

四肢刚一着地,它便马上加速朝伊桑飞奔过来。

伊桑在人行道上停下脚步,转过身来,举起霰弹枪,对准怪兽的胸骨扣下了扳机。

一时间屋子里嘶吼声和嗥叫声纷纷响了起来,并且不绝于耳。

那辆别克旅行车离他更近一些。

这辆车有百分之五十的可能会是玛姬的车。

伊桑拉开副驾驶座位那一侧的车门,俯身钻入车内,然后关上了车门。

当他爬到驾驶座上后,试着将第一把钥匙插入点火开关。

可是不对。

"快一点啊!"

他赶紧换成第二把钥匙插进去。

这次钥匙顺利地插进去了。

然而却转不动。

一只怪兽从玛姬家的前门冲了出来。

他又换成了第三把钥匙。

那只怪兽身后又出现了四只,当其中两只朝中枪躺在草地上的垂死同伴跑去时,三把钥匙中的最后一把却没法插进钥匙孔。

该死!该死!该死!该死!该死!

伊桑赶紧将身子一缩,设法钻到了座位底下。

现在他什么都看不见,不过能听到怪兽们在前院发出的动静。

它们会过来察看车子里面,然后就会看到你,接下来该怎么办?还是早点从车里出去吧。

他伸手握住了车门把手,轻轻地一拉。

"嘎吱"一声推开了车门。

他滑落到了人行道上,倚在车门边压低身子,躲在从房子那边看不到的视线死角里。

街上一只怪兽都没有。

他慢慢将身子挺直了一些,直到视线与车窗齐平。

他看到前院有六只怪兽,通过打开的房门,还可以看到有两只怪兽在屋内吃着赫克托尔的尸体残骸。

吉普车停在旅行车前方几英尺远的地方。

他将放在旅行车前座的霰弹枪取了出来,然后趴在柏油路面上匍匐前进。

从别克旅行车爬行到吉普车的好几秒钟,他其实是暴露在怪兽视线可及范围当中的,不过它们并没有看到他。

伊桑站起身来,透过吉普车软篷上的塑料窗看过去。

一些怪兽又回到屋子里去了。

还有一只仍然伏在先前被伊桑打死的那只怪兽身上呜咽着。

吉普车驾驶座的车门没被锁上。

伊桑打开车门爬了上去，将霰弹枪放在驾驶座和副驾驶座之间。

他刚把第一把钥匙插进点火开关，就听到了一只怪兽的尖厉叫声。

他暴露了。

它们正朝他奔来。

他试着转动钥匙。

不行。

他原本打算换成第二把钥匙进行尝试，可又觉得已经来不及了。于是他一把抓起霰弹枪，推开车门跳了下去，跑进了马路中央。

五只怪兽一齐朝他冲来。

千万不能射偏，不然你就死定了。

他先击毙了跑在最前头的那只怪兽，然后命中了跑在左边的那两只。他在马路上一边后退着，一边瞄准剩下的两只正渐渐逼近自己的怪兽。

他用了三发子弹才杀死第四只怪兽。

现在就只剩下最后一发子弹来对付这第五只离他不足十英尺远的怪兽了。

又有三只怪兽从玛姬的房子里跑了出来。他用眼角的余光留

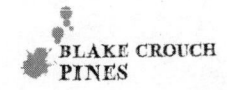

意到了周围街道上的动静——每个方向都有成群的怪兽出现。

身后传来的一声嗥叫引得他转过头去。

只见两只怪兽正四肢着地，像两枚导弹一样径直朝他冲来——是一只雌性怪兽和一只体重不超过七十五磅的小怪兽。

他用枪瞄准了那只小怪兽。

一枪命中要害。

它的身体在路面上翻滚着。

有着乳白色眼睛的雌性怪兽立即停了下来，走过去伏在刚死的幼崽身上。

它发出了一声长长的、凄厉的嗥叫。

伊桑将弹壳从枪膛弹出。

迅速瞄准了这只雌性怪兽。

它眯缝着眼睛注视着他，眼里清楚无误地流露出了智慧生物所特有的仇恨目光。

它用两条后腿直立着朝他跑来。

嘴里发出刺耳的吼叫。

伊桑扣下了扳机。

"咔哒。"

弹匣已经空了。

他丢下霰弹枪朝吉普车退去，同时掏出手枪，用两颗.50口径的子弹射穿了雌性怪兽的喉咙。

这里已经被怪兽们包围了。

他赶紧朝吉普车奔去。

一只七英尺高、身形瘦削的怪兽跳上了车子的引擎盖。

伊桑的手部肌肉过于紧张，不小心朝它的上半身开了两枪。

当他来到驾驶座的车门旁时，又一只怪兽从车子后面冲了出来。

就在它的一只爪子即将划破伊桑气管的前半秒，他对准它的头部近距离开了一枪，转危为安。

他爬上驾驶座，"砰"地关上了车门。

他已经记不起先前最后一次试的是哪把钥匙了，只是将自己的手指正好能抓住的第一把钥匙插进了点火开关。

这时一只怪兽出现在了副驾驶座那一侧的塑料窗户背后。

一只尖利的爪子划开了窗户，随即一条肌肉发达的长手臂伸进了车里。

伊桑拿起放在膝盖上的沙漠之鹰手枪，在怪兽正试图爬进车里的时候开枪击中了它的脸。

这把钥匙无法转动。

就在他准备换第二把钥匙进行尝试的时候，一个可怕的念头突然出现在他的脑子里——要是玛姬的车停在马路对面的话，该怎么办呢？或者，万一她没把车停在自己家门前，而是停在别人的房子外面，又该怎么办呢？毕竟她并不是真的需要开车外出。

如果真是这样，你就会在这辆吉普车里被怪兽们生吞活食。

伊桑身后传来了一些声响。

他回头一看，一只黑色的爪子正在撕扯软篷后面的塑料车窗。

透过又旧又脏的塑料窗看出去，视线的确非常模糊，不过让

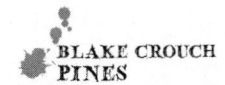

他瞄准那只怪兽开枪还不算什么难事儿。

子弹射穿了塑料窗户。

大量的鲜血飞溅在窗户上,而他的手枪也自动锁上了。

已经没有子弹了。

因为他只有一个弹匣,所以他至少需要用三十秒的时间找出.50口径的备用子弹,然后把它们装填到弹匣里……

等等。

不对。

他并没有携带沙漠之鹰手枪的备用弹药。

只带了霰弹枪的。

怪兽们开始朝他聚拢。他透过挡风玻璃就能看到十来只,而且还听到更多的嗥叫声从玛姬房子的方向传来。

他将第二把钥匙握在手里,心里想着:真是太奇怪了,决定我生死存亡的关键因素,竟在于这把钥匙能否在点火开关里转动。

钥匙插进了点火开关。

他用力踩下离合。

拜托!

引擎喘鸣了好几次……

终于发动了。

引擎的轰鸣声仿佛成了伊桑的生命得以延续下去的象征。

伊桑放下手刹,握住变速杆摇动了一下。

变速杆被挂入倒挡,伊桑用力踩下油门。

吉普车猛地向后一冲,撞上了旅行车,还将一只正在嘶吼的怪兽压在了两辆车的保险杠之间。伊桑换到一挡，转动了一下方向盘，将油门一踩到底。

车子驶入了街道。

到处都是怪兽。

倘若他开的是更坚固结实的车，那么他会毫不犹豫地径直朝它们撞去，可是这是辆小型吉普车，轴距较短，所以车子比较容易倾翻。

他怀疑这车恐怕连跟一只体形中等的雄性怪兽相撞都无法承受。

加速行驶的感觉真棒。

为了躲避一只怪兽，他向左拐了个急弯，右侧的两个车轮短暂地离开了地面。

待车子恢复四轮着地后，伊桑看到正前方有四只怪兽正无所畏惧地朝自己冲来，一路上它们丝毫没有改变前进的方向，如同正在执行自杀式任务的敢死队员。

他赶紧转动方向盘，将车驶上了人行道，紧接着以三十英里的时速撞向一道尖桩篱栅，然后穿过街角一栋房子的前院，随即又撞上了另一侧篱栅。伴随着一阵振聋发聩的噪音，吉普车从人行道上冲了下来。当伊桑把方向盘转正时，汽车轮胎与地面摩擦，发出了极为尖厉刺耳的声响。

前方的道路上没有怪兽。

汽车已经达到了最高行驶速度。

伊桑换成了第二挡。

无论这辆车的引擎盖下藏着什么,总之还算颇有力量。

伊桑瞥了一眼后视镜。

一大群怪兽——目测至少有三四十只——正沿着马路中央朝他冲来,它们的尖厉嗥叫声甚至压过了八缸引擎的轰鸣声。

他以六十英里的时速驶入了下一个街区。

他从一个儿童公园旁经过,看到十来只幼小的怪兽正在啃啮散布在草地上的尸首。

伊桑数了数,草地上有四五十具尸体,全都是某一组逃难队伍的成员。

第六大道尽头是条死路。

远处高耸的松树林依稀可见。

伊桑调低了一个挡位。

他已经甩开怪兽至少有四分之一英里远了。

到了第十三大道,他猛地向右拐弯,再次将油门一踩到底。

吉普车驶过一个与森林隔街相对的街区,然后又从医院旁边驶离。

伊桑降低了一个挡位,缓缓左转驶上了出入小镇的要道。

他踩下油门。

黑松镇在后视镜中越来越远。

当他从黑松镇的告别广告牌下面经过时,心里在想:怪兽侵袭小镇时,会不会有人设法逃脱并躲进了这片森林里呢?

就像是作为对他的疑问的回答,他很快就看到了停在路边的一辆奥尔兹莫比尔牌汽车。这辆车上的每一块玻璃都碎掉了,车壳布满了凹坑和刮擦痕迹。看来有人曾设法逃到了镇郊,可是却不幸被一群怪兽找到了。

车子驶到了写着"前方有急弯"的路牌旁边,伊桑转弯驶进了森林中。

他在林中也保持着跟先前一样快的车速。

现在他已经能依稀看见远处的石块区了。

他有满满一口袋的霰弹枪子弹,可是却没有了霰弹枪。

他还有一把威力巨大的手枪,不过弹匣却是空的。

对于他即将要去完成的任务来说,这些压根儿就不是理想的装备。

由露出地表的大岩石伪装而成的基地大门隐隐出现在一百米之外的前方。

伊桑换成了第二挡,两只手紧紧握住了方向盘。

吉普车离那扇岩门只有五十米了。

他将油门一踩到底,不断感受到高速运转的引擎所产生的热气。

现在离岩门只有二十五米的距离了,他绷紧了双肩。

汽车时速表一直维持着先前的数字。

他以每小时四十英里的速度撞向那扇岩门。

特丽萨·伯克

她回到了他们的家——位于西雅图安妮女王山区的住所。

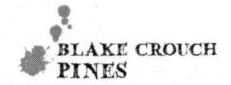

这是一个完美的夏日傍晚，她和家人待在自家后院，可以看到周围的种种景致。雷纳尔山、普吉特海峡以及海洋对岸的奥林匹克山，还能看到联合湖和湖水尽头的天际线。空气凉爽，草木葱茏，海水在夕阳的照耀下微微泛着光。尽管住在这里需要经常面对灰蒙蒙的、下着毛毛细雨的寒冷日子，但却能在这样美好的夜晚得到补偿。这座城市实在是太美了。

伊桑站在烧烤架旁边，正用浸过酒的雪松木板熏烤三文鱼排。本杰明躺卧在一张吊床上，漫不经心地弹奏着一把原声吉他。她自己也如临其境。这场梦中的一切都是那么鲜活那么清晰。当她走向丈夫，并将双手搭在他肩上时，她甚至还有些怀疑眼前的这一切究竟是不是真实存在。可是随即她却实实在在地嗅到了三文鱼的香味，还真切感受到了夕阳照在眼睛上的温暖，也体验到了自己刚喝下的上好波本威士忌令双腿酥软乏力的感觉。

她说："我觉得这些鱼看起来已经烤好了。"随即整个世界开始摇晃起来。虽然她的眼睛是睁开的，可不知怎的她又睁开了一次眼睛，然后发现本杰明正在将自己摇醒。

她坐了起来，身下是山洞里冰冷的岩石地面。她完全失去了方向感。醒后好一阵子，她都不知道自己究竟身在何处。人们纷纷从她身边经过，朝一扇大打开的厚重木门跑去。

美妙梦境渐渐消失，现实世界如同狠狈的宿醉一般飞快地重新占据了她的头脑。她不记得自己上一次梦到从前的生活是在什么时候了，可是在眼下做这样的梦显得尤其残忍。

她看着本杰明问道："门怎么是开着的？"

"我们得离开这里,妈妈。"

"为什么?"

"那些怪兽又卷土重来了。其中一个看守木门的人看到它们正沿着岩壁往上攀爬。"

这话令她一下子完全清醒了过来。

"有多少怪兽?"她问道。

"我不知道。"

"为什么大家都要离开山洞呢?"

"他们认为木门没法抵御新一轮的攻击。我们也快走吧。"他握住母亲的双手,将她从地上拉了起来。

他们朝打开的木门走去,一路上发现整个山洞里都弥漫着恐慌气氛。越是接近门口,人群也越来越拥挤,不时看到这个人的手肘抵在那个人的肋骨上,皮肤摩擦着皮肤。特丽萨伸出手来握住了本杰明的手,将他拉到了自己前方。

他们奋力从大木门的门框挤了出去。

门外的隧道里嘈杂不已,每个人都努力想要到达有阳光在闪耀的隧道尽头。

特丽萨和本杰明挤出隧道的时候,看到了正午的太阳和蓝得不太真实的天空。她走到峭壁边缘,往下望了一眼,顿时觉得胃里翻腾不已。

她不由自主地说道:"噢,天哪!"

至少有二十多只怪兽已经开始沿着峭壁往上攀爬。

此外还有五十只怪兽正聚集在三百英尺之下的峭壁底部。

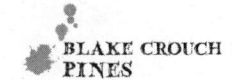

而且，更多的怪兽正接连不断地从森林里钻出来。

本杰明朝她所站的峭壁边缘走去，不过她伸出手来示意他退回去，"你想都别想。"

先前山洞里面的混乱到了外面竟升级成了集体歇斯底里，人们已经看清了目前所处的情势。有些人飞快地跑回到隧道里，另一些人则试图往更高的岩壁上攀爬。还有几个人被吓得呆若木鸡，背靠着岩壁坐下来，试图将眼前的可怕场景从大脑中彻底排除掉。

伊桑留下的几名携带武器的守卫在峭壁最高处的岩架上站好了位置，他们正试着用手中的枪瞄准已经攀上岩壁的怪兽们。

特丽萨看到一个女人因为害怕而扔掉了手中的步枪。

还看到一个男人没能站稳，结果尖叫着摔下了峭壁。

接下来，岩架上响起了第一声枪响。

"妈妈，我们该怎么办呢？"

本杰明眼里越来越深的恐惧感刺痛了特丽萨，她回头看了一眼通往山洞的隧道。

"我们应该留在山洞里面吗？"男孩问道。

"然后祈求木门能抵挡得住下一次猛烈的攻击？那样是不行的。"

在隧道口的右边，有一块绕山延伸的岩架。特丽萨没法从目前所处的位置去判断那里是否能够通行，不过看上去这的确是个值得一试的求生机会。

"快跟我来。"她一把抓住本杰明的手臂，推着他回到通往山洞的隧道口，这时他们身后响起了更多的枪声。

"你不是说……"

"我们不回山洞，本杰明。"

当他们来到隧道口的时候，特丽萨终于可以仔细观察那块岩架。它的宽度不超过一英尺，没有安装厚木板，也没有钢缆，勉强可以通行。

人们纷纷从他俩身旁经过，匆匆跑回隧道里，而她和儿子都站着没有动。

这时峭壁下方的森林里传来了一声怪兽的尖厉嗥叫。

"我们得顺着这块岩架离开。"她说。

本杰明看了看岩壁上那条天然形成的狭小路径，说道："那里看起来太吓人了。"

"难道你愿意被困在山洞里，眼睁睁地看着五十只怪兽破门而入？"

"那其他人怎么办？"

"我的职责就只是保护你而已。你准备好了吗？"

男孩迅速但牵强地点了点头。

特丽萨感到胃部一阵抽搐。她抬脚跨上了狭窄的岩架，随即将前胸紧紧贴在了岩壁上，然后张开两只手掌扶着岩壁。她一小步一小步地缓缓挪动着，同时不断地用手摸索着她能在岩壁上找到的把手点。在她走了五英尺之后，便转过头来看着儿子。

"你看到我的方法和动作了吗？"

"看到了。"

"好的，现在你自己来试试看。"

对特丽萨来说，先前做出决定放弃走宽敞明亮的隧道返回山洞已绝非易事,而现在即将看着儿子走上这条险象环生的狭窄岩架,更令她的内心倍感折磨。本杰明做的第一件事是低头往下看。

"不行,别那样做,宝贝儿。你看着我。"

本杰明抬起头来,"这个峭壁白天看起来更加可怕。"

"你要集中全部注意力,一步一步地慢慢走。要像我一样把两只手都贴在岩壁上,有时候会遇到一些可以抓握的凸出岩块。"

本杰明开始一步一步地朝她走去。

"你做得非常好,宝贝儿。"

他走到了她的身边。

母子俩一起继续在岩架上挪步。

走了二十英尺之后,下方的视野变得更为开阔了,他们身下的岩壁几乎是垂直的,一直延伸到四百英尺之下的森林地面。如果人从这里坠落,那么他将毫无障碍地径直摔落到地面上,中途不会撞上任何东西。

"你现在怎么样啊,小家伙?"特丽萨问道。

"还好。"

"你在看下面吗?"

"没有。"

特丽萨朝儿子转过头去——他明明就在看着下面。

"我不是告诉你别往下看吗,本杰明?"

"可我实在忍不住。"男孩说,"我觉得胃有些刺痛,感觉很奇怪。"

她真的很想伸出手去握住他的手,然后紧紧地抱住他。

可她此刻却只能说:"我们得继续走。"

虽然特丽萨并不能完全确定,但她感觉脚下的岩架似乎渐渐变得更为狭窄。在她先前挪动的过程中,左脚可以一直保持与岩架垂直的方向,脚尖抵着岩壁,而现在她发现左脚的脚跟已经悬空了一两英寸。

当他们来到岩壁上一个凹陷处时,听到隧道口那边传来了一阵急促的枪声。特丽萨和本杰明都回过头去看,只见好几十个人正惊慌失措地跑回通往山洞的隧道。人只有在面临死亡威胁时才能跑出那样的速度和节奏来。伴随着接二连三的嗥叫声,一只又一只呈半透明灰白肤色、正沿着峭壁飞快向上攀爬的怪兽出现在了母子俩的视野当中。这些怪兽的爪子刚一接触到隧道口的平地,就立刻转为四肢并用的姿势,飞快地冲进了隧道。

"要是它们看到我们了怎么办?"本杰明问道。

"别动。"特丽萨低声说,"千万别动。"

当最后一只怪兽——她数了数,它们的数量总共是四十四只——也进到了隧道里时,特丽萨说:"我们快走。"

他们绕过了这片凹陷区域,忽然听到隧道里传出了深邃而沉重的撞击声。

"这是什么声音?"本杰明问母亲。

"那些怪兽正在撞击通往山洞的大木门。"

特丽萨紧贴着岩壁,踩在只有六英寸宽的岩架上,绕过了一个转角,她紧张得心都提到了嗓子眼儿。

突然间,隧道深处传来了许多人一起尖叫呼号的声音……

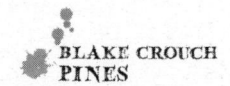

BLAKE CROUCH
PINES

第七章

汉索尔

华盛顿州西雅图市,煤气厂公园,一千八百一十六年前

汉索尔站在西雅图煤气厂遗址的一处建筑阴影之下,他正在烤架上翻烤着一些汉堡。煤气厂留下的生锈气缸和铁管远远望去,很像一座蒸汽朋克风格的大厦。一大片翠绿色的草坪沿着斜坡一直向下延伸至联合湖边,而此时的湖水正在傍晚阳光的照射下泛着粼粼波光。现在是六月间,天气很暖和,仿佛整个西雅图市的居民都倾巢出动,到户外来享受这难得的美好时光了。

三角帆船的彩色风帆为湖面增添了缤纷的色彩。

天空中分布着星星点点的风筝,五颜六色。

不时有飞盘划出美丽的弧线。煤气厂的排气车间被整修成了儿童游乐园,一阵阵银铃般的笑声从那里飘了出来。

这是特勤局西雅图分部一年一度的野餐会。汉索尔看到手下们一改往日那种总是一套黑色西装的着装风格,身穿短裤凉鞋运动嬉戏着,心里着实觉得相当奇怪,而且别扭。

他的助理麦克端着两个空盘子走了过来,转告他说大家还需要请他再烤两根德式小香肠。

就在汉索尔刚叉起一根小香肠的时候,无意中瞥见特丽萨·伯

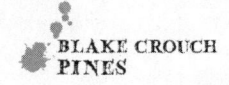

克离开了原本跟她站在一起聊天的人群，以一种明显快于慢悠悠散步时的步调朝联合湖边走去。

汉索尔放下手中的叉子，转头看着还没走开的助理。

"我有跟你提过我打算提拔你吗？"汉索尔问道。

麦克饶有兴致地瞪大了眼睛。这名年轻男子不过才与汉索尔共事了八个月，可是从他在很多场合的表现来看，他已经将接听电话、倒咖啡以及打印战略指挥官亚当·托比亚斯·汉索尔的口头指令视为了自己人生的主要目的，只是他本人对此倒是浑然不觉。

麦克愣了片刻才说："你是说真的吗？"

汉索尔一把取下自己身上的红白方格相间图案围裙，然后将它从助理的头上套了下去。

"你的新职责包括询问每一个人是否需要汉堡或德式小香肠，或者两者都要。还有要记着，别把食物烤过头了。"

麦克的双肩顿时垮了下去，"我还正准备为莱西取个盘子过去呢。"

"莱西是你的新女友吗？"

"是的。"

"那你叫她自己过来取盘子吧，顺带还能把你即将晋升的好消息告诉她呢。"汉索尔拍了拍麦克的肩膀，转身离开烧烤架，穿过点缀着金凤花的草坪朝湖边走去。

特丽萨就站在岸边。

汉索尔走到离她二十英尺远的地方时便停下了脚步，假装欣赏着眼前的美丽景致。

国会山山顶的无线电发射塔。

错落有致地分布在安妮女王山区的一栋栋住宅。

过了一会儿，他将视线转向了特丽萨那边。

她正面色凝重地盯着湖面，下巴紧绷，眼神略显焦虑。

汉索尔问道："你还好吗？"

她听到声音吓了一跳，回过头来看了他一眼，随即赶紧擦了擦眼睛，挤出了一个惨兮兮的笑容。

"噢，我很好。我只是在享受这美好的一天。真希望你们能经常举办这类活动。"

"我也有同感。说真的，我倒有点想去学习驾驶帆船了。"

特丽萨将目光移向人群聚集的野餐会现场。

汉索尔也跟着往同样的方向看去。

装在塑料杯里的啤酒散发出阵阵香气，飘散在和煦的微风当中。

他看到伊桑·伯克和凯特·休森站在与人群有一小段距离的地方，伊桑正在兴致勃勃地高谈阔论，像是在讲什么故事或笑话，而凯特则笑得前仰后合。

汉索尔朝特丽萨走近了一些。

"其实你并不觉得好玩，是吗？"

她摇了摇头。

汉索尔说："在家属们看来，我们团队的这种派对确实有些奇怪。我的特工们每天都会见面，他们彼此相处的时间很可能比他们同各自配偶相处的时间还要长。所以,你在这里可能反倒会觉得自己像个外人一样。"

特丽萨微微一笑,"你这话可真是一语中的。"

她又开始讲些别的话题,可是没说几句便停了下来。

"怎么了?"汉索尔问道,同时又朝她走近了一步。现在他能嗅到她发丝上散发出的护发素香味,以及她那天早上洗澡时所用的沐浴露的气味。

从特丽萨的绿色眼眸里流露出来的眼神清澈不已。汉索尔看着它们,双眼像是过了电一般,他觉得这股电流仿佛直达自己的肺腑深处。他的心中一时间充斥着各种感觉——渴望、兴奋、害怕、充满活力。

每种感觉都是那么地强烈。

"我应该担心吗?"她问道。

"担心?"

她压低了声音,"担心他们。伊桑和……"听起来她好像根本不愿说出这个名字,如同说了便会让自己嘴里充满不好的味道。

"你在担心什么?"

其实他心里知道她在担心些什么,只不过是想听她亲口说出来而已。

"他们互为搭档在一起工作有多久了?到现在已经有四个月了吧?"她问道。

"是的,差不多吧。"

"那种关系……应该很密切吧?搭档与搭档之间?"

"有可能。通常两名互为搭档的特工会在很长一段时间里一起办案，他们得完全地彼此信任才行。"

"所以她就好比他工作上的妻子。"

汉索尔说："倘若有人要我说出我手下有哪一对互相合作的特工彼此间的关系不密切，我还真说不出来。这份工作的特性会推使他们与自己的搭档保持比较密切的关系。"

"唔，你说的道理我明白，只是有点难以接受。"特丽萨说。

"我可以理解。"

"那么你不认为……"

"我个人倒是从没见过任何会令我怀疑伊桑对你不忠的事情。他是个非常幸运的男人，我希望你知道这一点。"

特丽萨长长地叹了一口气，随即把脸埋在了两只手的掌心里。

"怎么了？"他关切地问道。

"算了，我想我不应该……"

"不，不要紧的。你大可以把你心里的想法告诉我。"

"你能答应我一件事吗？"特丽萨问道。

"请说。"

"请别把我们之间的谈话内容告诉伊桑。你并不了解我，亚当，可是我想告诉你，我并不是一个喜欢吃醋的人。可是……我也不知道自己到底是怎么了。"

"我会为你保密的。"汉索尔笑道，"而且你应该也知道，我非常擅长做保密工作，这是我的职务特性使然。"

特丽萨正朝他微笑着，这令他几乎难以自持。他知道在接下

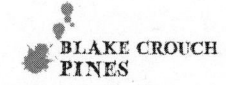

来的几天里，这幅画面会一直占据着自己头脑里的大部分空间。

"谢谢你。"她边说边用手轻轻碰触了一下他的手臂。

恐怕接下来他会用上整整一年的时间来想念这短暂的一刻。

"我可以留在这里。"他提议道，"陪着你……"

"噢，不用了，你还是回到派对中去吧。我也得学会成为更成熟的女人。总之，谢谢你的帮助。"

特丽萨开始沿着长满青草的斜坡往回走，汉索尔一直目送着她离开。这个女人为何令他如此倾心呢？他自己也说不清楚。说实话，他们不过是普通的熟人而已，彼此只交谈过寥寥几次。

一次是她匆匆赶来特勤局办公室为伊桑送东西的时候。

一次是他们在交响音乐会上偶遇。

还有一次是他受邀去伯克夫妇家参加露天烧烤派对。

汉索尔一直未婚，而且自高中毕业后便再没谈过恋爱。然而此时此刻，当他站在联合湖边看着特丽萨走到伊桑身边，并伸出一只手臂环抱着丈夫的腰时，却莫名地吃起醋来，仿佛正看着一个属于自己的女人爱上了别的男人一般。

伊 桑

他驾着CJ-5软篷吉普车猛地撞向那扇伪装成岩石的隧道门，一块金属飞起来击中了吉普车的挡风玻璃，在正中留下了一道长长的树枝状裂缝。

伊桑原本以为门内会有一大队皮尔彻的手下正等着自己，可是隧道里却空无一人。

他将吉普车的变速杆换到三挡。

现在车子以每小时三十五英里的速度驶上陡坡，而这已经是CJ-5能达到的极限了。

头顶上的荧光灯匆匆掠过。

一路上不时有水滴从隧道天花板的基岩滴落在碎裂的挡风玻璃上。

每转过一个弯，他都做好准备迎接随时可能出现的"路障"——一队手握突击步枪、奉命对他进行射杀的皮尔彻的手下。

话说回来，皮尔彻的手下可能到现在为止都还不知道他们的老板究竟做了些什么。

整个基地里就只有监控室和皮尔彻的办公室可以看到小镇监控录像，而监控人员可能被封口、关押、贿赂，甚至可能被杀害。皮尔彻的手下无疑对老板怀有近乎病态的忠诚，可是伊桑明白，在他们得知皮尔彻已狠心地将镇上居民杀得一个都不剩之后，不大可能还全都愿意站在他那一边。

伊桑竖起耳朵仔细聆听。

他离基地越来越近，却仍然没有遇到任何阻碍。

如果让他来猜测的话，他认为皮尔彻应该会在黑松镇的居民全都被除掉之后，再告诉他的手下这不过是个可怕的意外，是通电围栅出了故障，待他得知消息后，一切都已经没法挽回了。

伊桑转过了一个又长又缓的弯道，基地的入口映入眼帘，于是他松开了油门。

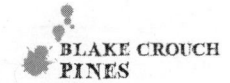

他把车驶进了巨大的山洞里，然后停了下来。

再把变速杆调至第一挡，继而关掉了引擎。

他拿起沙漠之鹰手枪，将击锤往后一拉，令枪看起来就像装满了子弹一般。接下来他又在自己的口袋里摸索了一番，却只找到了两盒十二号口径的子弹和他的"蜘蛛"牌不锈钢柄弧形折刀。

推开车门，他跳下车，踩在岩石地面上。山洞里静悄悄的，唯一能听见的只有一阵柔和的"嗞嗞"气流声——这声音来自亮着蓝光的生命暂停室。

伊桑拉开大衣拉链，把其脱下来放进了吉普车里，然后虚张声势地将沙漠之鹰手枪插在了满是泥泞和血迹的牛仔裤腰间。

伊桑渐渐靠近那扇通往基地一楼的厚玻璃门，这时他才突然想到自己并没有门禁卡。

玻璃门上方安装着一部镜头朝下俯拍的摄像头。

现在你看到我了吗？

你一定知道我来了。

一个声音从后面响了起来："把你的两只手放到头顶上去，十指交握。"

伊桑举起双手，缓缓地转过身去。

一个头上缠着绷带、二十出头的大男孩正站在离伊桑最近的圆柱形大容器旁边，他握着一把AR-15半自动步枪，枪口已经对准了伊桑。

"嗨，马库斯。"伊桑看清了对方的脸。

马库斯朝伊桑走来，悬在头顶上的球形大灯很亮，马库斯的脸看起来愤怒极了。说实话,他的确有理由生气,毕竟在他上次和伊桑见面时,伊桑用枪柄打伤了他的头。

"皮尔彻先生知道你会来这里。"马库斯说。

"这是他对你说的,是吗?"

"他把你做的所有事情都告诉我了。"

"我做的所有事情?"

"他还吩咐我要开枪杀了你,所以……"

"黑松镇的居民们正在接连死去,马库斯。包括女人和孩子。"

马库斯朝伊桑走近了几步,此时他们之间的距离已经缩短了一半。伊桑能从马库斯眼里看出强烈的愤怒情绪,这表明他真的随时都有可能扣动扳机。

伊桑身后的玻璃门打开了,他回过头去,看到一个大块头金发男人从门里走了出来。那人握着一把手枪,枪口指着伊桑的心脏。伊桑记得自己曾经在医院太平间见过这个人,他是阿莉莎的朋友艾伦——皮尔彻的保安队长。

伊桑再次看向马库斯,小伙子已经将步枪抵在肩窝上,准备好要开枪了。

伊桑对艾伦说:"你也接到命令说要开枪打死我吗?"

"是的。"

"泰德在哪里?"

"我不知道。"

"也许你应该先听我把话说完。"伊桑说。

马库斯朝伊桑渐渐逼近,艾伦一边用手中的枪指着伊桑的脸，一边走上前去将伊桑插在腰间的沙漠之鹰手枪取出来，然后扔在了岩石地面上。

"你们不知道外面发生了什么事。"伊桑说，"你们都不知道。黑松镇的大多数居民都在一场可怕的大屠杀中殒命了。"

"那都是因为你。"马库斯咆哮着说。

"昨天晚上，皮尔彻切断了通电围栅的电源，还打开了围栅的大门。他让一大群怪兽进到了小镇里面。"

"胡说八道。"艾伦说。

"他在撒谎。"马库斯说，"我们何必跟他多费口舌……"

伊桑说："我想给你看个东西。现在我要慢慢地将手伸进我的口袋里……"

艾伦打断道："倘若你真敢那样做，那么我对天发誓，那将会是你所做的最后一个动作。"

"可你已经拿走我的武器了。"

马库斯说："艾伦，既然我们接到了命令，那我建议……"

"你他妈的给我闭嘴。"伊桑说，"让大人们好好说话。"他再次看着艾伦："你还记得上次我们在医院太平间见面时，你对我提出过什么请求吗？"

"我让你一定要找出杀害阿莉莎的凶手。"

"没错。"

艾伦眼睛一亮，直勾勾地盯着伊桑。

"我已经查明谁是杀害她的凶手了。"伊桑说。

艾伦的下巴绷紧了。

"凶手是你的老板，还有帕姆。"

艾伦说："你带着这样的指控来到这里，最好能够……"

"带上证据是吗？"伊桑指了指自己的口袋，"我……可以吗？"

"动作慢点。"

伊桑将手伸进口袋，手指在里面摸索着。他掏出了存储器，然后把这块方方正正的金属片举了起来。他说："是皮尔彻和帕姆杀害了阿莉莎。不过，他们在杀害她之前还先用酷刑折磨了她。监控小组的组长给了我这个存储器，里面记录了案发时的整个过程。"艾伦继续用枪口指着伊桑，面无表情。"我想问你一个问题，艾伦。"伊桑说，"如果我告诉你的事情是真的，你还会继续效忠于皮尔彻吗？"

"他在戏弄你。"马库斯怒吼道。

"有一个办法可以让你知道我是不是在撒谎。"伊桑说，"你先看看这里面的内容又有何妨，艾伦？除非你其实对真相并不怎么感兴趣。"

这时，伊桑看到玻璃门后面又有一个全副武装的男人沿着走廊冲了过来。

此人穿着一袭黑衣，随身携带着一支泰瑟电击枪、一把手枪和一挺机枪，看起来壮实有力。他一来到玻璃门边便看到了伊桑，于是赶紧举起了武器。说时迟那时快，艾伦突然用右臂勒住了伊桑的脖子，随即用手枪抵住了伊桑的太阳穴。

玻璃门"嗖"的一声滑开了。

艾伦说："我已经抓到他了。你们让开吧。"

"杀了他！"马库斯高声喊道，"这是我们接到的命令！"

刚从门里出来的人说："艾伦，你在做什么？"

"你不会想要射杀这个人的，穆斯廷。起码现在还不会。"

"我的主观意愿和一件事情该怎么处理压根儿就没有丝毫关系，这一点你应该比任何人都更清楚。"

艾伦把伊桑拉得离自己更近一些。

"治安官说黑松镇遭到了艾比怪兽的大肆攻击，还说是老板打开了通电围栅的大门。他甚至还说，皮尔彻先生以及帕姆是杀害阿莉莎的凶手。"

"信口雌黄谁不会啊。"穆斯廷说，"可如何证明自己所说的又是另外一回事了。"

伊桑举起了手中的存储器。

"他说这个存储器里有阿莉莎遇害时的录像。"艾伦说。

"那又怎么样？"马库斯说。

艾伦怒瞪了年轻人一眼，"你在说什么啊，小子？如果他说的都是真的，你还是觉得皮尔彻先生杀死了我们当中的一员，而且还是他的亲生女儿，并试图隐瞒事实，这样也没什么关系吗？你赞同他这样做吗？"

"他是老板。"马库斯说，"如果他真的做了这样的事，我想他一定有……"

"他并不是上帝，对吗？"

隧道那边突然传来了一声嗥叫，可怕的声音在山洞里回荡着。

"那是什么？"艾伦问道。

"听起来像是有怪兽找到隧道的入口了。"伊桑说,"我开车撞破了隧道的大门。"

艾伦看了看穆斯廷手里的武器,"你还有比AR-15半自动步枪威力更大的武器吗?"

"有一门M230链式机炮。"

"穆斯廷,马库斯,你们俩去把链式机炮取来,还要把整个保安队的人都召集到这里来。"

"你打算怎么处置他?"马库斯边说边用下巴指向伊桑。

"他跟着我去监控室,我要看看他带来的存储器里面的内容。"

"可是我们接到的命令是杀了他。"马库斯说完便举起了手中的枪。

艾伦走到马库斯面前,用自己的胸膛抵住了AR-15的枪管。

"你可不可以不要用枪指着我,小子?"

马库斯只得放下了步枪。

"你和穆斯廷负责确保我们所有人不会被怪兽吃掉,而我要去确认一下治安官带来的证据是否属实。倘若他所说的话有一丝虚假的成分,我会立即就地处决他。这对你来说没问题吧?"

特丽萨

"你就快成功了!"特丽萨低声说道。

本杰明正将一只脚朝着下一个立足点缓缓伸过去。

从"漫游者"的山洞里传来的尖叫哭喊声依然清晰可辨。先前那段狭窄岩架已经走完了，此刻母子俩正沿着五十度的陡峭岩壁往下攀爬。到目前为止，坚硬的花岗岩壁上数量充足的把手点和立足点救了他们的命，可是特丽萨没办法不去想象另一种可能性：只要他们稍有闪失，就会从两百英尺高的岩壁上掉下去，摔得粉身碎骨。和自己的儿子一起冒死攀爬悬崖峭壁，这件事令她难以承受。

倘若本杰明跌下岩壁，她也会立刻跟着往下跳。

不过担心归担心，本杰明一直非常用心地聆听，并认真遵照她的指示行事。他拼尽了自己十二岁的体能，做得非常好。

本杰明把伸出去的脚踩在了特丽萨所站的岩架上，她已经在这里等了好几分钟了。岩壁上这块凸出的岩架并不通往任何地方，但它的宽度足以让他们踩在上面暂且栖息片刻，而不至于把双腿绝望地悬在半空中。

他们仍然还有很长的路要走，不过也取得了一些进展，此时松树林的顶端跟他们的距离不过才二十英尺左右。

上方的隧道里又传来了凄惨的叫声。

"不要想了。"特丽萨说，"别去想象他们正在经历什么，只需专注于你自己正在做的事情，本杰明。你得确保自己脚下的每一步都是精准而安全的。"

"山洞里的所有人都会死掉。"他说。

"本杰明……"

"如果我们没有发现先前那个岩架……"

"可是我们发现了。我们很快就会离开这段峭壁，并且找到你爸爸。"

"你害怕吗?"他问她。

"我当然害怕。"

"我也是。"

特丽萨伸出手去摸了摸儿子的脸颊,汗水令他的脸颊又滑又冰凉,同时又因过度劳累和日晒而变得红彤彤的。

"你觉得爸爸现在还好吗?"本杰明问道。

"我想他应该没事吧。"她说,可是一想到伊桑,她的眼里便盈满了泪水,"你爸爸可是条硬汉。我希望你记住这一点。"

本杰明点了点头,随即低头看着下方已经接近浓密松树林的岩壁。

"我不想被吃掉。"他说。

"我们不会被吃掉的。我们俩也是硬汉。我们一家人都是硬汉。"

"你才不是硬汉呢。"本杰明说。

"为什么?"

"因为你是女人啊。"

特丽萨翻了个白眼,说道:"走吧,孩子。我们最好继续往下爬。"

\#

当母子俩最终脱离岩壁并踏上森林的柔软地面时,已经是傍晚时分了。

他们在阳光的直射下攀爬了好几个小时,现在浑身大汗淋

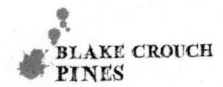

滴,双眼也正在适应凉爽树荫下的暗淡光线。

"接下来我们该怎么做呢?"本杰明问道。

特丽萨心里也不怎么有谱。据她估计,此时他们离小镇边缘大概有一英里的距离,可是她不确定现在回到黑松镇去是不是最安全的选择。怪兽仍然还在觅食,它们会待在有人的地方,或者至少会待在从前有人在的地方。不过,倘若她和本杰明能够回到镇上,那他们就可以躲进房子,然后再把自己锁在地下室里。然而,要是他们在这片森林里被怪兽发现了的话,就无处可逃了。现在天色渐晚,她可不想在漆黑的森林里过夜。

于是她说:"我想我们应该回到镇上去。"

"可是那里不是有很多怪兽吗?"

"我知道一处可以藏身的地方。我们可以躲在那里,一直到你爸爸把事情处理妥当。"

特丽萨开始往森林里走去,本杰明紧紧跟在她身后。

"你为什么走得这么慢呢?"他不禁问道。

"因为我们最好不要踩到地上的断枝,最好不要发出任何声音。这样的话,倘若有东西朝我们走来,我们就能尽早听到并及时躲藏起来。"

他们继续在树林中蜿蜒行进着。

一路上没再听到任何来自人类和非人类的叫声。

他们能听到的不过是自己踩在松针上的脚步声、沉重的呼吸声,以及风从树梢顶部刮过时的"嗖嗖"声。

伊 桑

伊桑跟着艾伦从滑开的玻璃门走了进去。他们上到二楼,然后转进了走廊里。

当他们来到监控室门口时,艾伦从口袋里掏出了门禁卡。

他将门禁卡在门禁系统上刷了一下,感应器上方亮起了一个红点。

艾伦又试了一次,结果还是一样。

他用力地敲打着门板。

"我是艾伦·斯皮尔。快开门。"

门内没有任何回应。

艾伦后退几步,瞄准门禁系统开了四枪,然后猛地抬起脚,用自己沉重的大靴子踹向门板正中。

门被踢开了。

伊桑让艾伦先进去。

监控室里光线很暗,只有墙上的显示屏发出微微亮光。

控制台前一个人都没有。

伊桑站在监控室门口,看着艾伦朝房间里面的那扇门走去。

艾伦在内门的门禁系统上刷了一下门禁卡,这次绿灯亮了。

门锁自动弹开。

他举着AR-15半自动步枪走了进去。

"里面没人!"他说。

伊桑走进监控室,问道:"你会操作这个系统吗?"

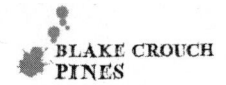

"我应该可以播放你那块存储器里的录像。把它给我吧。"

他们在控制台前坐了下来。

艾伦将存储器插进控制台上的一个端口，伊桑抬头看着墙上那些显示屏。

现在只有唯一一台显示屏还亮着。

屏幕上播放的是学校地下室的画面——一大群人挤在一间教室里。伤员们躺卧在教室中央用课桌凑合着拼成的"病床"上，其余的邻居们则负责为他们护理伤口。伊桑想在人群中找到凯特，可是却没法辨认出来。

这时另一台显示屏突然亮了起来。

这画面是由长焦镜头拍摄到的河边公园里的一块空地，一个男人一瘸一拐地走在河岸边。

伊桑说："你快看，艾伦。"

艾伦抬起头来。

画面中的男人突然开始奔跑，他迈着身体带伤的人所特有的笨拙而蹒跚的步伐，想要提速却又力不从心。

三只怪兽从屏幕左侧冲进了画面，与此同时那个男人消失在了屏幕右侧。

又有一台显示屏被启动了，上面播放的是镜头俯拍的第六大道的画面，伊桑的家就住在这条街。刚才看到的那个受伤男人从河边跑到了街上，怪兽们则直立着身体在他身后紧追不舍，男人和三只怪兽都离摄像头越来越近了。

它们在伊桑的家门前将那个男人扑倒在地，然后迅速咬死了他。

伊桑突然觉得有些想吐，同时又怒火中烧。

"我今天早上就觉得好像有些不大对劲。"艾伦说。

"为什么呢？"

"你还记得刚才见到的那个名叫穆斯廷的守卫吗？他其实是一名狙击手，每天都会坐在山顶上密切观察小镇和山谷的情形。一旦看到有怪兽试图闯入，他就会立刻开枪对其进行射杀。今天早上，我看到他在食堂用餐，可是按理说那个时段他应该在山顶的岗位上才对。他说是皮尔彻让他今天不用去值守岗位的，但没有告诉他理由是什么。再说了，今天这么晴朗，皮尔彻没有理由让他离开岗位。"

"这样一来，穆斯廷就不会看到他的老板对所有那些无辜镇民所做的事情了。"

"怪兽是什么时候通过围栅进入小镇的？"艾伦问道。

"昨天夜里。没有人告诉你这件事吗？"

"我没有听到任何关于此事的只言片语。"

这时又有一台屏幕亮了起来。

"那里播放的是存储器的内容吗？"伊桑问道。

"没错。你看过了吗？"

"我看过了。"

"然后呢？"

"一旦开始看，你就没法不把它看完。"

艾伦开始观看视频。

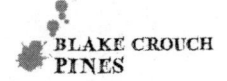

这是安装在医院太平间天花板角落里的一部摄像头俯拍的录像。画面中有皮尔彻、帕姆以及阿莉莎，年轻女人被厚厚的皮带绑在不锈钢解剖台上。

"没有声音？"艾伦问道。

"这反而是好事。"

阿莉莎正在喊叫，她的头从解剖台上抬了起来，全身的肌肉都绷得紧紧的。

帕姆一把抓住了阿莉莎的头发，将她的头重新拉回到金属台面上。

戴维·皮尔彻拿起一把小刀，然后爬上了台面，伊桑赶紧把脸转到一边。

他已经看过一次了，没必要再次观看，免得那可怕的画面更深地印在他的脑海里。

艾伦说："噢，我的天哪！"

他停止播放视频，将自己坐的椅子往后推开，随即站了起来。

"你要去哪里？"伊桑问道。

"你认为呢？"他朝控制室门边走去。

"等一等。"

"怎么了？"艾伦回头看了伊桑一眼。你没法通过他的脸看出他刚刚经历了什么，典型的北欧人脸孔此时如同冬季的天空一样一片空白。

"现在黑松镇的居民们非常需要你。"伊桑说。

"如果你赞同的话，我打算先去杀了他。"

"你还没有想清楚。"

"那可是他的亲生女儿啊!"

"他已经玩完了。"伊桑说,"也死定了。不过他手头有一些我们用得上的信息。你先去把你的手下动员组织起来,然后派出一队人马关掉围栅大门,并恢复围栅的供电。我要去找皮尔彻。"

"你要去找他?"

伊桑也站了起来,"没错。"

艾伦掏出自己的门禁卡,扔到地上,他说:"这个你用得上。"

一把钥匙落在了门禁卡旁边。

"你还需要这个,这是电梯的钥匙。既然事情已经到了这个地步……"他从肩上的枪套里取出一把微型格洛克手枪,握住枪管将其递给伊桑。当伊桑伸手接过手枪时,艾伦说,"如果下次我们见面时,你坦承自己在盛怒之下朝那个王八蛋的肚子开了一枪,然后看着他慢慢流血死去,我完全可以理解。"

"阿莉莎的事,我感到很遗憾。"

艾伦头也不回地走出了监控室。

伊桑弯腰捡起了地上的钥匙和塑料门禁卡。

走廊里空无一人。

他沿着楼梯往下走,当他走到一半的时候,听到了一个声音。

那是他当年在战场上时常听到的声音。

他们在用链式机炮射击,听起来就像死亡的鼓点。

当他走到一楼时,枪声大到振聋发聩。想必基地里的人们听到后应该都会离开自己的工作岗位和宿舍,跑出来看究竟发生什么事了吧。

伊桑来到一扇没有任何标记的对开门跟前，用门禁卡从门禁系统上扫过。

门开了。

他走进一个狭小的电梯轿厢，将钥匙插进控制面板上的锁孔，转动了一下。

面板上唯一的一个按钮开始闪烁起来。

他按下按钮，电梯门关上了，链式机炮的声音渐渐减弱，直至消失。

这突如其来的寂静，反倒令伊桑的耳朵颇有些不适应。

他深吸了一口气，想起了自己的家人。他对他们的担忧就像一朵在他腹中绽放的玻璃花，刺痛了他的五脏六腑。

电梯门打开了。

他抬脚走出电梯，进到了皮尔彻所住的套房。

经过厨房时，他听到了肉在油锅里煎炸时所发出的"嗞嗞"声，空气中弥漫着大蒜、洋葱和橄榄油的气味。在怪兽正入侵基地的当下，蒂姆显然还在忘我地为皮尔彻准备早餐。伊桑看到蒂姆时，后者正握着一个糕点裱花袋，用里面装着的鲜红色酱料在一个瓷盘上挤出复杂的花纹。

伊桑沿着通道往皮尔彻的办公室走去。他检查了一下艾伦的格洛克手枪，很开心地看到枪膛里面已经有一颗子弹了。

他没有敲门就直接推开了皮尔彻办公室的大门，大步走了进去。

皮尔彻坐在一张皮沙发上，面对着那面满是屏幕的墙，两只脚搁在一张皂荚木制成的咖啡桌上。他一手握着遥控器，另一只手拿着一个玻璃酒瓶，里面是些褐色液体。

屏幕墙左半部分的显示屏上播放着来自黑松镇的监控录像。

右半部分则播放着基地内部的监控画面。

伊桑走到沙发前，在皮尔彻身旁坐了下来。他可以扭断皮尔彻的脖子，可以将其殴打致死，还可以掐死他。可是阻止伊桑做这些事的唯一理由是，他觉得应该让黑松镇的居民们来决定该如何处置这个男人，应该由他们来决定皮尔彻该怎么死去。在皮尔彻让他们经历了如此多的苦痛折磨之后，伊桑不能剥夺他们的这项权力。

皮尔彻朝伊桑转过头来，他的脸上布满了很深的伤痕，而且仍然有血从中渗出。

"你跟谁打架了？"伊桑问道。

"我今天早上不得不送走了泰德。"

伊桑顿时怒火中烧。

皮尔彻浑身散发着酒气。他穿着一件黑色的缎子长袍，衣衫不整。他抬起手来，想将手中的酒瓶递给伊桑。

"不用了，谢谢。"

伊桑从屏幕墙的其中一台显示屏上看到击杀怪兽的链式机炮的炮口焰在隧道里闪烁不已。

在另一个屏幕上，主街上的怪兽正意兴阑珊地吃着昨晚猎杀的居民尸体，它们的肚子已经胀得鼓了起来。

"彻底结束了。"皮尔彻说。

"除了你以外，什么都没结束。"

"我不会怪你的。"皮尔彻说。

"怪我？怪我什么？"

"你的妒忌。"

"你认为我在妒忌什么？"

"当然是妒忌我啊。你妒忌我可以坐在大办公桌背后，可以……创造所有这一切。"

"你认为我做这一切事情都是因为妒忌你吗？是因为我想要坐上你的位子？"

"我知道你深信自己做这些事是为了将真相和自由还给镇上的居民。可是，伊桑你错了，事实上，这世上的任何东西带给人的感觉都跟'权力'不一样。杀戮的权力，给予的权力。"他朝墙上的屏幕挥了挥手，"还有控制生命的权力。可以让人过更好的生活，或更糟糕的生活。倘若世上真的有上帝存在，我想我可以明白他的感受。人们总是要求得到他们无法承担的答案，即便他为人们提供安全的环境，可他们还是恨他。我想，我终于明白上帝为什么要选择离开他所创造的人类，然后任凭这个世界自生自灭。"皮尔彻笑了，"终有一天你也会明白的，伊桑。等你坐到那张大办公桌后面一段时间之后，你就会知道山谷里的那些人跟你我是不同的。他们没有能力承受你昨晚告诉他们的那些真相。你就等着瞧吧。"

"也许是，也许不是。不过不管怎么说，他们都应该知道真相。"

"我并不是说这个小镇起初有多么完美,它甚至连好也谈不上。可是在你到来之前,它却能正常运转。我保护镇上的居民,而他们则过着与他们所期待的正常生活最为接近的日子。我给了他们一个美丽的小镇,以及相信一切如常的机会。"

皮尔彻把酒瓶的瓶口凑到嘴边,喝了几口。

"伊桑,你的致命缺陷在于,你错误地相信镇上的居民们都跟你一样。你以为他们跟你一样有勇气,无所畏惧,意志坚定。你和我是同道中人,但我们是与常人很不一样的异类。连我在基地里的手下们,都会有内心挣扎的时刻,而你和我却不会这样。我们知道真相,也不怕直面它。我们唯一的不同在于,我对这个事实已经心知肚明了,可你却要在搭上众多人命之后,才能缓慢而痛苦地认清它。不过将来有一天,你会想起我今天对你说的这番话,伊桑,你会明白我为什么要做这些事情。"

"我永远都不会明白你为什么要切断通电围栅的电源,为什么要杀害自己的亲生女儿。"

"等你统治这里足够久之后,你就会明白的。"

"我并不打算要统治这里。"

"是吗?"皮尔彻笑道,"你以为这里是什么地方?是普利茅斯石①吗?你要在这里起草一部宪法吗?然后开始在这里推行民主政策?围栅外面的那个世界危机四伏,非常残酷。黑松镇需要一个

---

① 普利茅斯石是美国马萨诸塞州普利茅斯港的一块大岩石,据说1620年移民美国的英格兰清教徒前辈在此处登岸。

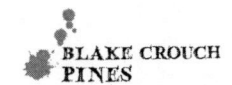

铁腕人物来领导。"

"你为什么要切断围栅的电源，戴维？"

老头子喝了一口威士忌。

"要不是因为我，人类这个物种现在已经不复存在了。如今我们还能在这里存活下来，全是我的功劳，是我一个人的功劳。这一切都仰赖于我的金钱，我的头脑，还有我的远见。我给了他们一切。"

"你为什么要那样做？"

"从某种意义上看，也可以说是我创造了他们，还有你。而你，竟然还好意思问……"

"为什么？"

皮尔彻的眼里突然冒出了狂怒的火焰。

"当我发现人类基因组日渐衰亡，并且再繁衍几代就会灭绝的时候，他们在干什么？当我建造一千个生命暂停装置的时候，他们在干什么？还有，当我在山里挖出一条隧道，并在五百万平方英尺的山洞里储备物资来重建地球上最后一个小镇时，他们又在干什么？既然说到这里，伊桑……我想问一下，在我做这些事的时候，你他妈的又在干什么？"

皮尔彻的身体因为暴怒而剧烈抖动着。

"当我走出生命暂停装置，带着我的团队成员走出基地，然后发现这个世界已经被怪兽占领的时候，你在场吗？当我沿着主街看着我招募的工人们修建每一栋房屋、铺设每一条柏油路时，你在场吗？那天早上，当我将生命暂停小组的组长叫到这间办公室,并指示他让你复活去跟你的妻子和儿子重聚时,你在场吗?你的这一次生命是我给你的,伊桑。你和山谷里的每一个人,以及这山中基地里的每一个人,你们的生命都是我给的。"

"你为什么要那样做?"

老头子怒吼道:"因为我有权这么做!因为我是他们的创造主,而受造物是无权去质疑他们的创造主的。谁给了他们生命的气息,谁就有权随时将其收回。"

伊桑抬头看着墙上屏幕里的画面,从中可以看出山洞里已是一片混乱。链式机炮的弹药已经用光了,守卫们一面向后撤退,一面用他们的AR-15半自动步枪勉强抵抗着步步逼近的怪兽。

"其实我原本可以不让你上到这里来的,我可以把电梯锁起来。现在你打算如何处置我?"皮尔彻平静地问道。

"这得由那些你试图谋杀的人们来决定。"

皮尔彻的眼里有泪水涌出。

仿佛在这短短一瞬,他终于看清了自己。

他回头看向自己的办公桌。

还有他的屏幕墙。

他的声音因为过于激动而变得有些嘶哑。

"这里不再属于我了。"他说,然后眨了眨眼。他那双黑色的小眼睛再度恢复了冷酷的神色,就像水突然结冰了一般。

皮尔彻猛地将手中那把短刃格斗刀朝伊桑的腹部刺过去。

伊桑挥拳打歪了皮尔彻的手腕,刀刃与自己擦身而过。

伊桑站起身来,对准皮尔彻的头部猛地挥出一记左勾拳,这一拳打裂了他的颧骨，力度大到使皮尔彻从沙发跌落下去，而且把头撞在了咖啡桌的边角上。

皮尔彻仰躺在地上不住地发抖，刀子从他手中滑出，落在硬木地板上发出了"咔哒"的声响。

BLAKE CROUCH
PINES

第八章

汉索尔

华盛顿州西雅图市，特勤局总部，一千八百一十四年前

汉索尔走进他位于哥伦比亚中心的转角大办公室，很高兴地看到伊桑·伯克已经坐在他的办公桌前等着他了。他看了看手表，自己迟到了五分钟，而伯克很可能比约定时间早到了五分钟以上，这就意味着伯克已经等了至少十分钟了。

很好。

"很抱歉让你久等了。"汉索尔边说边绕过他的特工身边。

"不要紧。"

"我猜你可能在想我为什么要让你撤离埃弗雷特市的案子吧。"

"这案子已经快要侦破了，罪犯被逮捕也是指日可待的事儿。"

"那可真是太好了，不过我有一项更为紧迫的任务需要交给你去完成。"

汉索尔在办公桌后面坐了下来，隔着桌子打量伊桑。他今天没有穿黑西装和白衬衫。为了更好地执行秘密监视任务，他穿着一身掩人耳目的连身工作服，两侧肩膀都被今早的毛毛细雨浸湿了。汉索尔能隐隐看到伊桑左腋下手枪套的轮廓。

汉索尔突然想到，其实此刻他还来得及改变心意。在那些话

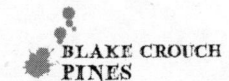

从他嘴里说出去之前,他还没有犯下任何罪行。

他在执法部门工作了好几年,常常在审讯罪犯的时候听到跟对与错之间的朦胧界限有关的言论。他们之所以偷窃别人的财物,是为了养活自己的家人。他们原本打算只做一次就收手。还有他最喜欢的一种说法:他们起初甚至不知道自己已经触犯了法律,在不知不觉当中竟在违法乱纪的路上越走越远,以至于最终回头无望。

可是汉索尔此时坐在自己的办公桌旁,置身于遵纪守法的境况之下,他认为对与错之间的界限其实一点都不模糊。

他也能清楚看出自己的选择具有怎样的性质。

如果他派伊桑去执行这项任务,那么他就越过了那条界限。

而且永无回头的机会。

倘若他能从这整件阴谋当中脱身而出,让伊桑继续回到埃弗雷特市那件案子,那么他就仍然还是一个差点做了罪大恶极之事的好人。

从他的角度看,对与错之间的界限丝毫都不模糊,两者之间并没有任何灰色地带。

"长官?"伊桑唤道。

汉索尔脑海里浮现出了几年前在特勤局西雅图分部的野餐会上所见到的特丽萨的模样。他想到伊桑与凯特打情骂俏,却任由妻子在联合湖边独自哭泣。

去年凯特突然申请转调至爱达荷州的博伊西分部时,特丽萨怀疑和担心的事情——伊桑和凯特的不伦关系——终于得到了证实。伊桑和他的搭档一起欺骗了特丽萨，而且所有人都知道了这件事。他令他的妻子蒙羞，而像特丽萨这样的女人不应当受到如此对待。

"亚当？"伊桑再次唤道。

汉索尔叹了一口气，雨水滴滴答答地落在了他身后的玻璃窗上。

他说："凯特·休森失踪了。"

伊桑坐在椅子上前倾着身子，"有多久了？"

"四天。"

"她是外出执行公务的时候失踪的吗？"

"她的搭档也失踪了，是一个姓埃文斯的家伙。你和凯特曾经有一段……特别的关系，是吗？"

伊桑并不上钩，只是一脸严肃地看着汉索尔。

"唔，我只是在想你应该会想去寻找从前的搭档。"

伊桑站起身来。

"博伊西那边很快会将案情档案以电子邮件的方式发送给你。"汉索尔说，"我们将为你预订明天一大早从西雅图塔科马国际机场起飞的航班。你先去博伊西分部与斯托林斯特工会合，然后你们再一道向北前往凯特最后一次与外界联络的地方。"

"那是哪里？"

"是一个名叫黑松镇的小镇。"

汉索尔看着伊桑离开。

他最终还是采取了行动。

让事情开始运转起来。

奇怪的是,他并不觉得此时的心情跟先前有什么不同。他不觉得后悔,也不害怕和焦虑。

如果非要说出有什么不同的话,那就是现在他觉得心情特别放松。

他坐在转椅上转了一圈,看着窗外西雅图市中心灰蒙蒙的建筑轮廓,看着雨水聚集成滴,沿着玻璃窗往下流。

他可以从这间位于三十一楼的办公室看到特丽萨工作的那栋大楼,她的职位是律师助理。他想象着特丽萨坐在了无生气的隔间里打印着律师的口述文件。

他不知道具体将以何种方式,但他知道自己终有一天能够拥有她。他会好好爱她,如同自己就是为了爱她而生一般。这真是他生命中最大的谜团,不知从何时开始,她竟然成了他的世界中唯一重要的东西。

他打开预付费手机,拨通了一个号码。

接电话的是戴维·皮尔彻:"喂?"

"是我。"汉索尔说。

"我还在想什么时候才能接到你的电话呢。"

"他明天就会去你那儿。"

"我们会做好准备的。"

汉索尔关上手机,取出电池,然后用力将手机掰成了两截,将残骸塞进了垃圾桶里装着昨天午餐剩菜的一次性饭盒下面。

特丽萨

当特丽萨和本杰明来到森林边缘时,太阳刚好落到了远处的山峰背后。

她小声叮嘱儿子:"你在这里等一下。"

特丽萨双膝跪地,爬着穿过一丛矮栎树,她的膝盖与地上的干枯树叶摩擦,发出响亮的"唰唰"声。

快要爬出矮栎丛了,她透过枝叶间的缝隙向外张望着。

他们已经穿越了小镇北面的整片森林,来到了小镇边缘。特丽萨视线所及之处的街道空无一人,房屋漆黑无光,听不到一丁点儿声音。

她回头看着本杰明,挥手招呼他过来。

他也"唰唰"地爬过地上的枯叶,在她身旁蹲了下来。

特丽萨将嘴巴凑到他耳边,轻声说道:"我们还得经过好多个街区。"

"我们要去哪里?"

"治安部办公室。"

"走过去还是跑过去?"

"得跑过去。"特丽萨低声说,"我们先深呼吸几次,让肺部充满空气。"

她和本杰明一起用力吸入了几口含氧量丰富的空气。

"准备好了吗?"她问道。

"准备好了。"

特丽萨从灌木丛中爬了出来，站直了身子，随即转过身去拉着本杰明也站了起来。他们正站在一栋维多利亚式房屋的后院里，而她认得这栋房子——三个月前，她把这栋房子卖给了一对年轻夫妻，那位妻子当时已经怀有身孕了。由于他们在镇上表现良好，所以得到这栋更大更漂亮的房子作为奖励。

不知道那对夫妻在刚刚过去的地狱般的二十四小时里，有着怎样的命运？

特丽萨贴着后院的栅栏慢跑，本杰明一直跑在她身旁。

他们绕过房子的侧面，来到了前院。这时特丽萨减慢了步速，花了一些时间来观察周围的情况。

现在她可以清楚地看到第一大道的情形。

街道中央躺着几具被吃了一半的尸体。她数了数，至少有五具尸体。可是街上却没有任何动静。

她再次加快了步伐。

黑松镇大多数房屋的前院都被白色的尖桩篱栅包围着，所以她和本杰明只能沿着人行道奔跑。

山谷里的光线渐渐暗了下来。

一旦太阳落入山峦背后，夜幕总是非常迅速地降临。再加上目前整个山谷都没有电，所以今夜将是一个非常漆黑的夜晚。

他们就快来到街上的第一具尸体旁边了。

特丽萨回头看了本杰明一眼，她说："孩子，千万别看。"

然而连她自己也没法做到不去看。

他们来到了第一大道和第十一大道的交叉路口。

特丽萨已经可以看到远处治安部办公室前院种着的松树树顶了。

"就快到了。"她说,"我们再跑完一个半街区就到了。"

"我好累啊。"

"我也是,不过我们还得再坚持坚持。"

当他们来到第一大道和第十三大道的交叉路口时,本杰明低声喊道:"妈妈!"

"怎么了?"

"你看那儿!"

特丽萨回头看着身后。

在第十三大道上离他们三个街区远的地方,有两个灰白色的形体四肢并用地朝他们所在的方向飞奔而来。

"快跑!"特丽萨高声喊道。

身体分泌的大量肾上腺素让他们将体能潜力发挥到了极致,他们以飞一般的速度往前猛冲。特丽萨跳上人行道,飞跑着穿过修剪得相当整齐的草坪,朝治安部的大门奔去。

进门之后,特丽萨停下脚步,转身透过玻璃门看着外面的街道。

"他们看到我们进来这里了吗?"本杰明问道。

跑在最前头的怪兽全速来到了第一大道和第十三大道的交叉路口,接着它竟然毫不迟疑地改变了行进路线,径直朝治安部办公室冲了过来。

"快跑!"特丽萨赶紧转身从大厅穿过。

随着他们离治安部大门越来越远，光线也越来越暗了。

要不是走廊尽头的门没有关，让黄昏的微光从中透了进来，这条通往伊桑办公室的主通道恐怕会漆黑得伸手不见五指。

特丽萨朝伊桑的办公室跑去。

进门之后，她看到枪柜门大打开着，弹药散落一地，办公桌上还放着几支步枪。

枪柜下部的抽屉也被拉开了。

她把手伸进抽屉，取出了一把大手枪。她用枪指着墙壁，扣下扳机，却没有任何反应。可能是枪的保险关上了，也可能是弹匣里压根儿就没有子弹，或者两种情况同时存在。

"快点儿，妈妈！"

她又抓起了一把左轮手枪，可是枪里也没有子弹。即便她能找到与之匹配的弹药，她也不知道该如何打开枪的旋转弹膛并把子弹上进去。她蹲在枪柜旁边，看到脚边的地板上散落着至少五六种不同尺寸的子弹。

"妈妈，你在干什么？"本杰明问道。

这样不行，他们已经没有时间来挑选弹药了。尽管她身为特勤局特工的妻子，却对如何使用枪支一窍不通。

"我有一个新计划。"她说。

"是什么？"

她用力拉开了伊桑的办公桌抽屉——它应该还在那里吧。在伊桑刚刚就任治安官的那个星期，他曾带着她参观此地，还将她锁进了这里唯一的一间单人小牢房里面。她还记得当时伊桑站在牢房外，一面晃动着套在手指上的牢门钥匙，一面故意装腔作势地拉长了调子说道："除非你能想到贿赂治安官的方法，否则看来你今天就只能在这间牢房里过夜了，伯克太太。"

后来她看到伊桑把牢门钥匙放回到办公桌中间的这个抽屉里。此时她将右手尽力伸到抽屉最里面，绝望地摸索着。

找到了。

她摸到了一个钥匙环，随即将上面的钥匙一并拉了出来，然后绕过办公桌朝本杰明跑去。

"我们现在要做什么？"男孩问道。

"跟我来！"

他们冲回到走廊里。

一只怪兽在治安部办公室大门外嗥叫起来。

"它们来了，妈妈！"

母子俩经过大厅时，特丽萨朝大门看了一眼，只见两只怪兽沿着两旁种着小松树的通道跑了过来，离大门只有几步之遥了。

她大喊："再快一点，本杰明！"

他们转入了另一条黑乎乎的走廊。

特丽萨在走廊的另一头看到了黑松镇唯一一间牢房的黑色铁栏杆。

她第一次看到它的时候，不由得想起了《安迪·格里菲斯秀》[1]里面的牢房。这些竖立的铁栏杆以及里面的单人床和桌子都显得古朴而别致，看起来很像星期六晚上喝得烂醉的酒鬼们常常

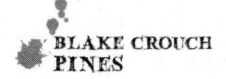

---

[1] 二十世纪六十年代美国著名电视喜剧。

会光顾的那种地方。

此时此刻,这间牢房像极了他们的救生艇。

在走廊尽头,位于牢房内侧的那面墙上有一扇高高的窗户,傍晚时分暗淡的光线从那里斜射进来。

特丽萨来不及停下脚步,重重地撞上了牢房的铁栏杆。这时大门口的怪兽正好撞破玻璃门闯了进来。

她紧紧握着手中的钥匙,将其塞进了牢门的锁孔里。

她听到身后黑暗的走廊里传来了利爪与地面撞击的声音。

其中一只怪兽发出了尖厉的吼叫。

门上的锁舌弹开了。

特丽萨打开门,对本杰明喊道:"快进去!"

本杰明迅速冲进牢房,而跑在最前头的怪兽已经进入了走廊。

她跨进牢房,赶紧把牢门关上。在这之后不过半秒钟,一只怪兽便猛地撞上了牢房铁栏杆。

本杰明不由得尖叫起来。

当领头的这只怪兽从地上站起来的时候,它的另一只同伴四肢着地跑进了走廊。

这还是特丽萨第一次如此近距离地观察怪兽。

刚撞上铁栏杆的那只怪兽身材壮硕,浑身是血。

沾满鲜血的皮肤散发出一股死亡的气息。

本杰明背靠着墙壁,眼睛睁得大大的。他已经吓得小便失禁,脚下很快聚集了一摊尿液。

"它们会进到这里来吗?"他问道。

"我认为不会。"

"你确定吗?"

"不确定。"

当第二只怪兽撞上铁栏杆的时候,整间牢房都在摇晃。

特丽萨伸出双臂环抱着本杰明,这时第一只怪兽将五英尺半高的身体完全站直了。

它歪着头,透过铁栏杆的缝隙打量着他们,不时眨一眨自己的乳白色眼睛,像是在思索着什么。

"那个在它胸膛里活动的东西是什么?"特丽萨低声问道。

"那是它的心脏,妈妈。"

"你怎么……"噢,对了,他曾在学校里学过这些。

怪兽的心脏跳动得很快,透过层层半透明的皮肤看过去显得模糊而扭曲,特丽萨感觉自己就像隔着几英寸厚的冰块在观察它似的。

第二只怪兽的双腿很短。它也站直了身子,两只手臂垂下来,手指正好能触到地面。它将右臂伸进了栏杆的缝隙——它的手臂细长却肌肉发达,至少有四英尺那么长,特丽萨惊恐万状地看着它的尖利黑爪子划过牢房里面的地板。

"走开!"她尖叫道。

另一只怪兽来到牢房侧面,也将手臂伸了进来。它的左臂长达五英尺,当它的利爪划过本杰明的鞋子时,特丽萨抬脚踩住了它的爪子。

这只怪兽咆哮起来。

特丽萨拉着本杰明躲到了远离铁栏杆的角落里，然后爬上了摆在那儿的金属床架。

"我们就要死了吗，妈妈？"

"不会的。"

又有三只怪兽从走廊冲了过来。它们扑到牢房栏杆上，嗥叫嘶吼着。它们身后又渐渐聚集了更多的同伴，声势越来越浩大。

很快便有十五只手臂从铁栏杆的缝隙中伸进了牢房，同时也有越来越多的怪兽用自己的身体猛地撞向铁栏杆。

特丽萨坐在光秃秃的床垫上，将本杰明紧紧搂在怀中。

从高窗透进来的光从蓝色变成了紫色，牢房里的光线越来越暗。

她将嘴唇凑到本杰明耳边，在怪兽们此起彼伏的喧哗声中说道："想象你现在置身于另一个时空当中。"

本杰明在她怀中瑟瑟发抖，这时仍有更多的怪兽不断涌至牢房跟前。

怪兽们不断用力地摇晃、撞击铁栏杆，不断把它们的长手臂伸进牢房里，特丽萨却只是抬头凝视着墙上那扇高高的窗户。

在最后一丝光线彻底消失之前，她最后看到的场景是：牢房外面层层叠叠地挤满了怪兽。其中一只还跪在门锁前，正试图将爪子伸进锁孔里。

这里的气息嗅起来犹如一座开放式的坟墓，令人怀疑自己是否正身处地狱当中。突然间，什么都看不到了，黑松镇的夜幕降临了。

特丽萨和本杰明在黑暗中被怪兽包围着。

伊　桑

伊桑搭乘电梯从皮尔彻的套房回到了一楼的走廊，电梯门刚一打开，他便听到枪声依然存在，只是此时已经非常遥远，而链式机炮的"砰砰"声已经停止了。

他朝走廊尽头的玻璃门走去，当他跨进山洞大门的时候，把艾伦给他的手枪拔出来握在了手里。

看来皮尔彻团队的绝大多数成员都下来了，试图察看到底出了什么事，伊桑估摸着至少有一百个人在这里胡乱转悠，每个人脸上都带着困惑和害怕的表情。

在这里听到的枪声比先前更为响亮，听上去应该是从通往黑松镇的山间隧道更深处传来的。

到处都有怪兽的尸体。

隧道里有好几堆。

山洞里有四五十只。

鲜血在地上的岩缝里流淌着。

五具覆盖着白布的尸体在生命暂停室门口摆成一排。

空气中弥漫着令人难以忍受的浓烈火药味。

艾伦从隧道里跑了出来。

伊桑推开人群朝艾伦跑去，他看到艾伦脸上布满了血渍，右臂上有一道又深又长的口子，伊桑猜测那应该是被怪兽的利爪划

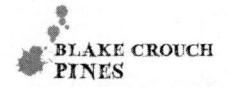

伤的。

隧道里传来了一阵AR-15半自动步枪射击的声响。

紧接着又是一声尖叫。

"我们正试图把它们赶出去。"艾伦说,"可是它们的数量太多了,大约有两百只。我损失了一些手下,M230链式机炮的弹药已经用光了。倘若我们没有那门链式机炮,这里的情形会比现在糟得多。皮尔彻在哪儿?"

"他昏过去了,我把他捆在他的办公室里。"

"我会派个人去看着他的。"这时艾伦的对讲机响了,他应道:"我是艾伦,完毕。"

穆斯廷的声音从对讲机的听筒里传了出来,他在连绵不绝的枪声中喊道:"我们刚刚把最后一群怪兽赶出了隧道,可是隧道入口处的门已经坏了,完毕!"

艾伦说:"我已经派了一辆装载着强化钢板的卡车开往你们那里,车上有三名工人,他们会把门焊牢的,完毕。"

"收到,我们会继续坚守阵地!"

伊桑赶紧说:"你们不能把那个入口封死。我们得去山谷里救人。我的妻子和儿子还在那里。"

"我们会去救人的,可是我们得先对人员进行部署,并且为他们分配武器。据我所知,现在我已经损失了八名手下。如果我们要大举攻入黑松镇,最好将兵械库里的武器全都带上。我们还得为那门链式机炮找到更多的弹药。"他的眼神突然变得黯淡起来,"而且我们不能在晚上前往山谷。"

"你说什么?"

"现在已经是傍晚了,等我们把一切都预备妥当,天早就黑了。我们得在明天一大早攻入镇上。"

"要等到明天?"

"我们没有夜间作战的装备。"

"难道你认为山谷里那些手无寸铁的居民可以撑得过这个晚上吗?你认为我的妻子和儿子……"

"在黑暗中贸然行动,只会让我们全都送命,你应该知道这一点。这样一来,我们将会失去解救山谷中那些人的唯一机会。"

"该死!"

"你以为我不想一边举枪扫射沿途的怪兽,一边冲到镇上吗?"

伊桑一言不发地朝隧道走去。

"你这是要去哪儿?"艾伦在他身后喊道。

"去找我的家人。"

"你在晚上走出隧道,唯一的结果是你很快就会被怪兽吞吃。你要知道,此刻在隧道外面聚集了好几百只怪兽。"

伊桑在隧道里走了两步,然后停了下来。

"我完全可以想象你现在的感受。"艾伦说,"倘若我的家人在外面,你也没法阻止我前去救他们。可是你比我更聪明,伊桑。你肯定能想明白,你今晚冲出去实则相当于是自杀行为,这样做救不了你的家人,其实压根儿救不了任何人。"

妈的!

他说得句句在理。

伊桑转过身来，沮丧地叹了一口气。

他说："那么，黑松镇的居民们得在饥寒交迫，甚至连水也没有，而且随时可能受到怪兽攻击的境况下再度过一个难挨的夜晚了。"

艾伦朝他走去。

伊桑能听到更多的枪声从隧道远端传了过来。

艾伦说："但愿那些在第一波袭击中幸存下来的人们能找到安全的藏身之处。你的家人在哪里？"

"我把他们留在了峭壁半山腰的一个大洞穴里，洞口有一扇上锁的木门。"

"那他们应该很安全。"

"我没法确知他们是否安全。另外，在学校里还有一群人。"伊桑说，"他们躲在校舍下面的地下室里，有八九十人。假使我们真的……"

"那样太危险了。你心里应该很清楚。"

伊桑点了点头，"通电围栅的大铁门怎么办？它仍然还是打开的吗？围栅外面的怪兽，无论是一千只，或是三万只，只要想进来，都可以大摇大摆地进来吗？"

"我先前已经请技术负责人查看过了。他说现在我们没法从基地里面打开围栅的电源开关。"

"为什么呢？"

"显然是因为皮尔彻蓄意破坏了内部电力系统。让围栅恢复供电以及关上大铁门的唯一方法只有一个，手动操控。"

"让我想想……"

"手动操控装置就在围栅旁边。如果它操作起来很容易,事情就没那么有趣了,是吧?"

"那就快派人去那里吧。"伊桑说,"就现在。"

"在山的南侧有个秘密出口。它离通电围栅只有四分之一英里远的距离。"

"赶紧派几名守卫和那个技术负责人一起去那儿吧。"

"好的。可是……"艾伦回头看了看此时正在山洞里不知所措地徘徊的人群,"他们现在还什么都不知道。他们只是听到枪声,所以跑下来想看看到底发生了什么事。"

"我去告诉他们。"伊桑说。

他朝人群走去。

艾伦在他身后喊道:"请对他们态度温和一些!"

"为什么?"

"因为你即将破坏掉他们一直以来所知道的唯一一种生活方式。"

特丽萨

她突然惊醒,睁开眼睛后,发现四周一片漆黑。

本杰明正在睡梦中嘟哝不已:"不,不要,不要……"

她把本杰明摇醒,轻声说道:"没事的,孩子。妈妈陪在你身边。"

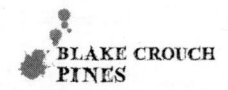

她已经有好多年没跟儿子说过这样的话了。她上次说这话的时候才刚当上母亲,她在西雅图的家中把还是婴儿的本杰明抱在怀里轻轻摇晃着。从打开的育儿室窗户传进来的轻柔雨声令母子俩的心绪平静而安宁。

"发生什么事了?"本杰明问道。

"我们还在治安部的牢房里,不过现在没事了。"

"那些怪兽去哪儿了?"

现在四周极其安静,牢房的铁栏杆外没有一丝一毫的动静。

"我想它们暂时离开了。"

"我好渴啊。"

"我知道,孩子。我也一样。"

"接待台后面不是有个饮水机吗?"

"好像是的。"

"或许我们可以悄悄溜出去,再设法……"

"噢,我认为这可不是个好主意,本杰明。"这不是特丽萨在说话,铁栏杆外面的黑暗中传来了另一个女人的声音。

特丽萨警觉地回应道:"是谁在那儿?"

"难道你听不出来我的声音吗,亲爱的?怎么会这样呢?你总是在每个月的第四个星期四来找我一诉衷肠,在过去……"

"帕姆?噢,天哪!你在这里做什么?"

"几个小时前,我听到你们俩尖叫着跑进了治安部,我还看到你们身后跟着一大群怪兽。我一直等到它们离开,然后深感欣慰地发现你俩竟毫发无伤。你不知道我有多开心,特丽萨,你的反应还真快,居然会想到把自己锁在牢房里。"

特丽萨原本还以为等眼睛慢慢适应四周的黑暗之后,便能恢复一点视力,可是她仍然看不见自己举起来放在面前的手。

帕姆说:"我不太清楚昨天晚上到底发生了什么。你丈夫捉了一只怪兽来镇上到处吓唬人吗?"

"他把一切真相都告诉他们了,包括怪兽和镇上的监视系统,还告诉大家现在其实离他们所以为的年代已经相隔了两千年。伊桑还告诉他们说,生活在黑松镇的居民是这个地球上仅存的人类。"

"原来他真的这么做了,这该死的混蛋。嘿,别用那种表情看着我。"

特丽萨觉得背脊骨一阵发凉,连汗毛也直立起来。

"这里黑得伸手不见五指。"特丽萨说。

"没错,是很黑。不过我能看到你怀抱着本杰明,怒瞪着我所坐的大致方向,我可不喜欢……"

"你怎么看得到?"

"因为我戴着夜视镜,特丽萨,而且这也不是我头一次戴着它看到你了。"

"她在说什么呀,妈妈?"

"本杰明,别说话。"

"本杰明,其实我想说的是,我曾看到你亲爱的父母在半夜偷偷溜出你们位于第六大道的家。你应该知道,这是被严格禁止的举动。"

"你别用这种方式跟我儿子讲话……"

"你别用这种方式跟一个正用十二号口径霰弹枪指着你们的女人讲话。"

在全然的寂静当中,特丽萨试着在脑海里想象眼前的情景——戴着夜视镜的帕姆坐在牢房跟前,用一支霰弹枪指着他们母子俩。

"你用枪指着我儿子?"特丽萨尽可能以平静的语气发问,可是她的声音却在颤抖,这令正在她心头蔓延的愤怒和恐惧情绪暴露无遗。

"我还要开枪射杀他呢。"

这话让母亲顿时失去了全身力气。

特丽萨跪在地上,想要爬到能为本杰明挡住子弹的地方。

"噢,别再白费力气了。"帕姆说,"我只需要……"她的声音开始移动,"站起来,再走到牢房的这一侧,就又能射中他了。"

"你为什么要这么做?你是我的心理医生啊。"

"我从来都不是你的心理医生。"

"你在说什么?"

"这实在是很可惜,特丽萨。我喜欢你,也喜欢我们从前的聊天时光。我想让你知道,即将发生在你和你儿子身上的事情其实并不是针对你们本人的。你只是不幸地嫁给了那个毁掉这小镇的混蛋而已。"

"伊桑并没有毁掉任何东西。他只是把真相告诉了所有人。"

"他没资格这样做。对于意志薄弱的人来说,知道真相是非常危险的。"

"你也知道真相，不是吗？"特丽萨问道，"你一直都知道。"

"你是指什么？是关于黑松镇的真相吗？我当然知道了。我参与了建造这个小镇的工作，特丽萨。我从这个小镇诞生的第一天就已经在这里了。这里是我唯一的家，而你的丈夫却毁了它。他毁掉了一切。"

"伊桑并没有打开通电围栅的大铁门，也没有切断围栅的电源放怪兽进来。这些都是你的老板做的。"

"我的老板，戴维·皮尔彻，他建造了这个小镇，包括这里的每一栋房子和每一条街道。他还亲自拣选了住在小镇的每一个居民，以及基地里的每一个团队成员。如果没有他，你们在好几个世纪之前就已经死了。你怎么敢质疑这个给了你生命的人。"

"帕姆，求你了。我儿子跟这些事一点关系都没有。你心里应该很清楚。"

"你不明白，亲爱的。我并不是要让你和本杰明为伊桑所做的事情承担责任。我已经超越那个层面了。"

"那么，你究竟想要什么？"特丽萨感觉到眼泪正在眼眶里积聚，内心的恐慌渐渐增强。

本杰明已经哭了起来，在母亲怀里瑟瑟发抖。

"现在我唯一想做的就是让你丈夫痛苦，没有别的。"帕姆说，"如果他能活下来，那么他最终会到这里来找你们，你知道那时候他将看到什么吗？"

"其实你没必要这样做，帕姆。"

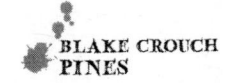

"他会看到你们两个已经死了,而我坐在这里等着他。在我杀死他之前,我要让他先知道我所做的一切。"

"你听我说……"

"我在听啊。不过在你开口之前,你最好先问问自己是不是真的相信你能让我改变主意。"

这时,特丽萨听到大厅那边有轻微的声响顺着走廊传了过来。

应该是玻璃碎片被踩踏时发出的声音。

特丽萨心想,拜托,希望是一只怪兽来了。

"昨天晚上镇上的大多数居民都丧命了。"特丽萨说,"我不知道还有多少人活了下来。"

远处又传来了玻璃碎块受压时的"嘎扎"声。

特丽萨刻意提高了自己讲话的音量。

"可是无论你对我丈夫的恨有多深,你怎么能认为杀死我们母子俩对人类这个物种一定有好处呢?我们好不容易才摆脱怪兽的魔爪,从而幸存下来,而且人类就快要灭绝了啊。"

"哇哦,你说得可真好啊,特丽萨,我都没想到这些呢!"

"真的吗?"

"当然不是真的,我不过是跟你开玩笑而已。你说的那些,我根本一点都不在乎。"帕姆将一颗子弹推进了枪膛,"我保证不会让你们经受太多痛苦。而且,说实话,你也可以多想想事情好的一面:起码你们俩没死在怪兽手上啊!这种死法不会让你们有任何感觉。唔,你们可能还是会有一点感觉的,可是在你还没来得及体验个究竟的时候,一切都结束了。"

"他还是个孩子啊!"特丽萨哭喊道。

"唔,你是否介意先把牢房钥匙给我……"

周围的整个空间都被明亮的枪口焰照亮了。

枪声震耳欲聋。

特丽萨闭上了眼睛,我们死了。她终于还是开枪了。

可是她仍然还能思考。

她也仍能感觉到自己正将儿子搂在怀里。

她等待着迎接被子弹击中的疼痛感,可是它却迟迟没有来。

她听到一个声音在喊自己的名字。她的耳朵因先前的子弹爆炸声而嗡嗡作响,所以那个声音听起来就像是从一个很深的洞穴底部传出来的。

黑暗中有个光点闪现了一下,旋即便消失了。特丽萨想,我已经死了吗?我正加速走在通往那终结之光的隧道里吗?我的儿子和我在一起吗?

那光点再度闪现,只是这一次它没有消失。

它变得越来越明亮,最后她才终于看清原来它是一小束干苔藓正在燃烧。

她逐渐看到有烟雾在火光上方升腾,还能嗅到烟味,同时看到一双手将那束燃烧着的干苔藓从地上拿了起来。火光照亮了一张她所见过的最脏的脸,这张脸上粗浓杂乱的毛发似乎接连好几年都没有修剪过。

可是,那双眼睛……

尽管火光是那样的微弱,尽管那张脸上沾满了污垢,也长满了胡须，她还是认得这双眼睛。哪怕是濒临死亡的震惊，也比不过再度见到这双眼睛所带给她的极大震撼。

这个男人以粗哑的嗓音开口说道："特丽萨！我亲爱的！"

特丽萨放开本杰明，冲上前去。

就在火光行将熄灭的一瞬间，她冲到了牢房的铁栏杆跟前，把两只手从栏杆缝隙伸了出去。

她抓住他，把他拉近了一些。

亚当·汉索尔浑身散发出一种在荒野中生活了好几年的人身上所特有的臭味。当她把双手滑进他的大衣，环抱着他的腰时，她能感觉到他瘦得只剩下了皮包骨头。

"亚当？"

"是我，特丽萨。"

本杰明爬下床，摸索着朝铁栏杆走去。

"我还以为你已经死了呢。"本杰明说。

"我应该已经死了，小家伙。"汉索尔说，"我应该已经死过上千次了。"

伊　桑

玛姬的吉普车还停放在山洞里，伊桑站在引擎盖上，凝视着聚集在自己周围的一百五十张脸庞。这个团队十四年来一直孜孜不倦地工作，从而使他们的同类——黑松镇的居民们——一直被蒙在鼓里，过着不明就里的生活。看着他们，伊桑感觉有些不大自在。

他说:"昨天晚上,我作出了一个艰难的抉择。我把黑松镇的真相告诉给居民们。我让他们知道了现在的真实年份,还让他们亲眼看到了怪兽长什么样。"

人群中有人大喊:"你无权做这样的事情!"

伊桑对此置之不理。

"我猜你们当中应该没有人会赞同我的做法,而我也丝毫不为之感到惊讶。可是,现在让我们来看看你们是不是赞同戴维·皮尔彻的回应方式。他切断了通电围栅的电源,还打开了围栅的大铁门。至少有五百只怪兽在半夜里冲进了山谷,镇上超过半数的居民惨遭杀害。而那些侥幸存活下来的居民,现在正在没有食物也没有水的境况下勉强支撑着。皮尔彻同时还切断了镇上的电力供应,所以居民们也得不到任何暖气供给。"

伊桑面前的一张张脸上纷纷流露出怀疑的神情。

有人喊道:"你胡说八道!"

"我明白你们在过去人生中的某一个时刻,都曾被戴维·皮尔彻彻底折服。说实话,他是个相当有才智的人,这点无人能够否认。没有谁可以说他不是个极有远见的智者,而且他很可能是人类历史上最有野心的智者。我可以明白你们为什么会被他吸引,跟一个如此有力量的人站在同一阵线,的确会令人兴奋,这实在是一种很棒的感觉。

"据我所知,你们当中的大多数人都是在人生低潮期遇见戴维·皮尔彻的。他给了你们生命的目的和意义,对此我完全理解。可是你们要知道，从某种角度来看，他其实和那些住在通电围栅外面的怪兽无异，而且他甚至比它们还更可怕。对他而言，贯彻自己对黑松镇的管理理念，远比住在那里的居民更为重要，而且我很抱歉地说，也比你们各位更重要。

"你们都认识阿莉莎吧。根据我的了解，她在这个基地里深受大家爱戴。她并不赞同她父亲的全部做法，她深信黑松镇的居民不该时刻受到监控，不该被迫残杀自己的同类，也不该永远不知道真相。我接下来要给你们看的东西也许会令你们内心不适，对此我感到非常抱歉，不过我认为你们应该知道你们所侍奉的对象究竟是怎样的人，这样你们才能跨越内心的障碍，继续往前走。"

伊桑指着人群背后，那里有一块嵌在玻璃门旁边岩壁上的大屏幕，对角线足足有一百英寸。

大多数时候，这块屏幕上显示的是基地里的工作日程安排。

人们可以从中了解当前是谁在监控小组、保安队以及生命暂停室值班。

也可以知道往返于基地和黑松镇之间的班车时刻表。

总而言之，它其实就是皮尔彻手下核心圈子的信息系统枢纽。

而今天晚上，它将播放戴维·皮尔彻——黑松镇的创造者——杀害自己亲生女儿的画面。

伊桑朝着站在大屏幕下面的一名监控操作员喊道："现在开始播放吧！"

特丽萨

烟雾缓缓向上升腾,从天花板旁边一扇装着铁栅栏的窗户飘了出去。在一大叠打印纸的助燃下,火焰渐渐吞噬了比琳达的木制办公椅的四条腿。特丽萨已经把单人床垫从金属床架上搬下来,摆在了火堆旁边。本杰明伸开四肢,舒舒服服地躺卧在床垫上。特丽萨坐在汉索尔对面,将双手凑到火堆跟前取暖。

在牢房铁栏杆的外面,帕姆的尸体躺在水泥地板上,头部四周的血泊还在继续扩大。

汉索尔说:"我看到通电围栅断电了,就赶紧跑回镇上。我先去了我们的家,却发现你们并不在那儿。我到处找也找不到你和本杰明,还以为你们已经死了呢。后来,我来治安部办公室寻找弹药,竟听到了你哀求帕姆放过你们的声音。这跟我想象中的回家场景实在是大相径庭。"

"我从来都没想过你回家时的场景。"特丽萨说,"他们说你再也不会回来了。"

"我也没想到自己居然还能活着回来。这里发生什么事了?"

"镇上的居民们都知道真相了。"

"所有的事情都知道了?"

"是的。这里死了不少人。我猜,那个在黑松镇建立了一切的人决定抛下他的玩具,一走了之。"

"是谁把真相告诉大家的?"

"镇上本来安排了一场以凯特和哈洛德为主角的'庆典',可是治安官并没有下令处死他们，反倒利用那个机会说出了真相。"

"是波普干的？"

"波普已经死了，亚当。在你离开后的三年里，这儿发生了好多事情。黑松镇现在的治安官是伊桑。"

"伊桑也在这里？"

"他大概是一个多月前来到镇上的，他把这里搞得天翻地覆。他来了之后，这里的一切都改变了。"

汉索尔凝视着腾起的火苗。

"我不知道他在这里。"他说。

"你怎么可能知道？"

"是的，我只是……伊桑知道吗？"

"关于我们的事？他不知道，我还没告诉他。呃，我的意思是……我想我最终还是会告诉他的，可是我跟本杰明讨论之后，决定现在先不急着跟他说。我们真的没想过竟然还能再见到你。"

泪水从汉索尔的眼角涌了出来，在他布满污垢的脸颊上留下了两道清晰的痕迹。

本杰明躺在床垫上望着他。

"这就像是一场噩梦。"汉索尔说。

"什么？"

"我好不容易活下来了，回来后却得知这样的情况。在通电围栅外面的时候，我日日夜夜都在又饥又渴的状态下面临死亡的威胁，是你，只有你，让我想要拼尽全力活下去。我每天都在想等我回来后我们将如何一起生活，我全凭这个信念支撑着才能活到今天。"

"亚当。"

"我们一起度过的那些日子……"

"别再说了。"

"那是我人生中最快乐的时光。我爱你。我从来不曾停止过爱你。"汉索尔绕过火堆来到她身旁，伸出一只手臂搂着她。他转而看着本杰明，"我对你来说就像父亲一样，不是吗？"然后他又看着特丽萨，"我是你的男人，你的保护者。"

"如果没有你，我根本没法在黑松镇活下来，亚当，可是你想让我说什么呢？我以为你永远不会再回来了，而我丈夫又突然出现在这里。"

这时，外面某个地方传来了一声怪兽的嗥叫。

汉索尔抓起背包，拖到自己面前，将手伸进包里翻找着，最后取出了一本用塑料袋密封起来的皮面日记本。他撕开塑料袋，把破旧的日记本翻开到第一页。在火光的映照下，他指着那一页上的题词：**等你回来的时候——我相信你一定会回来的——我要和你做爱，我的大兵，我要像对待刚从战场上凯旋归来的战士一样以温存待你。**

这些文字令她心碎欲裂。

她的精神彻底崩溃了。

这是她在汉索尔出发执行任务前写下来的字句。

"我每天都会读这些话。"他说，"你不知道它支撑着我熬过了多少艰难的时刻。"

此时她什么都看不见了，泪眼婆娑，内心的情绪就像惊涛骇浪一般翻腾不已，无法止息。

"亚当，我明白你想知道接下来会怎样，可是事实上我并不知道。我不知道我丈夫是否还活着，我也不知道当太阳再度升起来的时候我们是不是都还活着。"

"我不是在要求你预知未来。我说的是当下。"他低声说道，"此时此刻，你还爱我吗？"

她抬起头来看着他胡子拉碴、伤痕累累的脸，还有深深凹陷的眼眶。

"我从来不曾停止爱你。"她喃喃地说。

"这就是我现在需要听到的全部了。"他说，"这些话足以支撑着我熬过今晚。"

"我要知道一件事。"特丽萨说，"当我们住在一起时，你知道吗？"

"知道什么？"

"关于这个小镇的真相，以及所有的秘密。"

他注视着她的眼睛，说道："当戴维·皮尔彻来找我，告诉我他将派我去通电围栅外面执行外勤侦察任务的时候，我知道的和你一样多。"

"他为什么要派你出去？"

"去搜寻除了我们这个山谷之外的其他地方是否还有别的人类存在。"

"那你找到了吗？"

"在我日记本的最后一行……"汉索尔飞快地把日记本翻到了最后一页,"我这样写道:'只有我知道该如何拯救我们所有人。一点也不夸张地说,我是这世上唯一一个能拯救世界的人。'"

"应该怎么做?"特丽萨问道,"如何才能拯救所有人?"

"平静地接受。"

"接受什么?"

"接受人类即将走向终结的事实。这个世界现在已经属于艾比怪兽了。"

尽管她既悲痛又震惊,但汉索尔的这番话还是深深印在了她的脑海中。

特丽萨突然觉得好孤单。

"我们不可能再有任何能拯救人类的新发现。"汉索尔说,"没有什么能让人类重新回到食物链的顶端。这个山谷是我们赖以存活的唯一区域。我们就要灭绝了,这是不争的事实。所以我们不如以优雅的方式退出,尽情享受每一天、每一刻。"

穆斯廷

穆斯廷拂掉岩石上的积雪,坐进了守卫塔里。由于这次背负了太多的弹药,所以他花了比平日多一个小时的时间才抵达山顶。

他以前也曾在这座位于山顶的守卫塔里眺望过黑松镇,可他从来不曾对准山谷里的任何目标开过枪。

他将瞄准镜对准了伯克治安官的野马越野车残骸。

他先开了三枪,紧接着又对瞄准镜的十字线视差进行了三次微调,然后才射中了目标——子弹击穿了驾驶座那一侧的前轮。

黑松镇的街区全都呈边长三百英尺的正方形分布,排列得整整齐齐。既然他现在已经找准了参考点,那么接下来的视察调整就容易多了。

他扭了扭脖子。

接着他一把握住枪栓,往后一拉,随即将用过的子弹壳从可以装五颗子弹的弹匣退了出来。

他将眼睛凑在瞄准镜后面,一面观察着主街的情形,一面打开了耳麦。

"我是穆斯廷,我已就位,完毕。"

伊桑回应道:"我们正在隧道口。"

"收到。我即将开始第一轮情况汇报,请稍等。完毕。"

主街上遍布着尸体。

"热豆咖啡"咖啡馆门前聚集着五只仍在进食的怪兽。

目前穆斯廷暂时不去看森林和环绕着小镇的峭壁,而是集中精力察看东西走向的大街及南北走向的小巷。

每观察一阵,他就会在自己的便笺簿上做一些记录。

十一分钟过后,他按下了耳麦的"通话"功能键。

"我是穆斯廷,完毕。"

"请讲。"伊桑说。

"我看到了一百零五只怪兽。它们当中约有半数是以十五至二十只为一组来共同行动,其余的怪兽则分散在镇上各处单独行动。到目前为止，我还没见到任何幸存者。"

伊桑说："给你二十分钟时间，接下来我们就要出发了，完毕。"

穆斯廷笑了。截止期限。他喜欢这个。

他问道："我们来打赌吗？完毕。"

"你在说什么啊？"

"看看我能干掉多少只怪兽，完毕。"

"你快动手吧。"

穆斯廷从主街最南端着手开干，然后缓缓向北移动。

他总共击中了十五只怪兽。

逃掉了五只。

有十二只怪兽被当场击毙。

另外三只则生不如死，只能拖着受伤的身体在柏油路上缓缓爬行。

他调整枪支的方向，透过瞄准镜看着第七大道。他看到十八只怪兽聚集在学校附近的街道上，直到他开枪击中了四只之后，其余怪兽才纷纷醒来并意识到自己遭遇了袭击。他在这些怪兽四散逃窜的时候又射杀了五只。

接下来发生的事情跟之前很类似，而他不得不承认，这是他用自己的AWM狙击步枪玩得最尽兴的一次。

在最后五分钟时间里，他射中了三只在小镇南面街道上行走的怪兽，又射杀了社区农场附近的两只。当耳机里传来治安官的声音时，他正好将一颗子弹射进了一只全速从医院门口跑过的怪兽头颅里。

"时间到了。"伊桑说,"完毕。"

"四十四。"穆斯廷说。

"什么?"

"接下来需要对付的怪兽数量已经减少了四十四只,完毕。"

"你干得相当不错。通电围栅还好吧?"

穆斯廷将步枪转向南面,透过瞄准镜观察着围栅及其附近森林里的情形。

他回应道:"围栅的铁门仍然处于关闭状态。你们在镇上的时候我可以掩护你们,可是在森林里就没那么好办了。"

"明白。你来负责当我们的眼睛,只要看到怪兽就立马射杀。同时,你要把我们将会遇到的情形及时告诉我们。"

"没问题。"

穆斯廷把新的子弹装入弹匣,随即将一颗子弹推入枪膛。

他用瞄准镜观察着基地入口周边的森林和石块区。

"现在外面是安全的,你们可以出来了。"他说。

伊 桑

他坐上了一辆悍马装甲车的副驾驶座位,开车的是艾伦。

他从自己这一侧的后视镜上看到金属技工们正在焊死基地的入口。

这辆悍马的顶部配备了一名手持.50口径机关枪的守卫。

他们身后跟着两辆道奇公羊皮卡车，两名男子各拿着一把泵动式霰弹枪站在第一辆皮卡车的货厢里。

第二辆皮卡车的货厢里固定着一门链式机炮。

跟在道奇公羊皮卡车后面的是两辆转运式收集车，在它们后面还有第三辆皮卡车殿后，最后这辆皮卡车上载着六名全副武装的守卫。

伊桑的耳机里传来了穆斯廷的声音："我建议你们不要走主街。你们计划走什么路线？完毕。"

艾伦将悍马开出了森林，随即转入了通往黑松镇的公路。

"我们准备从第十三大道驶入第十五大道。"伊桑说，"然后再经过三个街区开到学校。沿途有障碍吗？"

"你看到前方那个家伙了吗？"

伊桑眯缝着眼睛，透过挡风玻璃看着前方。

在离他们不到一百米远的地方，一只怪兽正蹲坐在马路中央的双黄线上。越来越近的汽车引擎声引起了它的注意，就在它刚要站起身来的时候，它的头颅侧面突然爆开，大量血雾喷涌而出。

"在你们前方的行进路线上还有几只怪兽在游荡。"穆斯廷说，"我这就开始为你们扫清道路，完毕。"

太阳还没从峭壁上方升起，山谷仍然被幽暗模糊的晨光所笼罩。

"你要睡一会儿吗？"艾伦问道。

"你觉得呢？"

凯 特

她听到了机关枪发出的"嗒嗒嗒"的枪声。

教室里的所有人都听到了。

她和斯皮茨跑到教室门边,将挡在门背后的家具搬开,然后把钉在门框上的铁钉一一拔出。

他们打开了门,让大家在教室里继续等候。

随即两人冲到了门外的走廊里。

继而爬上楼梯。

枪声越来越响亮,而在枪声的间隙中,他们还听到了另一种越来越清晰的熟悉声音——好几辆汽车的引擎在隆隆作响。

来到出口时,凯特举起了手中的AR-15半自动步枪,然后示意斯皮茨把门打开。

他一把拉开了门。

她迈出两步走了出去。

校园里的怪兽们全都朝着位于第十大道和第五大道交叉口的车队跑去,那里有一辆悍马装甲车,三辆皮卡车,以及两辆十八轮的转运式收集车。

一只怪兽离开同伴,径直朝凯特奔来。

斯皮茨说:"你能对付它吗?"

她让它跑得更近一些,距离缩小到了二十英尺。

"凯特?"

她扣下扳机——三颗子弹在它的胸膛印出了好看的形状,而它就在离门不到五英尺远的地方颓然倒地。

突然响起了一阵像打雷一般的巨响，与此同时凯特看到第二辆皮卡车的车头后面冒出了明亮的橙色炮火，那里安装了好大一支枪，她不禁觉得这枪应该安装在武装直升机上才更合适。

威力巨大的它在极短的时间内便令整群怪兽的数量减少了一半。

这时悍马车副驾驶座那一侧的车门打开了。

当伊桑走下车来的时候，她不由得心潮澎湃。

她看着他绕过悍马装甲车的车头，然后跑向学校的围栏。

他刚翻过围栏，四只怪兽便从儿童游乐区朝他冲去。

凯特举枪瞄准，将它们一一射杀。

伊桑看到了凯特，吃惊地扬起了眉毛。

接下来，枪声暂时停止了。

校园里到处都是怪兽尸体，那些从皮卡车上下来的男人们开始设置警戒线。

凯特跑向伊桑，背着霰弹枪的他也一瘸一拐地跑着。他的牛仔裤破得不成样子，衬衫也被撕裂了，脸上沾满了血迹。

泪水模糊了她的视线，她伸手抹掉了眼泪。

他们终于跑到了彼此身边，凯特伸出双臂环抱着他。

"伤员怎么样了？"他问道。

"一个已经死了。另一个命悬一线，可能也撑不了多久了。"

"我带来了好几辆车。我们要把这里的每一个人都带进山中的基地里。"

"你找到哈洛德了吗?"

"还没有。"

"那特丽萨和本杰明呢?"

他摇了摇头。

泪水顺着她的脸颊直往下流,她痛苦地紧闭着双眼。伊桑不断地呼唤她的名字,不断地告诉她一切都会好起来的,可是她却抑制不住地痛哭流涕,同时不肯放手让他离开。

伊 桑

抱着凯特的伊桑突然瞥见了一个人影,是一个走在第十大道上的男人,他穿着一件长及脚踝的黑色大衣,半边脸都被头上戴着的黑色牛仔帽给遮住了,而且满脸都是凌乱不堪的长胡子。

伊桑不由得脱口而出:"那人是谁啊?"

凯特转过脸去:"我以前从来都没见过他。"

伊桑穿过校园,翻过围栏,跑到了马路中央。

身着黑色大衣的男人肩上扛着一支温彻斯特步枪,拖着靴子在柏油路面上缓慢行走着。他在离伊桑几英尺远的地方停下了脚步,看上去面容枯槁,浑身散发着臭味。要不是因为那双眼睛,他看起来就是活脱脱一个流浪汉,可是他的眼睛清澈又明亮,这无疑透露出他是个头脑清晰、思维敏捷的人。

黑衣男人开口说道:"噢,我的天,这不是伊桑吗?"

"抱歉,我们认识吗?"

尽管黑衣男人的嘴巴被长长的胡须遮挡住了,可伊桑还是瞥见他嘴角微微露出了一丝笑意。

"我们,认识吗?"他大笑起来,嗓音极其粗哑,仿佛是喉咙在被砂纸包裹着的情况下发声一般,"我来给你一些提示吧。上次我们见面谈话时,我提出要把你派到这里来。"

伊桑的头脑里闪过了一些若有所悟的火光。

神经元的突触将相应的信息关联了起来。

他歪着头问道:"亚当?"

"我听说是你制造了这场混乱。"

"你一直都在黑松镇吗?"

"哦,不,不是的。我刚刚回来。"

"你从哪儿回来?"

"外面。通电围栅另一侧的那个世界。"

"你是外勤侦察员?"

"我在外面待了三年半,昨天晚上才穿过通电围栅的大铁门回到了镇上。"

"亚当……"

"我知道你有很多问题想要问我,不过如果你是在找你的家人的话,我想告诉你我昨天晚上找到他们了。"

"他们在哪儿?"

"特丽萨把她自己和本杰明锁进了治安部的牢房里。"

"他们现在还在那里吗?"

"是的,而且……"

伊桑没有听完就开始沿着第十大道一路狂奔,他全速跑过了六个街区,上气不接下气地冲进了治安部办公室。

"特丽萨!"他喊道。

"伊桑?"

他沿着走廊冲向位于这栋建筑物北端的牢房,当他看到牢房铁栏杆后面还活着的妻子和儿子时,眼眶里顿时盈满了泪水。

特丽萨的手抖个不停,她笨手笨脚地用钥匙打开了门锁。

伊桑推开牢门,一把抱住她,不断亲吻她的脸颊和双手,就像他们第一次亲密时一般狂热。

"我还以为我失去你们了。"

"我们差一点就不能再见面了。"

本杰明激动地扑过去抱住他,差点儿把他撞倒在地。伊桑问:"你还好吗,小家伙?"

"是的,爸爸,可是我们差点儿就死了。"

这时,几个街区之外再度响起了枪声。

"你带了救兵回来。"特丽萨说。

"是的。"

"你救了很多人吗?"

"有一群人躲在学校的地下室里,他们都会没事的。现在有一支守卫队伍正在全镇搜寻并射杀所有的怪兽,同时看看能不能再救下一些人。你和本杰明为什么没有继续留在山洞里呢?"

"后来那些怪兽又回来了。"本杰明说,"很多人都被迫继续留在那里,可是妈妈和我找到别的路径爬下了峭壁。"

"留在山洞里的人,最终都没法活下来。"特丽萨说。

透过铁栏杆的缝隙,伊桑看到帕姆的尸体躺在栏杆另一侧的地板上。

"昨天晚上她在这里找到了我们。"特丽萨说,"我们把自己锁在这间牢房里,手无寸铁。她差点儿就杀了我们。"

"她为什么要这么做?"

"为了伤害你。"回想起当时的情形令特丽萨不寒而栗,"后来亚当·汉索尔救了我们。"她说。

"你以前知道他也在这儿吗?"伊桑问道。

"不知道。"

链式机炮的爆炸声再度响起。

伊桑掏出对讲机,说道:"我是伯克,完毕。"

艾伦的声音回应道:"收到,请讲。完毕。"

"你能派一辆卡车到治安部门口来吗?我找到我的家人了。我想把他们送到安全的地方去。"

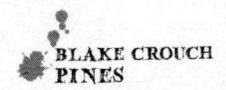

BLAKE CROUCH
PINES

第九章

特丽萨

黑松镇，五年前

她赤脚站在雨中，身上穿着的病号长袍已经湿透了，冷冰冰地黏在她的皮肤上。她抬起头来，看着一道高达二十五英尺、顶部冠有带刺铁丝网的通电围栅。

围栅上钉着两块标识牌：

高压电流，

小心致命！

以及……

敬劝尽快返回黑松镇！

越出此界，你将必死无疑！

她瘫倒在泥地上。

浑身冰冷。

不住地发抖。

现在已是黄昏时分，周围的森林很快就会黑得看不见任何东西。

她已经到了走投无路的境地。

没有人可以求助。

而且无处可逃。

她的精神彻底崩溃了。

她控制不住地啜泣起来，任凭冰冷的雨水不停地打在自己身上。

忽然有一双手抓住了她的肩膀。

她像负伤的小动物一般赶紧躲开，手脚并用地爬离原地。她听到身后有一个声音在呼唤自己的名字："特丽萨！"

可是她继续兀自往前爬着。

她挣扎着从地上站起来，准备迅速跑开，可是两只脚踩在湿漉漉的松针上不断打滑。

那双手将她摁倒在地，她的脸撞进了地上的泥水里。一个人压在她的身上，并试图将她的身体翻过来。她将两只手臂在身体两侧夹紧，不顾一切地反抗着，心里想着：一旦那双手靠近我的嘴，我就咬断这个混蛋的手指。

不过那人力气很大，很快就将她的身子翻转过来，并压住了她的双臂，同时用自己的膝盖紧压着她的两条腿。

"放开我！"她尖叫道。

"别再挣扎了。"

这声音似乎在哪听过。

她停止挣扎，定睛看着攻击自己的人。现在光线已经很暗了，可她还是认出了眼前这张脸。

这是她在从前的人生中认识的一个人。

她不再反抗。

"亚当?"

"没错,是我。"

他松开她的两只手臂,扶着她坐了起来。

"你怎么……为什么……"她的脑子里突然冒出了好多问题,以至于她一时不知道该先问哪一个。最后,她终于抓住了其中一个,"我遇到什么事了?"

"你在爱达荷州的黑松镇。"

"这我知道。可是为什么没有路可以从这儿出去?那边为什么有一道围栅?为什么没有人愿意告诉我到底发生什么事了?"

"我知道你有许多疑问……"

"我儿子在哪里?"

"我也许能帮你找到本杰明。"

"你知道他在哪儿吗?"

"不知道,但是我……"

"他究竟在哪里?"她歇斯底里地尖叫起来,"我必须得……"

"特丽萨,冷静一点。你此刻的举动会危及你的生命,你正将我们俩的性命都置于险境。我想让你先跟我去一个地方。"

"去哪里?"

"去我家。"

"你的家?"

他脱下自己的防雨外套,披在她肩上,然后把她从地上拉了起来。

"为什么你会在这里有一个家,亚当?"

"因为我住在这里。"

"天哪,你在这里住了多久?"

"一年半。"

"这不可能啊。"

"我知道你现在肯定会这样想:我确信一切都是那么奇怪和不对劲。你的鞋子在哪儿?"

"我不知道。"

"那我得抱着你走了。"

汉索尔伸出双臂敏捷地将她抱起,那动作看上去就像她如同羽毛一般轻盈。

特丽萨看着他的脸。尽管她在这里刚刚度过了充满恐惧的五天,可是注视着眼前这双熟悉的眼睛,她依然感到了些许安慰。

"你为什么会在这里,亚当?"

"我知道你现在有很多问题想问,不过先让我带你回家,好吗?现在你的体温太低了,我怕你会被冻伤。"

"我现在是疯了吗?我完全搞不清楚眼下的状况。我在这里的医院醒来,过去的几天实在是……"

"你看着我。你没有疯,特丽萨。"

"那这里的一切又都是怎么回事呢?"

"你现在只是处在另一种时空而已。"

"我不懂这是什么意思。"

"我明白,可是如果你信任我的话,我发誓我会好好照顾你的。我会确保你不受到任何伤害,而且我会帮你找到你儿子。"

尽管她被汉索尔的防雨外套包裹着,可还是在他怀里抖得很厉害。

他抱着她在瓢泼大雨中穿过幽暗的森林。

她在这个小镇醒来之前的最后记忆是在西雅图安妮女王山区的家中,她与一个名叫戴维·皮尔彻的男人面对面坐着。那天晚上她举办了一场派对,以此来缅怀失踪丈夫的一生。所有的宾客都离开之后,皮尔彻在凌晨时分出现在了她家门口。他为她带来了一个神秘的提议:只要她带着本杰明跟他一起走,他们就能跟伊桑重新团聚。

现在看来,皮尔彻的承诺显然是落空了。

#

特丽萨躺在柴火炉前的沙发上,看着亚当·汉索尔将松木材扔进火堆里。先前折磨着她的那种寒冷彻骨的感觉已经开始渐渐消退了。自打她第二次在医院的病床上醒来,看到那个令人讨厌、皮笑肉不笑的护士之后,她已经连续四十八个小时没有睡觉了。此时她能觉出睡意渐渐袭来,自己应该撑不了多久就会睡着。

汉索尔把柴火拨得更旺一些,木材里的汁液被火烧得"噼啪"作响,火堆上方不时冒起缕缕白烟。

客厅里的灯都被关掉了。

火光将四面墙都映得红彤彤的。

她能听到雨滴接连不断地落在头顶上方的锡制屋顶上,这单调而有规律的声音令她昏昏欲睡。

汉索尔离开柴火炉,走过来坐在了沙发边缘。

他低下头注视着她,眼里带着一种她这么多天来从未感受到过的善意。

"你需要我为你做些什么吗?"他问她,"需要水吗?或是更多的毛毯?"

"不用了,我还好。唔,不太好,可是……"

他笑了,"我想我应该明白你的意思。"

她抬起头来看着他,"刚刚过去的那几天是我整个人生中最糟糕、最奇怪的日子。"

"我明白。"

"我到底遇到什么事了?"

"我也没办法为你解释。"

"是没办法,还是不愿意?"

"就在你为伊桑举办告别派对的当天晚上,我发现你和本杰明在西雅图失踪了。"

"是的。"

"我猜你们一定是去黑松镇寻找伊桑了,所以我也来这里找你们。"

"噢,该死!你是因为我才来这里的?"

"我在圣诞节前两天开车驶入了黑松镇。我记得当时有一辆印着'麦克'字样的卡车不知从哪里突然冲了出来,和我的车发生了擦撞。和你一样,当我醒来时,发现自己躺在医院的病床上,手机和钱包都不见了踪迹。你有试着往西雅图拨打电话吗?"

"我都记不清自己曾用银行旁边的公用电话给我的朋友达莉亚

打过多少次电话了,可我要么听到提示音说我拨错了号码,要么压根儿连拨号音都没有。"

"我也遇到了同样的事情。"

"你怎么会在这里有一栋房子呢?"

"我在这儿还有一份工作。"

"什么?"

"此时此刻,你面对的是黑松镇最高级的餐厅——山杨餐厅——的实习副主厨。"

特丽萨想通过亚当的神情看出他是不是在撒谎,可是却发现他看起来无比的真诚。

她说:"你分明是特勤局西雅图分部的负责人。你……"

"情况已经发生了改变。"

"亚当……"

"你听我说。"他把一只手放在毯子上,而她能感觉到他的手按在她肩膀上的力道。"你心里的种种疑问和所有恐惧感,我都经历过。而且它们依然存在,丝毫没有改变。可是,这个山谷里没有你想要的答案。在这里只有一种正确的生活方式,其他的任何一种方式都会让你丧失生命。作为你的朋友,特丽萨,我希望你能听我的劝告。倘若你继续试图逃跑,那么这个镇上的人将会置你于死地。"

她把目光从汉索尔身上移开,注视着柴火堆上的熊熊火焰。

她的眼眶里渐渐盈满了泪水,眼前的火光也变得模糊起来。

可怕的是,真正可怕的是,她竟然相信他所说的话。

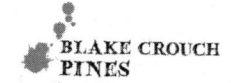

她敢百分之百地确定,这个地方相当不对劲,而且非常邪门。

"我感觉既困惑又失落。"她说。

"我了解。"他捏了捏她的肩膀,"我也有过和你一样的感受,我会尽最大努力来帮助你的。"

伊　桑

傍晚他去了凯特的家。她坐在客厅里,呆呆地凝望着黑乎乎的冰冷壁炉。

他走过去,在她身边坐下,将自己的霰弹枪取下来放在硬木地板上。

怪兽曾闯入过这栋房子,窗户几乎都被打碎了,屋内也惨遭肆意毁坏,而且空气中仍然还弥漫着怪兽所特有的刺鼻恶臭。

"你在这里做什么呢?"伊桑问道。

凯特耸了耸肩,"我猜我的潜意识里认为只要我在这里等得够久,就总会看到他如同往常一般走进家门。"

伊桑伸出双臂环抱着她。

她说:"可是他再也不会从那扇门走进来了,是吗?"

看得出她是靠着极度顽强的意志力才忍住了眼泪。

伊桑摇了摇头。

"因为你找到他了,是吗?"

从破碎的窗户透进来的光线渐渐减弱。用不了多久,这座山谷将会被全然的黑暗所吞噬。

"他们那组人在一条隧道里遭到了怪兽的袭击。"伊桑说。

凯特的眼里依然没有泪水流出。

她只是静静地吸气、吐气。

"我想看看他。"她说。

"当然可以。我们今天一整天都在收拾尸体,同时尽最大努力让那些死去的人看上去……"

"我不怕看到他死去时的惨状,伊桑。我只想尽快看到他。"

"好吧。"

"我们失去了多少人?"

"目前仍然有新的尸体不断被发现,所以我们先数算了幸存者的数量。在小镇的四百六十一名居民当中,目前尚有一百零八名幸存者。最后算下来,还有七十五人下落不明,生死未卜。"

"我很高兴这些数字是由你来告诉我的。"她说。

"在接下来的几天里,他们会陆续将幸存者全都带进山中基地。"

"我就留在自己家里。"

"这里并不安全,凯特。山谷里可能还有怪兽,我们还没有将它们全数击毙。镇上没有电,也没有食物和暖气。等太阳落山之后,这里会变得又黑又冷,那些仍在通电围栅里面的怪兽很可能会再次回到镇上来。"

她看着他,说道:"我不在乎。"

"好吧。你想让我坐在这里陪你一会儿吗?"

"我想独自一个人待着。"

伊桑站起来时，全身上下每一处肌肉都酸痛不已，浑身布满了瘀青。"我把这支霰弹枪留给你。"他说，"以防万一。"

他并不确定凯特是不是听到了自己刚刚说的话。

她看起来正在别处神游。

"你的家人安全吗？"凯特问道。

"他们还好。"

她点了点头。

"我明天早上会再回来。"他说，"然后带你去看哈洛德。"他边说边朝屋子前门走去。

凯特说："嘿。"

他回头看着她。

"这不是你的错。"

\#

晚上，伊桑和特丽萨一起躺在基地深处一个温暖幽暗的房间里。

本杰明睡在旁边一张带滚轮的折叠床上，轻声打着呼。

摆在床对面的一盏小夜灯散发出柔和的蓝色光芒，伊桑一直凝视着那盏灯。这是长久以来他第一次可以睡在一个温暖、安全并且没有摄像头监视的房间里，可是他却久久无法入眠。

特丽萨的手顺着他的身体侧面移到了他的腹部。

她小声问道："你还醒着吗？"

他翻过身来面对着她。借着小夜灯的柔和光芒，他看到她的眼里有泪光在闪烁，脸上还带着泪痕。

"我得告诉你一件事。"她说。

"好的。"

"你重新回到我们身边,还不到一个月。"

"没错。"

"而我们已经在这里住了五年了。我们不知道自己究竟身在何处,甚至不清楚自己是不是真的还活着。"

"这些我已经知道了。"

"我现在想要告诉你的是……在你来这里之前,我生命中还有另一个人。"

"另一个人……"伊桑喃喃地重复道。他的胸腔感受到了一股突如其来的压力,连肺部也受到了压迫,这几乎令他无法顺畅地呼吸。

"我以为你已经死了,或者是我自己已经死了。"

"那人是谁?"

"当我最初来到这镇上的时候,我一个人都不认识。我像你一样在这里醒来,本杰明并不在我身边,而且……"

"那人是谁?"

"今天你在镇上见到亚当·汉索尔了。"

"汉索尔?"

"他救了我的命,伊桑。他还帮我找到了本杰明。"

"你说的都是真的?"

她已经哭了起来,"我和他一起在位于第六大道的那栋房子里住了一年多,直到他被派出去执行侦察任务。"

"你和汉索尔在一起?"

她的喉咙有些哽咽,"那时我以为你已经死了。你也知道这个小镇会如何扭曲人心。"

"你和他同床吗?"

"伊桑……"

"有吗?"

他翻了个身远离她,仰躺在床上,凝视着天花板。对于这件事,他着实有些理不清头绪。他的脑子里充斥着种种疑问,以及汉索尔和他妻子在一起的画面,内心深处五味杂陈,困惑、愤怒、恐惧等情绪在他心底胡乱交织在一起,渐渐凝聚成一颗喷薄欲出的火球。

"你跟我说说话好吗?"她说,"别不理我。"

"你当时爱他吗?"

"是的。"

"那你现在还爱着他吗?"

"现在我心里很乱。"

"你的回答不是否认。"

"伊桑,你是想让我撒谎来让你好受一些呢,还是想让我对你坦诚相待?"

"你之前为什么没把这件事告诉我?"

"因为我还没为这场谈话做好准备。你才刚来到这里一个月而已,我们也才刚刚开始重新找回从前的感情。"

"你原本并不打算告诉我这件事。是因为你的情人突然冒了出来，这才迫使你把事情说出来。"

"不是这样的，伊桑。我发誓我想好了将来有一天会把这件事告诉你的，我敢指着上帝发誓。我一直都深信亚当再也不会回来了。还有，我想提醒你，我是在以为你已经死了之后才和汉索尔在一起的。可是你呢？却在我还活得好好的时候跟凯特·休森乱搞，那时我还是你名正言顺的妻子。让我们以更客观的角度来看待这些事情，好吗？"

"你还想和他在一起吗？"

"要不是他找到了我，我会一直不断地试图逃跑，直到被其他人杀害。对此我深信不疑。在我孤立无援的时候，在你不在我身边的时候，是他一直扶持我，照顾我。"

伊桑再次翻过身来面对着妻子，他们的鼻尖碰在了一起，他能感觉到她呼出的气息。他无法确定自己能否驾驭胸中正涌起的惊涛骇浪，无法确定自己能否继续保持冷静。

"你还想和他在一起吗？"他再度开口问道。

"我不知道。"

"你不知道？这是不是可以被理解成'有可能'呢？"

"从来没有哪个男人像他那么爱我。"听到这里，伊桑不由得屏住了呼吸。"这话你可能很难接受，我很抱歉。可是在他眼中，我就是他的整个世界，伊桑，而且……"她的声音戛然而止，把已到嘴边的话硬生生吞了回去。

"什么？"

"我不应该再继续说……"

"不,你得把话说完。"

"他带给我的情感体验与以往大不相同。自打我俩初次见面之后,我便不顾一切地爱上了你。我可以在你面前实话实说吗?我爱你向来都比你爱我更多。"

"事实并非如此。"

"你知道这就是事实。我对你绝对忠贞,也为你付出了一切。如果将我们的婚姻比作一根绳子,而你我各拉着绳子的一端,那么我一直都是拉得更用力的一方,而且有时候我用的力道比你还大很多。"

"你是以此来对我施行惩罚,不是吗?为了我和凯特的事。"

"并不是所有的事都与你有关。这关乎我和那个你不在我身边时我所爱上的男人。现在他回来了,而我却不知道该如何处理目前的局面。你能不能花上两秒钟的时间设身处地想一想我的感受呢?"

伊桑从床上坐了起来,掀开了原本盖在身上的被子。

"你别走。"她说。

"我只是需要呼吸一点新鲜空气。"

"我不该告诉你这件事的。"

"不,你应该一开始就告诉我。"

他从床上下来,穿着袜子、睡裤和背心就走出了房间。

此时是凌晨两三点钟,四楼的走廊里空无一人,头顶上的荧光灯发出"嗡嗡"的轻声鸣响。

伊桑沿着走廊往前走。在他所经过的每一扇房门里面,都有几名睡得安稳又香甜的黑松镇居民。想到最终还是有一些人得救了，这令他颇感安慰。

自助餐厅的门是关着的，里面漆黑一片。

他在体育馆门前停下了脚步，透过门上的玻璃看着里面。借着馆内微弱的灯光，他看到篮球架下面的球场里整齐地摆放着一些简易小床。基地里的工作人员自愿将他们位于四楼的寝室让给了从镇上来的难民，伊桑希望他们的这一举动是顺利度过即将来临的艰难过渡期的好兆头。

下到二楼，他刷过门禁卡，便走进了监控室。

艾伦正坐在控制台前，观察着眼前的屏幕墙。

听到脚步声，他回过头，看到伊桑走了进来，便说："你这么晚还没睡吗？"

伊桑一言不发地在他身旁坐了下来。

"有什么新的发现吗？"

"我取消了镇上摄像头的感应启动功能，所以现在它们一直都保持开启状态。我相信它们的电池应该维持不了太长时间。我看到镇上还有好几十只怪兽，所以明天一大早我会派一队人马去干掉它们。"

"通电围栅的情况如何？"

"已经恢复供电了，各项指标都运作得非常正常。你真的应该去好好睡一觉。"

"我想在接下来的一段日子里我也没太多时间睡觉吧。"

艾伦笑道："可不是嘛。"

"对了，我想跟你说声谢谢。"伊桑说，"昨天要是没有你的支持……"

"不必在意。你为我的朋友申了冤。"

"从镇上来的居民们……"

"我们私底下称他们为'五谷不分的城里人'，不过你可别说出去哦。"

伊桑说："他们可能会跟随我，以我为领袖。我觉得这山中基地里的工作人员大概会听命于你吧。"

"看起来应该是这样的。我们将面临一些非常艰难的抉择，而且只有对与错两种应对方式。"

"这话是什么意思？"

"皮尔彻采用特定的方式处理各种事情。"

"没错，他总是采用他自己的方式。"

"我并不是在为他辩护，可有时候在面临生死攸关的紧急状况时，还是需要一两个强人来做出最终的决定。"

"你认为基地里还有继续忠于皮尔彻的顽固分子吗？"伊桑问道。

"你指的是什么？他的忠实信徒吗？"

"没错。"

"这山中基地里的每一个人都是他的忠实信徒。难道你不明白我们放弃了什么才来到这里吗？"

"我确实不怎么明白。"

"我们放弃了一切。当他说旧世界行将灭亡，而我们有机会成为将临新世界的一分子时,我们全然相信他。我卖掉了我的房子和汽车,取出了养老金,离开了我的家人。我把自己所拥有的一切都给了他。"

"我能问你一件事吗?"

"当然可以。"

"今天发生了太多事情,你可能没注意到有一名外勤侦察员从荒野回来了。"

"没错,他是亚当·汉索尔。"

"这么说你认识他咯?"

"我跟他不是很熟。他竟然能活着回来,这的确令我震惊不已。"

"我想知道更多关于他的情况。他去执行外勤侦察任务之前,是镇上的居民之一吗?"

"这我没法告诉你。关于这个问题,你应该去问弗朗西斯·利文才对。"

"他是谁?"

"他是基地的总管。"

"那他具体是做……"

"他负责物资供应、系统运作,以及进出生命暂停装置的人员状态。他对过往的大事小事都了如指掌。基地里每个小组的组长都向他汇报工作,而他呢……唔……他直接向皮尔彻汇报。"

"我从来都没见过他。"

"他过着隐士般的生活,喜欢独来独往。"

"我能在哪儿找到他呢?"

"他的办公室在大山洞的一个角落里。"

伊桑站起身来。

止痛药的药效在他身上渐渐退去。

过去四十八个小时奔波劳顿的后果,突然在他身上表现了出来。

当伊桑朝门边走去时,艾伦说:"我还有一件事要告诉你。"

"什么事?"

"我们终于找到泰德了。他在自己的房间里被刺死了,尸体被塞进了衣橱。皮尔彻取出了他体内的追踪芯片,将其毁掉了。"

伊桑原本以为在经历了如此不堪的一天之后,这样的一则坏消息不至于在他饱经忧患的内心掀起多大的风浪,然而它却如一把利剑直袭他灵魂深处最为柔软的角落,刺得他疼痛不已。

他离开艾伦,回到走廊,随后便开始攀爬通往四楼宿舍的楼梯。可是没走出几步,他突然停了下来。

他转身走下最后一段楼梯,来到了一楼。

玛格丽特此时还没有睡觉,正在被走廊的荧光灯照亮的囚室里来来回回地踱着步。过去几个月里,皮尔彻一直在测试它的智力水平。

伊桑把脸凑到囚室门上的小玻璃旁,看着里面的情形。他呼出的热气在玻璃上凝成了白雾。

他上次来看这只怪兽的时候,它平静地坐在囚室的角落里。

极其温顺,看起来很像人类。

但是此刻的它却显得焦虑不安。它看上去并无怒气,也没什么恶意,只是非常紧张。

是因为你的众多兄弟姐妹们进到了我们山谷的缘故吗?伊桑心里琢磨着,还是因为它们当中有不少已经在镇上甚至在这基地里被杀害?皮尔彻曾告诉伊桑这些艾比怪兽是通过信息素来彼此沟通的。他说这就是它们之间的语言。

这时,玛格丽特看到了伊桑。

它四肢着地爬到了门边,然后用两条后腿站立起来。

伊桑的眼睛和这只怪兽的眼睛位于玻璃两侧,相隔不过几英寸。

从这么近的距离看去,它的眼睛还算得上是漂亮的。

伊桑继续朝走廊更深处走去。

又走过六扇门之后,他透过门上的玻璃看着另一间囚室里的情形。

那里面没有床,也没有椅子。

只有地板和四面墙,皮尔彻正坐在囚室的角落里,头低垂在胸前,好像坐着睡着了。伊桑头顶上的荧光灯透过囚室门上的玻璃,照亮了皮尔彻的左脸。

他们没给皮尔彻任何个人用品,连剃须刀也没给。现在他的下巴上布满了白色的胡子楂。

都是你干的,伊桑心想,你毁掉了那么多生命,也毁掉了我,还有我的婚姻。

如果伊桑手里有打开这间囚室的门禁卡,他真恨不得立即冲

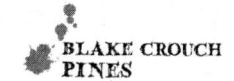

进去打死这个可恶的老家伙。

\#

镇上的居民和基地的工作人员全都来参加这场集体葬礼。

墓园没法容纳全部遇难者的尸体,所以人们在墓园南面的一块空地上又新挖了一片墓区。

伊桑帮助凯特埋葬哈洛德。

天空是灰色的。

没有人说话。

细小的雪花在风中盘旋着,飘洒在众人身上。

铁铲撞击冷硬地面的声响是此时此刻唯一的声音。

挖掘工作结束之后,人们坐在结了冰霜的草地上,他们身旁便是自己所爱之人的尸体或残骸。死者全都被白布紧紧包裹着。先前他们挖掘墓坑的时候,尚且可以将注意力集中在手头之事上,可是此时当他们静坐在死去的父亲、母亲、兄弟、姐妹、丈夫、妻子、朋友、子女身边时,抑制不住的啜泣声不断从人群中爆发出来。

伊桑走进墓区的中央。

从他站立之处所看到和听到的一切都令人心碎不已:一座座堆积的小土丘,一具具等着进入最终安息之地的死者遗体,一个个因失去一切而痛哭流涕的人。基地工作人员一脸肃穆地站在镇民们身后。与此同时,小镇北端正升腾起带着腥味的呛人黑烟,那里有六百只怪兽的尸体被焚烧。

除了该为这一切痛苦买单的戴维·皮尔彻之外,这个地球上仅存的所有人类都来到了这片墓区。

甚至连亚当·汉索尔也来了,他和特丽萨、本杰明一道站在人群边缘。

伊桑心里涌起了一个可怕的念头:*我就要失去我的妻子了。*

他微微转了转身,打量着眼前一张张被悲伤攫住的脸。

"我不知道该说什么才好。"他说,"没有任何言语能减轻此时大家内心的痛苦。我们失去了四分之三的同胞,而对我们这些还活着的人来说,痛苦还会维持很长一段时期。希望大家能尽力彼此帮助,因为这个世界上就只剩下我们这些人了。"

当每个人都开始将死者遗体轻轻放入墓穴中时,伊桑迎着风雪,穿过墓区朝凯特走去。

他帮着她将哈洛德放进了墓穴。

随后他们拿起铁铲,和众人一起将挖出来的泥土填回到墓穴中。

特丽萨

她和汉索尔肩并肩在小镇南面的森林里穿梭,雪花飘飘洒洒地从松树枝叶间的缝隙中落下。亚当已经剃掉了胡须,也剪短了头发,不过这样一来反倒愈加暴露了他的脸是多么的瘦削和憔悴。他那副瘦骨嶙峋的模样,让人不得不怀疑他是从某个饥饿世界逃出来的难民。她觉得能再次如此靠近他着实是一件难以置信的事,甚至怀疑自己此时是不是在梦里神游。在她认定他已在荒野死去之前，她时常会想象他俩重聚时会是怎样的情形。然而，真实的情况却跟她想象中的所有画面都不一样。

"你晚上睡得好吗?"特丽萨问道。

"说起来真的很好笑。当我还在荒野中的时候，你不知道我有多少个夜晚都梦想着自己有朝一日能再次睡在有枕头、有被子、温暖又安全的床上，而且当我午夜梦回时，一伸手就能摸到床头柜上摆着的那杯凉水。可是自从我回来之后，夜里几乎就没怎么睡着过。我猜我已经习惯了睡在离地面三十英尺高，挂在树顶的露营袋里了。你睡得怎样?"

"很难睡好。"她说。

"是因为受噩梦搅扰吗?"

"我总是梦到怪兽冲进了我和本杰明藏身的牢房里。"

"本杰明还好吗?"

"他还好。我看得出他正在努力让自己学会接受现实，而他的很多同学都没能做到这一点。"

"他看到了许多他这个年龄段的孩子不应该看到的事情。"

"他居然已经十二岁了。你是不是觉得难以相信?"

"他和你长得很像，特丽萨。我很想常常跟他见面，和他聊天，可是又觉得这么做不太好。起码目前是这样的。"

"可能现在这样是最好的吧。"她说。

"伊桑在哪儿?"

"他打算葬礼结束后去陪一陪凯特。"

"有些事情始终没有改变，是吗?"

"她失去了丈夫,她身边一个人也没有。"特丽萨叹了一口气,"我告诉伊桑了。"

"告诉他什么?"

"关于我们的事。"

"噢。"

"我别无选择,我没办法一直瞒着他。"

"他的反应如何?"

"你应该很了解伊桑,你认为他会作何反应?"

"不过他知道当时的情况是怎样的,对吗?你和我都被困在了这里,而且我们都以为他已经死了。"

"我都跟他解释清楚了。"

"他不相信你吗?"

"我不知道,让他接受那个……唔……你知道的……是不是太困难了。"

"你是指我和他妻子上床的事吗?"

特丽萨停住了脚步。

树林里非常安静。

"那时我们过得很好,不是吗?"汉索尔问道,"就是只有你、我和本杰明共同生活的时候。那时我让你过得很快乐,是吗?"

"我的确非常快乐。"

"为了你,我什么都愿意做,你知道吗,特丽萨?"

她抬起头来看着他的眼睛。

他用满怀爱意的目光注视着她。

空气中弥漫着浓情蜜意,可特丽萨却觉得这一刻比自己想象的还更为沉重。她曾经向面前这个男人完全敞开了心扉,倘若她任由他一直像这样注视着自己,仿佛她是这个世界上唯一的存在……

他往前跨进了一步。

开始亲吻她。

起初,她试图后退着避开他。

但很快她便放弃了抵抗。

紧接着她开始回吻他。

他拥着她,让她慢慢后退,直至背靠在一棵松树的树干上。他紧靠着她的身体,用手指滑过她的头发。

当他亲吻她的脖子时,她仰头看着漫天飞舞的雪花,感觉到它们在自己脸上渐渐融化。他拉开她的外套拉链,用手指迅速解开了穿在里面的衬衫纽扣,而她发现自己的手也伸过去解开他的纽扣。

她的动作戛然而止。

"怎么了?"他上气不接下气地问,"有什么不对劲吗?"

"我和伊桑的婚姻关系还在。"

"他可没有因为你们有婚姻关系就检点自己的行为。"她觉得一部分自己其实很想被他说服,然后继续与他亲热,"你还记得他给你带来的伤害吗?这是你亲口告诉我的,特丽萨。你说你对他的爱总是比他给你的爱更为炽热。"

"在过去的这一个月里,我看出了他的改变。我从他那里感觉到了一点点……"

"一点点？你从我这里看到的爱就只有一点点吗？"

她摇了摇头。

"我全心全意地爱着你。为了爱你，我不顾一切，甚至愿意赔上性命。我每一天、每一秒都是那么地爱你。"

突然，远处传来了一声嗥叫，打破了森林的宁静。

这是一只怪兽发出的声音。

这声音尖厉刺耳，令人不寒而栗。

汉索尔放开特丽萨，跟跟跄跄地后退了几步。她能从他眉宇间看出此时他的内心处于高度戒备的状态。

"它是不是……"

"我认为它应该不在通电围栅里面。"他说。

"不管怎么说，我们还是赶快离开这里吧。"她说。

她扣好衬衫的纽扣，把外套的拉链也拉上了。

他们开始返回小镇。

她的身体微微发抖，头也有些眩晕。

他们走上了马路，然后沿着中间的双黄线一路向前。

远处的房屋依稀可见。

他们就这样一言不发地走回了黑松镇。

尽管她觉得这样做有些鲁莽，可她还是和他一起走着。

当他们来到第六大道和主街的交会处时，汉索尔说："我们能一起回去看看吗？"

"当然可以。"

他们走上了曾经一起生活过的街区的人行道。

街上一个人都没有。

街边的房子里都没有人,也没有亮着灯。

眼前的一切都是那么的冰冷、阴暗,而且了无生气。

"这里的气味已经跟我们一起住在这里时不一样了。"他站在他们曾经共同生活过的维多利亚式黄色住宅外的阶梯跟前,如是说道。

他走进厨房,穿过餐厅,来到走廊。

"我无法想象这一切对你来说是多么的不容易,特丽萨。"

"确实如此。"

汉索尔从走廊的阴影中走了出来,当他来到她身边时,突然单膝跪在地上。

"我想人们通常是这样做的,对吗?"他问道。

"你在做什么啊,亚当?"

他握着她的手。

他手上的皮肤相当粗糙,和她记忆中的样子大不相同。它们变得结实而又坚硬,如同钢铁一般。多年来在围栅外的荒野求生,令他的手指甲下面积满了厚厚的污垢,她无法想象它们还能有被完全洗净的那一天。

"和我在一起吧,特丽萨,无论这在我们居住的新世界里意味着什么。"

泪水顺着她的下巴滴下,落到了地板上。

她的声音有些发颤。

她说:"可我已经……"

"我知道你已经结了婚,我也知道伊桑就在这里。可是我对此一点都不在乎,你也不应该在乎。生活是如此短促而艰难,我们应该跟自己所爱的人在一起。所以,请选择我吧!"

BLAKE CROUCH
PINES

第十章

伊 桑

弗朗西斯·利文住在大山洞的一个角落里,他的住处就修筑在一块凸出岩架的下方。伊桑所持的门卡无法打开利文的宿舍门,所以他只得握紧拳头,在钢门上重重地敲打着。

"利文先生!"

过了一会儿,门锁弹开。

随即门被拉开了。

前来开门的男人身高不足五英尺,穿着一件又旧又脏的白色睡袍。伊桑猜测他的年龄大概在四十五岁到五十岁之间,不过由于他衣着凌乱颇显老态,伊桑其实对自己的猜测并无多大把握。利文的头发与肩部齐平,是淡金色与茶褐色相间而成,微微泛着油光。他瞪着一双大大的蓝眼睛打量着伊桑,丝毫不掩饰那近乎怨恨的怀疑眼神。

"你想干什么?"利文问道。

"我得和你谈一谈。"

"我现在很忙,以后再说吧。"

利文准备把门关上,可是伊桑用力把门推开,然后挤了进去。

屋内的地板上乱七八糟地扔了许多巧克力棒的包装纸,空气中弥漫着一种十六岁少年房间里所特有的潮湿霉味,同时还夹杂着一股不新鲜咖啡的陈腐气息。

这里唯一的光源是安装在天花板上的一盏嵌入灯。同时，那布满了整整一面墙的巨大LED显示屏也散发出柔和的光辉。伊桑看着离自己最近的一块屏幕，上面显示的是一幅数字饼图。粗略一看，这幅饼图反映的应该是基地里的空气成分分布状况。

他不知道该如何看待所有这些显示屏上的内容。

它们看起来都是些各种难以理解的数据资料：

以绝对温标绘制出的温度梯度曲线。

据伊桑猜测应该是一千个生命暂停装置的数字图像。

地球上体温尚存，且有呼吸的两百五十个人类的重要生命体征统计表。

无人机拍摄到的视频。

被关在囚室里的那只雌性怪兽的完整生物数据。

总而言之，这里看起来就像一个类固醇监控中心。

"我希望你能立刻离开这里。"利文说，"从来没有人会到这儿来打扰我。"

"由皮尔彻施行统治的时代已经结束了。如果你还不知情的话，我想告诉你，这里现在已经归我管了。"

"噢，这可是尚无定论的事情。"

"这个地方是干什么用的？"

利文将目光越过厚眼镜的镜框上方，怒瞪着伊桑。

他看上去固执而抗拒。

伊桑说："我不会就这么离开的。"

"我负责监控所有让基地和黑松镇正常运作的系统。我们称之为'任务控制'。"

"这是什么系统?"

"包括所有的设施。电力、防御、过滤、监视、生命暂停、通风,以及在我们脚下为一切提供能源的核反应堆。"

伊桑朝这个控制中心又走近了几步。

"这里的一切全都由你一个人负责吗?"

利文脸上无意中流露出了一丝笑意,"我手下还有一帮奴才。你知道的,以防我哪天被那辆众所周知的巴士撞上了。"

伊桑笑了,头一次觉察到了对方流露出来的幽默感。

"我听说你从来都不跟他人来往。"伊桑说。

"我负责让维系全镇生命的引擎正常运转。我每天都得工作十八个小时,从来都不休息。我已经过了三年不见天日的生活了。"

"这听起来不像是正常的生活状态。"

"唔,我的生活就是这样,而我也恰好喜欢这样的生活。"

伊桑走近安装在昏暗壁龛中的一组监控器,屏幕上的一串串代码正在不停移动,其速度堪比股票行情自动收报机上的数字变换。

"这是什么?"伊桑问道。

"很美,不是吗?我正在运行一些预测数据。"

"预测什么?"

利文走过来站在伊桑身旁。他们看着屏幕上新的代码行不断快速涌现,整体看起来就像倾泻而下的瀑布一般。

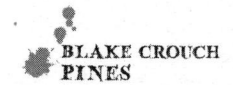

最终他开口说道："从中可以看出我们这个物种的生存能力。你看，其实在戴维闹脾气，并将黑松镇的镇民们扔给那些可怕的生物吞吃之前许久，我们就知道人类的前景一定很悲惨。"

"怎么个悲惨法？"

"你跟我来。"

利文领着伊桑来到主控制台前，两人在一排整齐摆放的大皮椅中各自挑了一把坐下。

"在山谷里的大屠杀发生之前，山中基地里住着一百六十名工作人员。"利文说，"而黑松镇里则住着四百六十一名居民。我们只能追溯过去十四年内的数据，从中可以看出这里的严冬通常是在八月末来临。你还没有在这里过冬的经历，这里的冬天无比漫长，而且寒冷彻骨，山谷里的积雪可以深达十至十五英尺。那时农场无法耕种，也没有水果和蔬菜供应，我们赖以存活的就只有经冷冻干燥处理过的谷物、营养补给品以及肉类。你想听一个不为人知的小秘密吗？反正现在你是这里的头儿了。其实戴维并不打算让我们永久地留在这个山谷里。"

"你在说什么啊？"

"他当初并没有估计到这里的天气会变得如此恶劣，以至于不再适合居住。"

伊桑觉得心头掠过了一道阴影。他问道："你已经准备好要把坏消息告诉我了吗？"

"我又再度进行了一番测算，可是结果表明我们为冬季储备的食物看起来将会在五十个月之内全部用光。不过现在我们还能采取一些措施来延缓这种结局的发生，比方说强制性地减少食物配给量。可是，即便那样做，也不过只能为我们争取顶多一两年的时间而已。"

"虽然这样讲显得太无情，可是现今我们不是少了一些吃饭的人口吗？"

"这倒没错，可是怪兽吃光了我们的牛，也毁掉了我们的牛奶场。现在我们没有肉可以吃，也没有牛奶可以喝了。而且，我们得花上好几年的时间才能重新恢复到原来的畜牧水平。"

"那么我们得找到将新种出的农产品储存起来过冬的方法。"

"以我们现有的运作规模，没办法生产出既够现在吃，又能为将来留下足够储备的食物。"

"你的意思是说我们现在的食物产量就只够满足当前的需要？"

"你说得一点没错。而且新出产的食物是以极快的速度被消耗掉的。我们目前所处的地理位置过于靠北，如果是在两千年前，那时的气候还能允许我们在足够长的生长季节里多种些作物，或许足以让我们为将来留些食物储备。可是现今的作物生长季已经变短了许多，而过去几年的冬天又变得越来越冷。对了，我想让你看看这个。"

利文在触控屏上输入了一串新的指令。

一份清单开始在显示屏上滚动显示。

伊桑仔细看着位于头顶上方的显示屏。

大米：17%

面粉：6%

白砂糖：11%

小麦粒：3%

含碘食盐：32%

玉米粒：0%

维他命C：55%

大豆：0%

牛奶粉：0%

麦芽：4%

大麦粒：3%

酵母：1%

诸如此类的还有很多。

伊桑说："这些都是我们的基本食品储存量吗？"

"是的。正如你所见，已经所剩无多了。"

"皮尔彻打算如何应对这样的情况呢？"

"倘若将镇上的全部人力资源都动用起来，或许能够使农场以足够快的速度进行扩张，从而达到能满足需求的程度。我们同时也在研究构建一系列温室的可行性，可是冬季的积雪会是个令人头疼的问题。如果温室的玻璃采光顶上有了太多积雪，温室就会垮塌。毕竟，我们目前所处的地理位置实在是太靠北了。"

"基地里的工作人员知道这些情况吗？"

"他们还不知道。戴维不想在找到解决方案之前先透露给任何人。"

"这么说，你们还没有找到真正可行的解决方案。"

"根本没有任何方法可以解决。"利文说,"估计在五年之内,这座山谷就不再适宜人类居住了。如果接下来再遇上一个特别冷的冬天,那么上述时间还会缩短。我们都来自现代化时期,可是如果到了迫不得已的地步,我们或许也可以采用农业化的生活方式,当然前提是我们得处在气候更温暖的地方。那么在当前这样的气候下该怎么办呢?我们的生活恐怕只能以游牧狩猎的方式维持下去了。"

"可我们的活动范围却又被局限在了这个山谷中。"

"没错。"

"那怪兽呢?"伊桑问道。

"你是说把它们作为食物来源吗?"

"是的。"

"首先,这样做实在是太恶心了。其次,我们做过一些考察和分析,发现冒险去到通电围栅外面猎杀它们着实过于危险。倘若我们经常这样做的话,人员损失会非常大。听我说,你是现在才刚刚听说我们正面临的考验,可是你要相信,在过去的三年里,我一直都在反复思量这个问题,却没能找到可行的方案。以现在的情况来看,找到解决方案的可能性会比从前更小。"

"当戴维准备针对小镇采取行动时,你知道他的计划吗?"

"你是指他切断通电围栅电源的事情吗?"

"是的。"

"我不知道。在围栅断电的那天夜里,我就坐在这里。我给他打电话,可是他没接。他是在自己的办公室里切断围栅电源的,

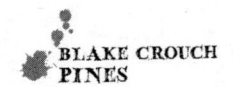

而且把我也蒙在鼓里。"

"这么说他事先并没有征询过你的意见?"

"其实戴维和我在过去的几年里并不是特别合得来。"

"为什么?"

利文坐在椅子上,伸手推了一把主控制台,椅子的滚轮从地面滑过。

"你所认识的戴维·皮尔彻,与当初将我从洛克希德·马丁公司挖走的那个戴维·皮尔彻已经不是同一个人了。我们在很早之前就已经发现黑松镇的终结即将来临,可是戴维却不愿直面这个事实。我想这也许是他内心过于骄傲的缘故吧,他拒绝承认自己当初没有预料到这个潜在危机的存在。他没有预料到这一点,也没有事先想出应对措施。最近他变得更加孤僻、古怪和情绪化,甚至杀害了自己的亲生女儿,这是导致他后来精神崩溃的第一个重大诱因。后来你控制了小镇,并把真相告诉给了镇民们,我猜到那时他已经无法再应对下去了,于是心想:'去他妈的!'随即便开始踏上了自我毁灭之途。"

"所以你是在告诉我一切都完蛋了,我们即将被饿死。"

利文笑道:"如果我们没有先被怪兽吃掉的话,的确如此。"

伊桑站起身来,看着余量不多的食物清单在屏幕上逐项显示,觉得那仿佛就是关于世界末日的先知预言。他说:"你能看到基地里所有数据库的资料吗?"

"可以。"

"你知道有个外勤侦察员刚刚回来了吗?他叫亚当·汉索尔。"

"我的确听到一些与此有关的传闻。"

"你能看到他的档案吗?"

利文歪着头,"说真的,我不觉得这事儿跟我们先前的谈话内容有多大的关系。"

"我想让你找出他的档案。"

"为什么?"

"在来黑松镇之前,汉索尔和我一起共事。他是我在特勤局的上司,就是他派我来这里的。我原本并不知道他也在这儿,直到几天前我在街上看到他时才知道。后来我发现,在皮尔彻让我从生命暂停装置复活之前,汉索尔一直都住在镇上。我觉得这不像是一个巧合,事情有些蹊跷。"

利文将椅子滑回到主控制台前,随即开始在触控屏上操作起来。

"你究竟想知道什么?"他问。

汉索尔的脸出现在了显示屏上,他紧闭着双眼,皮肤呈灰白色——这是他在生命暂停装置里的照片。

"我想知道他是如何来到这里的。"

"噢。"利文停止打字,将椅子转过来面对着伊桑,"我想我没法找到你所需要的细节资料,你得去问皮尔彻本人才行。"

\#

伊桑走进狭小的囚室,看到戴维·皮尔彻正在进食,他吃的是用经冷冻干燥处理过的食材做成的晚餐。老头子脸上长出了白色的须楂,这令他看起来更显老态。伊桑在他对面坐下,心里琢磨着老头子内心深处对自己的愤恨究竟有多深。当然，伊桑看到他也是怒火中烧。伊桑没法不去想那些因失去至亲而痛哭流涕的人，耳边也时常浮现在葬礼上听到的铲子戳进土里的声音。所有的痛苦，都是眼前这个老家伙造成的。

"你的晚餐闻起来跟蒂姆烹饪的美食不大一样哩。"伊桑说。

皮尔彻抬起头来看了他一眼。

目光严厉而愤怒，还充满了挑衅的意味。

"这跟大便毫无区别。你一定很开心吧。"

"什么？"

"我是说我目前的处境令你很满意吧，我竟然被关押在一间原本用来关怪兽的囚室里。"

"我倒想说这可真是名副其实啊。"

"我还以为你早就把我忘了呢，伊桑。"

"没有，我只是一直在忙着清理你制造的混乱局面而已。"

"我制造的混乱？"皮尔彻笑道，"那是什么风把你吹到我的新居所来的？"

"亚当·汉索尔。"

"他怎么了？"

"我听说在我复活之前，亚当是跟我的妻子和儿子住在一起的。"

"据我所知，他们过得非常快活。"

"亚当·汉索尔是如何成为黑松镇的居民的？"

这时皮尔彻的眼角闪过了一丝亮光。

"现在问这个问题还有什么意义?"他问。

"你最好不要招惹我。"

皮尔彻放下了手中的餐盘。

伊桑说:"我听说在我失踪之后,他来这里找我,随后你绑架了他,接下来他和我以及镇上的其他所有居民一样,在这里重新醒了过来。"

"唔,这倒很有意思。不过我很好奇,是谁告诉你来这里问我这件事的?是弗朗西斯·利文吗?"

"没错。"

"那么弗朗西斯可能也跟你分享了一些与我们的前景有关的惊人消息吧?当然,我说的'我们'是指全人类。"

"把关于汉索尔的事告诉我。"

"不过再过几年的光景,我们全都要饿死了。你真的认为自己可以解决这个问题吗,伊桑?你准备好去承担如此重大的责任了吗?听我说,我的确是错估了一些情况,我自己也意识到了这一点。可是你需要我,你们全都需要我。"

伊桑站了起来,开始朝囚室门口走去。

"好吧,好吧。起初只是标准的贿赂而已。"皮尔彻说。

"什么是标准的贿赂?"

"就是用钱收买亚当,让他对你、凯特·休森以及比尔·埃文斯的失踪闭嘴,并且停止相关的调查行动。可是后来情况发生了改变,他决定加入我的团队,成为我们当中的一员。"

伊桑抬起右臂,重重地打在门上。

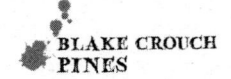

鲜血从他的手指关节上涌出，沾在了钢门上。

他再度挥拳击门。

"这话我只在私底下告诉你，我一直觉得汉索尔是个自大狂。我让他在黑松镇度过了一年的快乐时光，然后我派他去通电围栅外面执行无异于自杀的侦察任务。然后，然后他再也没有回来。"

伊桑大声呼唤囚室外面的守卫。

"你需要我。"皮尔彻说，"你也知道你需要我。如果不及时采取行动，过不了几年，我们全都会死掉……"

"你不必再关心这些事情了。"

"为什么？"

守卫打开了囚室的门。

"你喜欢今天的晚餐吗？"伊桑问道。

"你到底是什么意思？"

"我是说你的晚餐。你觉得它怎么样？"

"难吃死了。"

"对此我深表遗憾，因为这就是你的最后一餐了。"

"我不明白。"

"你还记得吗，当你问我打算如何处置你时，我说这将由那些你试图谋杀的人们来决定？唔，他们已经决定了，今晚就会对你行刑。"

伊桑走到门外的走廊里，"砰"的一声关掉了身后的门，只留下皮尔彻在囚室里歇斯底里地呼喊着他的名字。

\#

傍晚时分，太阳已经落到了峭壁后面。

天空被一大片厚厚的乌云遮住，看起来快要下雪了。

镇上的电力供应尚未恢复，可是仍然有少数人已经回到自己家中，对自己的房子进行清理和打扫，试图将支离破碎的生活恢复到从前的光景，然而他们的生活再也不可能跟从前一样了。

远处还有一大堆怪兽的尸体正在被焚烧。

伊桑并不确定原因是什么——也许是因为天色渐晚，乌云压顶，或是高耸入云的冷冷峭壁——总之这是自打他最初来到黑松镇之后，迄今为止第一次觉得它的确很像地球上的最后一个小镇。

他把车停在第六大道一栋维多利亚式房子门前的路边，这里就是他的家。

他觉得这房子的明黄色外墙和白色镶边与过去几天发生的事极不相称。

他们已经不再生活在一个丰富多彩并且可以欢宴作乐的世界里了。生命已经变成了得紧紧抓住才能维系的东西，就好像在接受电击疗法时，必须得咬住一块橡胶板才能抵御痛苦而支撑下去。

伊桑用一侧肩膀推开吉普车的车门，从车上下来，站在街上。

整个街区都寂静无声。

处处弥漫着阴沉而又紧张的氛围。

伊桑打量了一下四周，虽然看不到任何尸体，可是在附近的地面上却有一大摊血迹，恐怕得下一整天的大雨才能把它冲洗掉。

他用力关上车门，随即走上了人行道。

至少从前院看去，他家的房子尚且完好无损。

一块窗玻璃都没有碎掉。

门也没被撞破。

他穿过石板小路，踏上了前廊。木地板在他脚下"嘎吱"作响。天快要完全黑了。

他拉开纱门，继而推开了里面的实木门。

屋里又黑又冷，亚当·汉索尔坐在没生火的柴火炉旁的摇椅上，他看起来比伊桑记忆中的模样憔悴了许多。

"你他妈的在我家里干吗？"伊桑的声音听起来像是低沉的咆哮。

汉索尔转过头来，长年累月的挨饿导致他的颧骨有些夸张地高耸着，眼窝也凹陷得相当厉害。

他回应道："说实话，你出现在这里也令我备感惊讶。"

话音未落，两人便在地上扭打起来。伊桑挣扎着想用双手勒住汉索尔的脖子，然后让他窒息而死。伊桑以为汉索尔如此虚弱，应该完全不是自己的对手，可是他没料到汉索尔虽然瘦，但却结实有力，而且身手相当灵活。

汉索尔的臀部用力一转，就将伊桑压在了自己身下。

伊桑抬手挥拳，他的拳头从汉索尔肩膀旁边一擦而过。

汉索尔却回了他又准又稳又狠的一拳。

伊桑被打得眼冒金星。

他嘴里尝到了血腥味，感觉到血水正顺着自己的脸颊往下流，而鼻子也灼痛不已。

汉索尔说："你从来都不懂得珍惜！"

他又挥出了一拳，不过这次伊桑一把握住了他的手肘，用力往反方向拉。

汉索尔的韧带被拉伤了，他发出了一声惨叫。

伊桑将他推向翻倒在地的摇椅，随即艰难地爬起来，四处张望着，想要找到一个既硬又重，可以用作进攻武器的物体。

汉索尔也费力地站了起来，摆出了拳击姿势。

客厅里光线太暗，以至于伊桑压根儿就没看到汉索尔挥来的拳头。

汉索尔这一拳稳稳地命中了目标，紧接着他又挥出了一记右勾拳，要不是因为汉索尔此时身体较为虚弱，这一拳恐怕会将伊桑击晕过去。

不过，他这一拳着实有力，差点儿打断伊桑的脖子。汉索尔乘胜追击，对准伊桑的后腰挥出一记重拳，伊桑的身体不由得转了九十度。

伊桑痛得尖叫起来，步履蹒跚地退到门厅，汉索尔冷静而又沉着地朝他步步紧逼。

"你根本配不上特丽萨！"汉索尔喊道，"我比你更出色，一直以来都是这样。"

伊桑用手握住了铁制衣帽架。

"我甚至比你还更爱你的妻子。"汉索尔说。

伊桑举起衣帽架，坚硬的金属底座在空中挥出了一条弧线。

汉索尔迅速蹲下，躲过了这一劫。

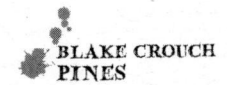

底座把墙戳出了一个大洞。

汉索尔朝伊桑猛扑过去,不过伊桑用手肘击中了他的下巴,痛得他跪倒在地。伊桑终于直接打中了汉索尔的脸,后者的颧骨在他拳头下发出了"嘎扎"的断裂声。伊桑觉得这实在是太棒了,于是他对准汉索尔的脸部再次挥出一拳,然后又是第三拳、第四拳。汉索尔越来越虚弱,伊桑则越战越勇。随着伊桑每击出一拳,他想要给予汉索尔更大伤害的愿望就变得愈加强烈。然而与此同时,他内心的恐惧感也越来越强。

他对眼前这个男人可能会做的事情感到害怕。

他害怕这个男人会夺走他所拥有的。

他害怕自己会失去特丽萨。

伊桑终于松手放开了汉索尔的脖子,后者倒在地上痛苦地呻吟着。

他把衣帽架从墙里拉出来,握住铁杆,把厚重的底座举到了汉索尔头顶上方。

我要杀了他!

汉索尔抬起头来看着伊桑,脸上全是血,一只眼睛已经肿胀得睁不开了,而另一只眼睛所流露出来的眼神,表明他已经意识到接下来将会发生什么事情。

他说:"你他妈的动手吧。"

"你把我派到这里来送死。"伊桑说,"到底是为了钱,还是为了夺走我的妻子?"

"她配得上拥有比你好得多的男人。"

"特丽萨知道你是为了和她在一起才精心安排了这一切吗？"

"我跟她说我是为了找你才来到黑松镇，然后遭遇了一场交通事故。她和我在一起非常开心，伊桑。她是发自内心地感到快乐。"

在接下来的好长一段时间里，伊桑就这么站在汉索尔面前，手里举着衣帽架，犹豫着要不要就这么敲破他的脑袋。

他很想这么做。

可是又不愿这么做。

最后，他将衣帽架扔到客厅另一头，随即在汉索尔身旁的硬木地板上瘫坐下来，他的肾脏还跳动着作痛。

"都是因为你，我们才会陷在这里。"伊桑说，"我的妻子，我的儿子……"

"我们陷在这里是因为两千年前你和凯特乱搞，伤透了你妻子的心。倘若凯特没有申请调职到博伊西分部，她就不会来到黑松镇，那么皮尔彻也就不会绑架她和比尔·埃文斯了。"

"还有，这样一来你也就不会出卖我了。"

"我要申明一点，如果我没有这么做的话，你们就不可能活到现在……"

"不，我们会在西雅图平安地度过一生。"

"你说你们的生活称得上'平安'吗？她的日子实在是苦不堪言。你心里爱着别的女人，而现在你却坐在这里指责我做错事了？"

"你他妈的在胡说什么？"

"现在已经没有对错之分了,伊桑。最要紧的是如何活下去。这是我在通电围栅外面的荒蛮世界中流浪了三年半之后才学会的道理。所以,你休想从我这里看到一丝对过去的悔意。"

"那么现在我们的处境就只剩下杀人与被杀两个选项了吗?"

"其实一直以来人类的处境都是这样的。"

"那你为什么不杀了我?"

汉索尔笑了,露出了沾满鲜血的牙齿。

"还记得你昨天晚上曾从凯特的家走回基地吗?那时我就在你途经的森林里。那里很黑,而且只有你和我两个人。我带着我的单刃长猎刀,我曾用它在与怪兽进行你无法想象的激烈近身搏斗中得胜。你根本没察觉到我当时离你有多近。"

伊桑感到背脊一阵发凉。

"你后来为什么没有动手?"他问。

汉索尔抹掉了浸在眼里的血水。

"其实我自己也在思考这个问题。我想原因在于我并没有自己所希望的那么冷酷无情。我的头脑认为对与错都无关紧要,可是我的心却不这么认为。我在二十一世纪的人生经历对我的影响太深,已经到了根深蒂固的程度。总而言之,是我的良心阻止了我。"

伊桑在越来越暗的客厅里注视着从前的上司。

"那么,我们接下来要怎么做?"伊桑问道。

"我在这儿坐了整整一个下午。"汉索尔说,"我的脑子里一直想着同一件事:我就是在这里度过了人生中最美好的一段时光,和特丽萨一起，和你的儿子一起。"

汉索尔一面痛苦地呻吟，一面支撑着自己坐了起来，背靠着墙壁。

尽管此时的光线极其微弱，伊桑也能看出前上司的下巴开始肿胀，而且只能歪着嘴，含混不清地讲话。

"我会离开这儿。"汉索尔说，"永远不再回来。可是我有一个条件。"

"你认为你有资格跟我提条件吗？"

"你不能让特丽萨知道这些真相。"

"你这样做无非是为了让她可以一直爱着你。"

"她选择的是你，伊桑。"

"什么？"

"她选择了你。"

伊桑突然感到无比安慰。

"既然一切都结束了。"汉索尔说，"我不希望她知道那些事。请你尊重我的意愿，我会坚决离开的。"

"可我还有一个选择。"伊桑说。

"是什么？"

"我可以杀了你。"

"你可以做到吗，我的老朋友？如果可以的话，你就动手吧。"

伊桑看着冷冰冰的柴火炉，注视着从窗户透进来的傍晚微光，心里想着这栋房子要怎样才能再次让人觉得像个家。

"我不是谋杀犯。"伊桑说。

"你瞧见了吧？我们俩都过于心软，不适合这个新世界。"

伊桑站起身来。

"你在荒野中度过了三年半的时间？"

"没错。"

"那么你其实比任何人都更了解这个新世界。"

"大概是吧。"

"如果我告诉你我们不能继续在黑松镇住下去了，我们得离开这座山谷，去到一个更温暖、更适宜作物生长的地方，你认为我们有希望成功吗？"

"你是在问我们是否有希望在通电围栅外面作为一个群体生存下来？"

"是的。"

"这听起来无异于集体自杀行为。可是如果我们真的别无选择，必须要在留在山谷里等死和冒险往南迁徙中选一个的话，我猜我们只能更努力地想出切实可行的方案。"

\#

在去自助餐厅的路上，伊桑再次在那只雌性怪兽的囚室门口驻足停留。它正在睡觉，蜷缩在墙角边。它看起来比他上次见到它时还显得更瘦削、更虚弱。

一名在怪兽囚室工作的实验人员从伊桑身旁经过，朝楼梯井走去。

"嘿！"伊桑从后头叫住了他。穿着白色实验服的科研人员在走廊中央停下了脚步，转身面对着伊桑。"它是病了吗？"伊桑问道。

年轻的科研人员脸上掠过了一丝苦笑。

"它快要饿死了。"

"你不给它吃东西?"

"不是的,它拒绝进食和饮水。"

"为什么?"

年轻人耸了耸肩,"我不知道。或许是因为我们用它的表兄弟姐妹们燃起了大篝火吧。"

说完他兀自大笑起来,然后转身继续沿着走廊走远了。

#

伊桑在拥挤的自助餐厅一角找到了特丽萨和本杰明。当特丽萨看到他脸上的瘀青时,又红又肿的双眼顿时瞪得大大的。

"发生什么事了?"她问道。

"你一直在哭吗?"

"我们待会儿再谈这个。"

晚餐全是经冷冻干燥处理过的难吃食物。

伊桑吃的是意大利式烤面条[①]。

本杰明吃的是斯特罗加诺夫牛肉[②]。

而特丽萨选的茄子干酪。

此时伊桑满脑子只想着吃过这顿饭之后,不知道他们的食品储备又会减少多少。

[①] 一种加干酪、肉末和番茄酱的扁平宽面条。
[②] 一道俄罗斯料理,以牛肉炒洋葱和蘑菇为主料,再配上酸奶油。

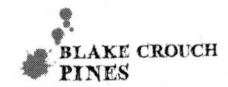

这一餐总共消耗了二百五十份锡箔纸包装的食物。

他们离食物耗尽又近了一步。

餐厅里的其他人压根儿就不知道他们的食品储备量正在迅速减少。他们认为自己只要走进这间餐厅，或者去到社区农场及镇上的杂货店，就能理所当然地找到食物。

等储备的食品都吃光之后，他们会作何反应？

"你想谈谈待会儿在今天晚上将要发生的事情吗，本杰明？"伊桑问道。

"不太想。"

"如果你不想去看的话，大可不必勉强自己，宝贝儿。"特丽萨说。

"我想去看。这是对他所做的事施行惩罚，是吗？"

"是的。"伊桑说，"我们必须得这样做，你知道吗？因为现在这里没有法院，没有法官，也没有陪审团，我们只能靠自己来解决这类问题。那个人给很多人都带来了极大的伤害，我们得拨乱反正才行。"

吃过晚餐，伊桑将本杰明送回他们的住处，然后请特丽萨陪自己散一会儿步。

"汉索尔和我打了一架。"在他们走上阶梯的时候，伊桑如是说道。

"天哪，伊桑，你们俩还是高中生吗？"

他们走进四楼的走廊，伊桑掏出门禁卡，在右手边第三扇门的门禁系统上刷了一下，随即拉开了一扇厚重的钢门。

他们进门踏上了一个小小的平台。

伊桑说:"握紧栏杆。"然后按下了一个向上的箭头键。

平台在岩石隧道中以直达电梯般的速度向上移动着。

它上升了四百英尺。

当平台略微战栗着停下来时,他们走下平台,踏上了一条长约二十英尺的狭小通道,通道的尽头是另一扇钢门。伊桑在这扇门前刷了一下门禁卡,门锁发出了"哗"的一声响。伊桑拉开门,走了出去,顿时被一股冷彻心扉的寒意所包围。

"这是什么地方?"特丽萨问道。

"我是在几天前一个睡不着的夜晚发现这里的。"

先前的云层已经被风吹散了。

天空中布满了繁星。

明亮而又清晰。

他们站在一条凿进岩壁三英尺深的通道上,外面是深不见底的峡谷。

伊桑说:"我猜这里是供基地工作人员吸烟或呼吸新鲜空气的地方。在他们想看看天空的时候,来这里就是最快捷的途径,也不用穿过隧道去到镇上。他们把这条小道称为'天窗'。"

"这条小道有多长?"

"它是沿着高高的山顶凿出来的,延伸得很长。具体说来,我听说它会一直延伸至山谷东面的森林里。可是我们不能去那么远的地方,至少晚上不行。"

"是因为有怪兽吗?"

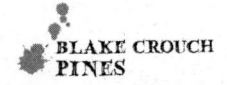

"没错。"

他们沿着狭窄的路径漫步。

伊桑说:"在亚当和我狠狠地干了一架之后,我们又坐下来好好地谈了谈。"

"这听起来倒勉强像是成年人的行为。"

"他说你选择了我。"

特丽萨停下脚步,转过身来面对着伊桑。

他感觉到凛冽的寒风刮过面颊,就像刀割一般疼痛不已。

"其实对我来说,归根结底就是做一道简单的选择题,伊桑。我是该选择去爱人,还是选择被爱?"

"你在说什么啊?"

"亚当会为了我做任何……"

"我也会……"

"你听我说好吗?我说过从来没有人像亚当那样爱我,这是实话。可是我从来没有像爱你那样爱过其他任何人。我也时常因此而恨自己,因为我觉得自己很软弱。当我希望自己可以硬着心肠离开你的时候,我却做不到,甚至在你跟凯特的事情发生之后我也做不到。我对你是如此地着迷。有人这样爱你是你的幸运,你应该好好珍惜。可你却伤害了我,伤得很深。"

"我知道我以前把事情搞砸了。我明白我应该对你更好才是。"

"伊桑……"

"你听我说完。我毁掉了很多事,天哪,因为我的工作,因为和凯特的关系,因为我没能处理好战争中遗留的心理创伤,我毁掉了一切。可是我一直在努力，努力保护你和本杰明，试着尽我所能去爱你们，也试着做正确的决定。"

"我知道你在努力，我看得出来。我知道我们在一起的生活会变得更好，我现在想要的就只有这个。其实这也是我一直以来想要的。"她亲吻了他一下，"你得答应我一件事，伊桑。"

"是什么？"

"你得对亚当宽容一些。现在我们得在这座山谷里共同生活了。"

伊桑低头凝视着特丽萨的脸庞，迫切地想把亚当所做的一切事情都告诉她，可是他抑制住了这种冲动，最终开口说："我会努力的，为了你。"

"谢谢你。"

他们继续朝前走。

"你在为什么事情而烦恼，亲爱的？"她问道。

"唔，所有事情都令人烦恼。"

"不对，是不是发生了什么新的事情？你在吃晚餐的时候看起来就不大对劲了。"

伊桑看着脚下三千英尺深的峡谷。他在那里第一次遇上怪兽，不过是一个月前的事情。虽然那是一段痛苦又不堪回首的经历，可那时他至少还怀有希望。当时他仍然相信外面的世界还在，他以为只要自己能逃离这个小镇，逃出这些山峦，他就能回到西雅图的家中与家人一起如常生活。

"伊桑？"

"我们有麻烦了。"他说。

"我知道。"

"不,我的意思是我们没办法长久地活下去了,人类这个物种就要灭绝了。"

一颗明亮的流星从天边划过。

"伊桑,我在这里生活的时间比你长得多。有时候这里的生活的确会令人感到无望,而现在就更是如此了。可是,黑松镇至少有充足的物资能满足我们的基本生活所需。"

"这里的食品储备就快用光了。"他说,"我们今天晚上吃的那些食物,就是那些经过冷冻干燥处理、难以下咽的食物,它们并不是取之不尽的。在它们被吃完之后,我们在这个山谷里新种出的食物不足以支撑我们度过一个又一个漫长而寒冷的冬季。如果我们所处的地理位置更偏南一些,也许还能做到,可是我们却被困在了这个山谷里。我很抱歉把这件事告诉你,可是我实在不愿意对你隐瞒任何事情,我不想在你面前有任何秘密。"

特丽萨找了一块岩石坐下。

"我们的食品储备还能维持多久?"她问。

"四年。"

"接下来会发生什么事?"

"我们全都得饿死。"

汉索尔

他渡过了小镇东面的河流,当他跌跌撞撞地从河水中上到岸边时,两条腿都已经冻得麻木了。

他手脚并用地在山坡上的松林中穿行着。

向上爬。

继续向上。

再向上爬。

当他来到离小镇一百英尺的高度时,地势更加陡峭,可是他并没有停下来,而是继续奋力沿着峭壁往上攀爬,越爬越高。

他攀爬得无所畏惧。

而且毫不在乎。

他实在不敢相信自己竟然在攀爬那赫赫有名的"自杀悬崖"。在他和特丽萨一起住在黑松镇的那一年间,就有两个人爬上这座悬崖,然后纵身跃下,结束了自己的生命。在环绕着黑松镇的诸多峭壁当中,有好些地点都足以实现致命的一跃,不过他正在攀爬的这个悬崖确实是最为陡峭的一个。它绝不会让人在坠落途中撞上凸出的岩架,从而增加不必要的痛苦。只要自杀者能成功爬至峭壁顶部,便能从那里径直坠落,直到撞上地面而死去。

汉索尔爬上了距离山谷底部五百英尺的一块长形岩架。

他瘫倒在冰冷的花岗岩上,下巴跳动着作痛,那里很可能骨折了。

此时已经入夜,他脚下的小镇一片昏暗,依稀可见镇上的柏油路面在星星的照耀下微微泛着光。

他的裤腿已经在这天寒地冻的环境中结了冰。

感受着彻骨的寒冷,他回想着自己的这一生。当他再度挣扎着站起来时,心平气静地为自己的一生作出了结论:在他已经度过的三十八年光阴里,至少有一年是过得非常快乐的。在那一年里,他和此生挚爱的女人一起住在这世上最后一个小镇的一栋淡黄色房子里。每当他清晨在特丽萨身边醒来的时候,总是无一例外地因为自己能得到这个女人而深感幸福。

他迫切地渴望能和她一起度过更多时光,可是现实却不允许他这么做……

其实,一年的共同生活就已经够了。

足够他回忆了。

他找了好一会儿,终于还是在黑暗中找到了他们在镇上的家。

他凝视着那栋房子,不过他脑子里浮现出的画面却不是眼下那幅又黑又空旷的场景,而是它在自己记忆中的温馨模样:他在凉爽夏夜的暮色中朝房子的前廊走去,走向他挚爱的女人。

他慢慢走向岩架的边缘。

他一点儿都不害怕。

他不怕死,也不怕痛。他在执行外勤侦察任务期间就已经经受过各式痛苦的折磨,而且他早就准备好了迎接死亡的到来。如果说他内心还有什么犹豫的话,那么他唯一担心的就是自己死后灵魂是否能得到安息。

他弯曲膝盖,准备跳下去。

就在这时，一个声音突然惊动了他。

他循声转过身去，黑暗中什么都看不见，可是他很快便听出那是有人在哭泣的声音。

他说："有人在吗？"

哭声止住了。

一个女人的声音传来："你是谁？"

"你还好吗？"

"如果我还好的话，干吗要爬上这里来？"

"唔，你说得没错。你介意我过去你那边吗？"

"介意。"

汉索尔从岩架边缘退后几步，随即坐了下来。"你不该自杀的。"他说。

"你说什么？那么你上到这里来又是为了做什么呢？我是不是也该用同样的话来劝告你呢？"

"也许是吧，可我是真的应该上这儿来。"

"为什么？因为你的生活也过得一团糟吗？"

"你想不想听听我的悲伤故事？"

"不用了，我只想赶紧跳下去。刚才我好不容易鼓起勇气准备要跳了，却遇到你这个讨厌的家伙来搅扰我。其实这已经是我第二次来到这里了。"

"那你第一次上来时为什么没跳？"汉索尔问道。

"因为那时是白天，我又很怕高，所以临阵退缩了。"

"你为什么要上这儿来？"他问。

"如果你保证不会试图救我,我就告诉你。"

"好的,我保证。"

这女人叹了口气,"我的丈夫在艾比怪兽袭入镇上的时候丧生了。"

"真是太遗憾了。你们俩是在黑松镇结婚的吗?"

"是的。我知道你在想什么,不过我是真的很爱他。同时,我也爱着这里的另一个男人,而不可思议的是我和他在来这里之前就已经认识了。他的妻子和小孩也住在这儿。当他把我丈夫已经惨遭杀害的消息告诉我时,我便问他他的家人是否幸免于难。"

"他们活下来了吗?"

"是的,可是你知道吗?我心里有一个连我自己都不愿意承认的疙瘩,在听到他妻子还活着时,我竟然感到莫名的悲伤。你别误解我,我真的非常想念我丈夫,可是我还是抑制不住地在想……"

"要是他的妻子也死了,那么你们俩就可以……"

"没错。所以,我不但失去了丈夫,也不能跟我爱着的这个男人在一起,而且我还发现自己真是一个可耻的人。"

汉索尔笑了起来。

"你这是在嘲笑我吗?"

"不不不,我只是觉得你竟然认为那种程度就可以算作'可耻'了。你想听听什么才是真正的可耻吗?"

"你说来听听看。"

"在我来到黑松镇之前,我爱着一个女人,可是她却是我的一名下属的妻子。于是我策划了一连串的事件,使得她丈夫从她生活中消失了。在两千年前黑松镇刚开始被创建的时候,我就知道它是怎么回事了。我让戴维·皮尔彻绑架了这个女人,随后我自愿进到生命暂停装置里,为的是当我们复活后,我能和她在一起。后来我便如愿以偿地和她在黑松镇一起生活,而她从来都不知道她来到这里其实是我搞的鬼。我和她共同生活了一年之后,被派遣去通电围栅之外的世界里执行侦察任务,没有人相信我出去后还能活着回来。在那荒野之地的每一天,只有想着她我才能继续前进,继续呼吸。全凭着对她的回忆和想念,我才能鼓起勇气不断地把一只脚放到另一只脚前面去,迈步行走。没想到几年后我竟然奇迹般地活着回来了。我原本以为自己还能回到她身边,并受到热切的欢迎。然而造化弄人,世事难料,我回来后才发现她的丈夫竟然也在这儿,而这个小镇已经被毁掉了。"

在下方的漆黑山谷中,有星星点点的火光开始在主街上聚集起来。

汉索尔凝视着它们,开口说道:"所以我爬上这座悬崖,想要结束自己的生命。你不过是在头脑里想着一些自认为很卑劣的事情,而我却将自己脑子里的卑劣念头付诸行动了。听完我的故事,你是不是对自己有了更全面更公允的认识呢?"

"那么,你为什么要上这儿来?"她问道。

"我刚才不是告诉你了吗?"

"不,我想问的是,是因为你无法忍受自己的所作所为,还是因为你没法再同她生活在一起了?"

"因为我没法再跟她在一起了，而一个像我这么坏的人，却没法做到去杀了她丈夫。还有什么比成为像我这样一个虽然坏却又坏得不够彻底的人更糟的事吗？"

接下来，两人都不再说话了，他们唯一能听到的就只有风呼啸着吹过岩壁的声音。

那女人最终开口说道："我认识你，亚当·汉索尔。"

"怎么会？"

"我过去是你的下属。"

"你是凯特？"

"生活真是奇妙，不是吗？"

"我现在可以不再打扰你了，如果……"

"我并没有要论断你的意思，亚当。"

他听到她站了起来，然后走向自己。

过了一分钟，她从黑暗中出现了，不过他只能依稀看到一个模糊的人影坐在了自己身边，两人的腿都悬挂在岩架边缘。

"你的裤腿也结冰了吗？"他问道。

"是的，我快被冻死了。你和我选择在同一天晚上爬上这里来准备跳崖自尽，你认为这是不是有什么特别的意义？"

"你觉得呢？比方说，是上帝在对我们说'别试图寻死'吗？难道我们不该承认其实上帝已经不会在乎我们了，而且他从来就没把我们放在心头过？"

凯特看着他说："我不在乎我们是应该一起往下跳，还是一起攀下岩壁。可是不管怎么做，我们都别单独行动就好。"

皮尔彻

有人抓着皮尔彻的手臂，将他从卡车上拉了下来。这是好几天来他第一次来到户外，可是他戴着黑色头套，所以看不到任何东西。

"发生什么事了？"皮尔彻问道。

他的头套被人扯掉了。

他看到了好多光点——五十个，也可能六十个，或许总共有一百个手电筒或火把正握在黑松镇的居民以及基地工作人员手中。他正被人群紧紧地包围在中间。待他的眼睛渐渐适应眼前的光线之后，他依稀看到了主街上的一栋栋建筑物，手电筒和火把的光芒照亮了它们的外墙和门面。

还有两个人跟他一起站在人圈中央，他们是伊桑·伯克和艾伦，后者是他的保安队长。

伊桑朝他走近。

"这是怎么回事？"皮尔彻问道，"你们在为我举办'庆典'吗？"

说完他环顾了一下周围那一张张被摇曳的火光扭曲了的脸，每张脸看起来都愤怒而紧张。

"我们进行了投票表决。"伊桑说。

"谁投票？"

"每个人，除了你之外。我们也讨论过'庆典'的可行性，不

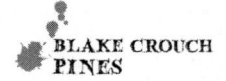

过最后大家觉得采用这种由你发起的强迫人们伤害彼此的方式来处决你,实在不太恰当。"伊桑又朝他走近了一步,他呼出的气在寒冷的空气中顿时凝成了白雾,"你好好看看这些人吧,戴维。这里的每一个人都失去了家人或朋友,都是因为你。"

皮尔彻怒火中烧,可脸上却露出了笑容。

他心头的怒火是如此的炽热,足以毁掉一个人的灵魂。

"都是因为我?"他反问道,"这可真是太滑稽了。"他背对着伊桑,走进了人圈的中心。"我已经为你们做了我能做的所有事情。我给了你们食物、住所,还给了你们生活的意义。我仁慈地将你们无法承受的真相向你们隐藏起来,我不让你们知道通电围栅外的那个世界是多么的可怕。而我只需要你们做一件事,就他妈的只有一件事而已!"他高声喊叫着,"我只要你们服从我!"

他看到离自己几英尺远的地方有个女人正盯着自己看,她的脸上挂着两行晶莹的泪水。

人群中许多人都在哭。

所有人都痛苦不已。

倘若换作从前,他或许会在乎他们的情感,可是今天晚上他只从他们身上看到了忘恩负义和悖逆。

他尖叫着:"我为你们所做的事还不够多吗?"

"他们来这里不是为了回答你的问题。"伊桑说。

"那是为了什么?"

"他们是来给你送行的。"

"送我去哪儿?"

伊桑转身对着离自己最近的人群说:"你们能让出一条路来吗?"待他们照做之后,伊桑说:"你先请,戴维。"

皮尔彻低头看了看漆黑的路面。

随即转头看着伊桑。

"我不懂你想干什么。"

"开始走吧。"

"伊桑……"

有人从身后重重地推了他一把,让他差点儿摔倒。重新站稳之后,皮尔彻回头一看,艾伦正以恶狠狠的眼神瞪着他。

"听到没,治安官让你往前走。"艾伦说,"现在我警告你,如果你自己的腿动不了,我们很乐意拖着你的双臂往前走。"

皮尔彻开始沿着两旁都是黑漆漆的建筑物的主街往南走,伊桑和艾伦各自走在他的两侧。

人群和他们一同行进,四周被一种令人不安的寂静笼罩着。没有人说话,除了众人走在柏油路面上的脚步声和偶尔一两声被压抑着的啜泣之外,就听不到任何声音了。

他试图让自己保持镇定,可是脑子里却充斥着各种狂乱的猜测。

他们要带他去哪儿?

是要回到基地里去吗?

还是去一个处决他的刑场?

他们从山杨餐厅经过,随后又路过了医院。

当所有人都走入通往小镇南面森林的街道时,皮尔彻才终于

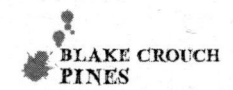

意识到了他们要带自己去哪里。

他转头看着伊桑。

一种巨大的恐惧感掠过他全身，令他不禁有些战栗，就像被人推进了冰窟窿一般。

不过他没有停下前进的步伐。

当他们到了路上的急弯时，所有人都离开柏油路，往森林里走去。皮尔彻心想，我甚至都没有回头看看，还没来得及看黑松镇最后一眼。

森林中弥漫着薄薄的雾气，手电筒和火把的光芒从薄雾中穿过，给人一种梦幻般的超脱尘俗之感。

皮尔彻觉得越来越冷。

他听到了通电围栅发出的"嗡嗡"声。

他们就在围栅旁边行走。

没过多久，一行人来到了围栅的大铁门跟前。这一切都发生得太快了，皮尔彻甚至觉得在主街上被扯掉头套也不过是几秒钟之前的事情而已。

伊桑从人群中走了出来，他把手里拿着的一个小背包递给皮尔彻。

"这里面有一些食物和水，足够你吃喝好几天了，当然前提是你能活那么久的话。"

皮尔彻只是定定地注视着那个背包，没有伸手去接过来。

"你们都没有胆量亲自动手杀我吗？"他问道。

"不是的。"伊桑说，"事实跟你所说的恰恰相反，我们都很想亲手杀死你。我们恨不得将你折磨致死,甚至想让每个幸存下来的人都从你身上割下一磅肉。你到底要不要背包?"

皮尔彻接过背包,将背带挂在肩上。

伊桑走到控制面板跟前,按键输入了断电指令。

围栅的嗡鸣声顿时停止了。

森林里变得极其安静。

皮尔彻看着在场的所有人,看着镇上的居民以及基地里的工作人员。这将是他这辈子所能见到的最后一群人。

"你们这帮忘恩负义的混蛋!要不是我,你们早在两千年前就全都死了。我为你们造了一个天堂,人间的天堂。从某种程度上来说,我就是你们的上帝!可你们,竟然胆大妄为到把你们的上帝逐出天堂的地步!"

"我想你对《圣经》的了解还不够深入。"伊桑说,"上帝并没有被放逐,被放逐的是另一个家伙。"

伊桑打开了大铁门。

皮尔彻以愤恨的目光长久地注视着伊桑,随后又以同样的目光环顾了一下在场的群众。

他从他们脸上看到了答案。

他们认为我是魔鬼。

或许他们是对的吧。

他跨过铁门,进入了围栅的另一侧。

伊桑关上了铁门。

很快地,围栅再度通电,"嗡嗡"的电流声又回来了。

皮尔彻看着人群转身离开，手电筒和火把的光芒渐渐消失在了迷雾中。

最后只剩下他孤身一人站在阴冷而漆黑的森林里。

他继续往南走，直到自己完全听不到通电围栅的嗡鸣声为止。

透过头顶上方的松树枝叶缝隙照下来的星光极其微弱，不足以让他看清脚下的路。

不一会儿，他的腿已经走得很疲累了，于是他背靠着一棵松树的树干，坐了下来。

这时，从大约一英里之外的地方传来了一声怪兽的嗥叫。

紧接着又从别处传来了一声与之呼应的嗥叫。

这第二声嗥叫听起来离他很近。

接下来又有了第三声。

皮尔彻听到了清晰的脚步声。

在幽暗的森林中，有什么东西正在奔跑。

而且是匆匆地朝他奔来。

伊　桑

太阳才刚刚升起，伊桑就开着保安队的道奇公羊皮卡车驶出了基地，他的儿子本杰明就坐在他身旁的副驾驶座位上。

他们穿过了森林。

经过了石块区。

接着伊桑将车驶上了公路，朝小镇南面开去。

到了大急弯，他驶下路堤进入森林，随即便在林中穿梭着前行。

当汽车来到通电围栅旁边时，伊桑让车与围栅保持平行地前进，最后来到了围栅的大铁门跟前。

他关掉车的引擎。

虽然两人还坐在皮卡车的驾驶室内，但他们已经能听到围栅发出的"嗡嗡"电流声。

"你认为皮尔彻先生死了吗？"本杰明问道。

"我不知道。"

"可他最终还是会落入那些怪兽手中，对吗？"

"这是毋庸置疑的。"

本杰明回过头，透过驾驶室的后窗看了一眼皮卡车的货厢。"我实在没办法明白。"他说，"我们为什么要这么做，爸爸？"

"因为我没法不去想关于它的事。"

伊桑也回头看着身后的货厢。

原本被关押在基地囚室里的那只雌性怪兽玛格丽特，此时正一动不动地坐在一个树脂玻璃笼子里，注视着外面的树丛。

"说来奇怪。"伊桑说，"现在这个世界已经属于它们了，可是我们却仍然具备一些它们所没有的特质。"

"比方说什么？"

"像是仁慈，正义感，等等，就是那些让我们之所以成其为人的特质。"

本杰明脸上写满困惑。

"我认为这只怪兽与它的同类不太一样。"伊桑说。

"这是什么意思呢?"

"它具备了我在它的同类身上从来不曾见到过的聪慧和温顺。或许它也有一些家人吧,而它可能很想跟家人们团聚。"

"我们应该开枪打死它,然后把它跟其他死去的怪兽一齐烧掉。"

"可那样做对我们又有什么益处呢?让我们可以宣泄几分钟怒气吗?要是我们采取与之相反的行动,把它送回属于它的世界,并让它带回关于曾经住在这山谷中的物种的信息,又会怎么样?我知道这个想法很疯狂,可是我始终怀有一个念头:一次小小的善举也可能会引发对方实实在在的共鸣。"

伊桑打开车门,走下车进到树丛里。

"这是什么意思?"本杰明问道,"你是说它可能会改变别的怪兽,令它们变得跟它一样吗?"

伊桑绕到皮卡车后面,将货厢的后挡板放了下来。

他告诉儿子:"任何物种都会不断演化。最初,人类依靠打猎捕鱼和采集果实为生,彼此之间只能靠含糊不清的咕哝声和手势来沟通。后来才渐渐有了农业、畜牧业和语言。我们的祖先也慢慢学会了善待彼此。"

"可是这样的演化经过了好几千年的时间才完成。在怪兽们演化到那一步之前,我们早就死光了。"

伊桑笑了,"你说得对,儿子。那的确会花上很长、很长、很长的时间。"他转身面对着那只怪兽。它平静安详地坐在笼子里,眼皮还有些耷拉。先前伊桑请科学家为它注射了镇静剂,药效显然还没有完全过去。

他从手枪皮套里掏出了沙漠之鹰手枪,爬上货厢打开了笼子的锁,然后把笼门缓缓拉开了几英寸。

怪兽的喉咙里发出了一种介于嘟哝和咆哮之间的声音。

伊桑说:"我不会伤害你的。"

随后他慢慢后退,从货厢上跳了下来。

怪兽注视着他。

过了一会儿,它伸出长长的左臂推开笼子的门,然后爬了出来。

"要是它做出出格的事怎么办?"本杰明问道,"万一它攻击我们……"

"它不会伤害我们的。它明白我的意思。"伊桑与它对视着,"你说是吗?"

伊桑开始朝通电围栅走去,怪兽慢吞吞地跟在他身后,他们相隔不过五六步的距离。

来到大铁门边,伊桑键入了手动操控指令,等着门闩被打开。

围栅突然变得寂静无声了。

伊桑抬脚踢开了大铁门。

"去吧。"伊桑说,"你自由了。"

怪兽用警惕的目光注视着伊桑,然后从门缝中挤了出去,回到了属于它的世界中。

"爸爸,你真的认为我们有一天能和它们和平共处吗?"

走出十英尺之后，怪兽回过头来看着伊桑。

它歪着头，盯着他看了好一会儿，而他可以发誓自己看出它有话想说，它的双眸里闪耀着智慧和理解的光芒。

虽然它没法和他交谈。

可是伊桑却觉得自己好像能读懂它的想法。

"是的。"他说。

伊桑眨了眨眼……

它转瞬就不见了踪影。

\#

伊桑和特丽萨并肩坐在公园里的长椅上，看着本杰明。他们的儿子正站在草地中央，抬起头来望向天空。在他头顶上方两百英尺高的空中，一只风筝正在随风飘荡。本杰明试了好几次才让风筝飞起来，此时它看起来就像是碧蓝幕布上的一块红色补丁，随着气流翻动不已。

坐着看孩子放风筝是非常快乐的事情，这是几天以来——确切地说是几周以来第一个令他们觉得不像寒冬的早晨。

"伊桑，依我看那样做太疯狂了。"

"如果我们继续留在这个山谷里。"他说，"过不了几年就都得死去，这是毋庸置疑的。所以，为何不让大家投票来决定该怎么做？"

"你应该让各人自行决定。"

"要不……"

"你应该让各人自行决定！"

"可人们常常做出错误的决定。"

"这倒没错,可是你得想明白你自己究竟要成为一个怎样的领袖。"

"我知道正确的决定是什么,特丽萨。"

"那你可以用你的观点去说服他们。"

"这是非常困难的,不一定能成。要是他们坚持错误的选择该怎么办?你看,甚至连你都还没有完全赞同我的观点呢。"

"就算我们做出了错误的决定,那也是我们自己的选择,亲爱的。如果你在这件事上强迫他们按照你的意思而行,那么你当初将黑松镇的真相告诉他们又有什么意义呢?"

"现在这一切局面都是我造成的。"伊桑说,"包括所有的死亡、痛苦和损失。我把他们的生活搞得天翻地覆,现在我只是想弥补这一切。"

"你还好吧?"

"我觉得很害怕。"

她伸手握住了他的手,伊桑继续说:"你不仅仅是让我将他们的命运交到他们自己手中,而且让我将你和本杰明的命运也交到了他们手中。"男孩拉着风筝跑过草地,笑意盈盈。"在我闯入基地的那一天,皮尔彻说我会慢慢了解他所做的一切,包括他的每一个选择。"

"那你现在了解了吗?"

"我开始渐渐感觉到原本压在他肩上的担子有多沉重了。"

"他不相信人们会作出正确的选择。"特丽萨说,"因为他觉得害怕。可是你不必感到害怕，伊桑。如果你做了自己的良心认为对的事情，如果你让人们自行选择他们的将来和命运……"

"那么我们有可能会在这个山谷里饿死。"

"是的。可是那无损于你的正直，这才是你唯一该敬畏的东西。"

#

这天晚上，伊桑回到了一切事情发生的起点——镇上剧院里光秃秃的舞台，他站在聚光灯下，面对着地球上仅存的两百五十个人。

"现在我们是这个世界上仅存的人类了。"他对人群说道，"因为我当初作出了把黑松镇的真相告诉大家的选择，所以我们才落入了这般田地。我没有忘记这件事。你们当中的大多数人都失去了至亲至爱的人。我们所有人都遭遇了极大的痛苦。我终其一生都会因我当初的决定所带来的伤害而感到抱歉和遗憾。可是，现在是我们为将来做打算的时候。事实上，我在刚刚过去的那个星期里一直都在思考我们应该如何面对未来。"

皮尔彻核心圈子的成员一起坐在舞台下方的左侧区域，他们是弗朗西斯·利文、艾伦、马库斯和穆斯廷，每个人都抬头看着伊桑。

剧院里寂静无声。

"我知道在座的每一位应该都在试着想明白我们将来应该怎么做。"他说，"下一步应该怎么走，还有我们的人生会变成什么模样。我们面前摆着诸多难题，不过还好我们大家可以共同来面对。现在,我们来说说第一道难题,那就是我们的食物储备就快耗尽了。"

人群中有人倒抽了一口气,有人开始窃窃私语。

一个人喊道:"还能维持多久?"

"最多四年。"伊桑说,"这就带出了第二个难题,我们不能继续待在这个山谷里了。我的意思是,在通电围栅彻底失效之前,在超乎我们想象的毁灭性寒冬到来之前,在食物储备耗尽之前,我们尚能继续住在这里。

"基地总管弗朗西斯·利文可以为你们解释所有的细节问题,他可以告诉你们为何我们不能长久地居留在黑松镇。

"不过我请你们来到这里,并不只是为了让你们听到坏消息。我有一个解决问题的方案。可是它显得有些激进、危险而大胆,总之非常冒险。"

伊桑的目光在人群中搜寻,找到了特丽萨。

"说实话,对于要不要提出这个解决方案,我内心经过了很多激烈的斗争。最近有个朋友对我说,当我们面对生死攸关的紧急情况时,一两个有能力的领袖就得挺身为大家作出决策。可是,我认为我们大家已经告别了人生被控制的阶段。既然我自己也不知道该怎么做,那么我们现在就一起群策群力地寻找出路吧。说到底,我宁愿我们大家一同做出决定——哪怕是错误的,也不愿意剥夺你们的选择自由权。因为,那个属于皮尔彻的旧时代已经过去了。

"所以,我只希望你们在听我把话说完以后,就像自由公民一样,共同来决定我们的下一步行动方案。"

第十一章

一个月后

伊 桑

　　生活中偶尔也有这样的时刻：镇上恢复了供电，特丽萨烹饪食物的香味从厨房飘出。伊桑觉得一切都是那么的正常，仿佛又回到了以往工作日的傍晚。
　　本杰明在二楼的卧室里。
　　特丽萨在厨房忙活着准备一家人的晚餐。
　　伊桑坐在书房里，写下明天日程安排中的注意事项。
　　借着傍晚的微光，他可以透过窗户看到珍妮佛·罗彻斯特家黑漆漆的房子。她在怪兽入侵的时候丧生了，而她家花园里的花草在近日的严寒中全都被冻死了。
　　镇上的街灯都恢复了照明。
　　远处的灌木丛中传来了蟋蟀的鸣叫。
　　他开始想念以前从镇上每户人家的收音机里传出的赫克托尔·盖瑟钢琴演奏。
　　他真希望自己能最后一次迷失在他的优美琴声中。
　　伊桑坐在宽大的椅子上，把双眼闭了一会儿，放任自己沉浸在现在生活很正常的想象里。

他试着不去想他们的生命是多么的脆弱。

可是却无法做到。

他实在没法接受自己所属的物种已经濒临灭绝的事实。

这个事实令接下来的每一分、每一秒都深具意义。

同时也令接下来的每一分、每一秒都充满了恐惧。

#

他走进厨房，闻到了烹煮意大利面和肉酱的香味。

"真香啊！"他赞叹道。

他走到正在炉火边忙活的特丽萨身后，伸出双臂搂住她的腰，亲吻着她的后颈。

"这是我们在黑松镇的最后一餐了。"她说，"今晚我们要吃得丰盛一点。我已经把冰箱里的食物全都拿出来用上了。"

"让我来帮你做点什么吧。我可以洗那些碗碟。"

她一边搅拌着肉酱，一边说："我认为就算不洗它们大概也没什么关系吧。"

伊桑笑了。

她说得没错。

不洗当然也没关系。

特丽萨擦了擦眼睛。

"你在哭。"他说。

"我没事。"

他握住她的手臂，轻轻将她的身子转过来面对着自己，问道："你怎么了？"

"我只是感到有些害怕。"

\#

这将是他们最后一次聚在这张餐桌旁用餐。

伊桑看了看特丽萨。

又看了看儿子。

他站起身来。

举起了自己面前盛着清水的玻璃杯。

"我想对我生命中最重要的两个人说几句话。"他的声音有些颤抖,"我并非完美的人,事实上,我身上的缺点多得数不清。可是我愿意做一切事情来保护你们,特丽萨,还有你,本杰明。我什么都愿意做。我不知道明天、后天,以及未来会是什么样子。"他强忍着即将夺眶而出的泪水,"我只因此时此刻我们全家人都在一起而感恩不已。"

特丽萨的眼里有泪光在闪烁。

伊桑坐下后,全身不住地颤抖着。她伸出手去握住了他的手。

\#

这将是他躺在柔软床垫上度过的最后一个夜晚。

他和特丽萨彼此拥抱着躺卧在堆积如山的毯子下面。

现在已经很晚了,可两个人都还醒着。他能感觉到她的眼睫毛在自己的胸膛上眨动着。

"你能相信这就是我们的人生吗?"她低语道。

"我还是觉得有些难以置信,我从没想过我们的人生会变成这样。"

"要是失败了怎么办?如果我们所有人都死了呢?"

"这种可能性的确是存在的。"

"我心里面有个小人在想。"她说,"我们还可以选择更安全的路。或许我们只剩下四年可以活,那么我们何不让自己人生中最后的时光活得精彩一些?我们可以尽情享受余下的每一分每一秒,细细品尝每一口食物的味道,畅快地呼吸每一口空气,用心体会每一次亲吻的滋味,让我们的每一天都在不饥不渴而且不用逃命的舒适状态下度过。"

"可是那样的话我们就一定会死,我们这个物种也会灭绝。"

"或许那也不是什么坏事。起码我们努力地活过,只是未能如愿以偿地继续将人类这个物种延续下去而已。"

"我们得继续尝试,不断争取。"

"为什么呢?"

"因为这是我们应该做的。"

"我不知道自己究竟有没有准备好这样做。"

伴随着"嘎吱"一声,他们的卧室门被推开了。

"妈妈?爸爸?"本杰明的声音响起。

"怎么了,小家伙?"特丽萨问道。

"我睡不着。"

"那你到床上来和我们一起躺着吧。"

男孩从毯子上爬过去,钻进了他俩中间的被窝里。

"这样好点了吗?"伊桑问。

"嗯。"本杰明说,"好多了。"

他们就这么躺在黑暗中,没有一个人开口说话。

本杰明最先睡着。

紧接着特丽萨也入睡了。

可是伊桑却怎么也睡不着。

他用一只手肘支撑着身体坐起来,看着自己的家人。他一整夜都静静地凝视着他们,直到窗外渐渐亮了起来,黎明的曙光照亮了他们在黑松镇的最后一天。

#

山谷里每一户人家的电话都同时响起。

伊桑端着一杯黑咖啡,从厨房走进了客厅,在他家的转盘电话响到第三声时,他拿起了听筒。

尽管他已经知道将会听到什么信息,可是当他把听筒凑到耳边,听到自己的声音在说"黑松镇的居民们,离开的时间到了"时,还是觉得心就像被揪紧了一般。

#

伊桑帮特丽萨打开前门,她捧着一个纸箱出门踏上了门廊。纸箱里塞满了他们全家人的相框——这是他们共同决定的唯一值得带走的物品。

这是个美丽的早晨。

住在这个街区的其他家庭也纷纷走出了自己的房子,有些人手里抱着装满了贵重物品的小箱子,有些人只背着一包衣服。

伯克一家走下门廊,穿过前院,来到了街道上。

黑松镇全体居民在主街会合之后,便聚成一群朝小镇南郊的森林走去。

伊桑看到了凯特,她背着背包和亚当·汉索尔一起走在前方。

他松开特丽萨的手,"我去去就回。"

在人群刚经过山杨餐厅时,伊桑追上了前搭档。

"早上好。"他说。

她转过头来朝他笑了笑,"你准备好了吗?"

"实在是太疯狂了,不是吗?"

"确实有一点。"

汉索尔说:"嘿,这不是伊桑吗。"在文明世界度过的这一个月令眼前这个男人改变了不少。汉索尔体重暴增,看起来跟他原来的模样更像了。

"亚当。你们俩目前还好吗?"

"我觉得还好吧。"

"我也不知道。"凯特说,"我觉得自己就像要开始做一件很可怕的事情,你明白吗?我完全不知道接下来会怎样。"

他们从医院旁边经过,伊桑回想起自己第一次醒来时见到的帕姆的笑脸,以及在接下来的几天里他一直心神不宁、无比困惑地在镇上胡乱转悠。他一直试图打电话回家,却总是联系不上自己的家人。他还想起了第一次在黑松镇见到凯特时,发现她比应有的年龄大了整整九岁。

这可真是一段刺激的旅程啊。

伊桑对凯特说:"接下来的事情会有些疯狂。我在想,或许我们应该在这里道别。"

凯特在马路中间停下了脚步,黑松镇幸存的居民们纷纷从他们身旁经过。她脸上带着笑容,清晨的阳光令她不由得眯缝着眼睛——她看起来像极了从前的模样,跟她在西雅图时一模一样,跟他犯下那个最糟也最好的错误时一模一样。

他们拥抱在一起。

紧紧地。

"谢谢你几年前来这里找我。"凯特说,"我很抱歉最后的结果会是这个样子。"

"我一点都不为此感到后悔。"

"你做了正确的事。"她小声说,"永远都别怀疑。"

当他们彼此分开的时候,特丽萨正好赶了上来。

她朝凯特和汉索尔笑了笑,问道:"你们想和我们一起走一会儿吗?"

"我们乐意至极。"亚当说。伊桑和妻子、儿子、从前的情人以及那个曾经背叛过自己的男人站在一起,心里想着:难道新世界里的家庭就应该是这样的吗?因为无论过去发生了什么,在这个悲惨而痛苦的时刻,人人都需要别人的陪伴。

当最后一群人从他们身边经过时,他们正停留在街道和幽暗森林的交会处。

他们面前的这个小镇即将被废弃。

晨光照耀着小镇里的大街小巷。

主街西侧那排商店的橱窗玻璃在阳光下闪闪发亮。

他们凝视着一座座有着尖桩篱栅的维多利亚式房屋。

环顾着小镇四周的峭壁。

以及连枝上仅存的几片金色圆叶也被风吹落了的山杨树。

在这样的时刻,黑松镇看起来是如此的……闲适恬静。

这是皮尔彻的杰作,伟大而且疯狂。

最后,他们终于转过身,一起走进了森林里,渐渐远离黑松镇。

\#

伊桑坐在监控中心的主控制台前,艾伦和弗朗西斯·利文分别坐在他两侧。

"这段留言的用意究竟是什么?"利文问道。

"以防有人无意中来到这个地方。"伊桑说。

"我觉得发生这种事情的可能性几乎为零。"

"你想好要说什么了吗?"艾伦问道。

"我昨天晚上已经写好了草稿。"

艾伦的手指在触控屏上滑动、点击着。

"等你准备好就可以开始了。"他说。

"现在就开始吧。"

"录音……启动。"

伊桑从裤子后兜里掏出了一张折叠起来的纸片,把它展开,然后倾身靠近麦克风。

他念出了写在纸上的文字。

待他讲完之后,艾伦停止了录音。

"说得好,治安官。"

他们上方的二十五块显示屏仍在播放着山谷中各台摄像头的监控录像。

医院地下室里空旷的走廊。

学校里空无一人的大厅。

没有人的公园。

没人住的房子。

被遗弃的街道。

伊桑转头看着弗朗西斯·利文,"我们准备好了吗?"他问道。

"所有非必要的系统都已经关闭了。"

"每个人都准备好了吗?"

"正在进行当中。"

#

当伊桑独自沿着基地一楼的走廊前行时,头顶上的荧光灯一盏接一盏地相继熄灭了。他站在通往大山洞的滑动玻璃门前,回头看到走廊远端的最后一盏灯也变黑了。

温度已经降低了不少,供暖与通风系统已经停止运行。

他赤着脚走进大山洞,岩石地面像冰块一样冷。

生命暂停室里就更冷了,气温只有零下十来度。蓝色的薄雾弥漫在四周,各处都有人在走动。

一台台生命暂停装置嗡鸣不已,同时还不断喷出团团白色气体。

他在雾气中穿梭着,转了一个弯之后,继续在两排装置中间前行。

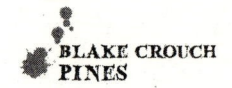

几名身着白色实验服的男人正在协助黑松镇的居民爬进那些生命暂停装置里。

伊桑走到这一排的尽头,在一台装置前停下了脚步。

数码铭牌上印着:

凯特·休森

爱达荷州博伊西市

生命暂停日期:2012年9月19日

居住时间:八年九个月二十二天

该死!

他来得太晚了。

她已经在里头了。

伊桑透过镶嵌在装置正面的那块宽度为两英寸的玻璃面板,看着里面的情形。

被锁在生命暂停装置里的凯特也回看着他。

她在发抖。

伊桑把一只手压在玻璃面板上。

她也把自己的手压在玻璃面板另一侧。

他用唇语说:"一切都会没事的。"

她点了点头。

随即他迅速跑过三排装置,穿过更多身着白色睡衣的人们。

他看到特丽萨正蹲在本杰明面前,紧紧抱着儿子,对着他的耳朵轻声说话。

伊桑伸出双臂拥抱着母子俩,把家人们紧紧拥入怀中。

他的眼泪顺着脸颊不住地往下流。

"我不想这样做,爸爸。"本杰明哭诉着,"我好害怕。"

"我也很害怕。"伊桑说,"我们所有人都感到害怕,这是再自然不过的反应。"

"如果这就是终结该怎么办?"特丽萨问道。

伊桑注视着妻子的绿色眼眸。

"那么请记住我很爱你。时间到了。"

他扶着本杰明站起来,挽着他的手臂,协助他进到生命暂停装置里。

儿子在瑟瑟发抖——一方面是因为寒冷,同时也因为恐惧。

伊桑轻轻地扶着他坐在金属椅子上。

装置内壁自动弹出安全带,将本杰明的两只手腕和两只脚踝都捆缚住了。

"我好冷啊,爸爸。"

"我爱你,本杰明。我为你感到非常骄傲。现在我得把门关上了。"

"先别关,我求你了。"

伊桑倾身吻了吻儿子的额头,心里想着:这也许是我最后一次碰触到我儿子了。他看着本杰明的眼睛。

"看着我,儿子。要勇敢。"

男孩点了点头。

伊桑抹掉了脸上的泪水,跨出了本杰明的生命暂停装置。

"我爱你,本杰明。"特丽萨说。

"我也爱你,妈妈。"

伊桑将装置的门轻轻推过去关上了,内部锁控系统启动了密封程序。

伊桑和特丽萨透过玻璃面板看着本杰明的装置开始渐渐充满白色气体。

他们流泪微笑着看到本杰明闭上了眼睛。

特丽萨转身面对着伊桑,"现在该我了吗?"

他拉着她的手,带着她走到了她的装置跟前。门已经打开了,她看到里面的黑色座椅,扶手,以及从内壁垂下来的黑色管子,管口处还固定着一根粗得吓人的针,那是用来抽干她血管里每一滴血的。

她不由得叹道:"噢,天哪!"

她爬进装置里坐下。

安全带弹出来捆住了她的手脚。

伊桑说:"我们到时候再见了。"

"你真的认为我们可以成功吗?"

"毫无疑问。"

随后他亲吻了妻子,仿佛这是他最后一次碰触她一般。

\#

伊桑爬进了自己的生命暂停装置,想起了自己昨晚在书房写下的那段文字,刚才他在监控中心将它们念了出来。

这很可能是人类历史上最后一则录音信息。

这个世界很残忍,也充满了艰难。我们曾在这个山谷生活,我们的生命安全常常受到艾比怪兽的威胁。我们曾像囚犯一样活着，可那违背了人类的天性。人类生来就应该去各地探索和征服。这种天性存在于我们的DNA当中，而我们现在就要去做这样的事情。

他在装置里面的椅子上坐了下来。

这将是一段异常漫长的旅途。没人知道当我们最终抵达目的地时会是怎样的情形。

安全带捆住了他的两只脚踝。

我很害怕。我们所有人都很害怕。

他的两只手腕也被安全带捆住了。

在这场长长的睡眠结束之后，等待我们的将是一个怎样的世界呢？从某种程度上来说，这其实并不重要。因为黑松镇的居民们将会共同面对，而且我们彼此之间没有秘密，没有谎言，每个人都是平等的。

装置门"砰"的一声关上了，随即上了锁。

我们都已互相道别过了。我们都知道这可能是最后的终结，而我们都尽可能心平气和地接受这种可能性。

他听到了气体泄漏的声音，同时听到一个电脑合成的女声在说话，她的语调令人感到莫名的安适。

她说："现在请开始深呼吸，尽可能多地吸入你所闻到的花香。"

俗话说时间可以治愈一切创伤……唔，我们拥有够长的时间……足以覆盖一个帝国的兴起和灭亡，足以完成物种的演变，足以让这个世界变成更好的存在。

　　装置内的气体嗅起来像是玫瑰花、丁香花和薰衣草混合在一起的味道。他吸入之后，便感觉自己从头到脚渐渐失去了知觉。

　　我们所有人都在想象地平线的另一端有什么在等着我们，我们在下一个转角处会遇上什么，说到底，不就是这些问题驱使着我们采取现在的行动吗？

　　他的眼皮渐渐下垂，眼前浮现出了妻子和儿子的脸庞。

　　我们又有了希望。

　　他想着特丽萨和本杰明，渐渐进入了长久的睡眠状态。

　　现在，这个世界属于那些艾比怪兽，可是未来……

　　未来可能是属于我们的。

BLAKE CROUCH
PINES

尾声

七万年之后,伊桑·伯克突然睁开了眼睛……

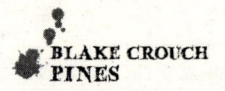

后记

1990年4月8日，马克·福斯特和大卫·林奇的划时代电视剧《双峰镇》在美国广播公司首次试播。在那之后的一段时间，"谁杀害了劳拉·帕尔默？"这个话题成为了全美观众茶余饭后议论的热点。那时我十二岁，我想我永远都不会忘记这部情节曲折离奇的电视剧在当时所带给我的感受，我完全为之如痴如迷。剧中的小镇里有着上好的咖啡和精致美味的樱桃馅饼，可是在小镇的光鲜表象之下却有着完全不一样的本质。

遗憾的是，《双峰镇》最终还是因种种原因而停播了，之后该剧的导演和演员们便纷纷将精力投入到别的事业上。可是最初播出的那几集作品仿佛拥有神奇的魔力，二十年来一直萦绕在我的内心深处。后来播出的《北国风云》《小镇风云》以及《迷失》等电视剧也多多少少曾带给我一些与《双峰镇》类似的神秘而又毛骨悚然的奇妙体验，可是对于像我这样的《双峰镇》狂热爱好者而言，这些电视剧还是不能跟《双峰镇》所带给人的强大心理震撼所匹敌，意境也有所欠缺。

人们常说所有的艺术作品——包括书籍、音乐或影视作品——都是受别的艺术作品启发而创作出来的，对此我非常认同。就拿《双峰镇》来说吧，这部电视剧在观众猝不及防的时候便突然被停播了，这令我极其不满。在它刚刚停播的时候我非常难过，甚至试着为它写出第三季的内容。我写这个不是为了任何人，只是为了自己，因为我可以接着以同样的方式继续这部剧集带给我的神秘之旅。

作为一个人，作为一名作家，我曾做过无数次的尝试，想要找回自己十二岁那年在《双峰镇》里所得到的感觉，可是每次都不能如愿以偿。续写该剧第三季的努力，最终也以失败而告终。

《黑松镇》凝结了我的所有努力，我用了整整二十年的时间来构思和准备，终于创作出这样一部能让我找回当年《双峰镇》那种感觉的小说。当然，我说这些并不是想表明《黑松镇》像大卫·林奇的杰作一样优秀，也不是想说这部小说很可能能够带你找回当年那部电视剧所带来的感觉。《双峰镇》实在是独树一帜，别具风格，倘若任何人想让与之类似的作品大放异彩，注定都会以失败告终。不过，我觉得自己有必要表达清楚一件事，那就是《黑松镇》的创作的确是受到大卫·林奇的作品中所描述的那座偏僻小镇的启发——在小镇亮丽光鲜的外表之下却有着不为人所知的阴暗面。

在1990年的那个春天，如果我的父母没有允许我在每周四晚上可以熬夜观赏一部我们将来也许永远也不会再看到的电视剧，那么我绝无可能成为一名作家，自然也不会有这本《黑松镇》问世。

所以，我想感谢你们，我的父亲母亲，以及大卫·林奇先生和马克·福斯特先生。当然，我还要感谢《双峰镇》中所塑造的无与伦比的联邦调查局特工戴尔·库珀。

《黑松镇》绝不是《双峰镇》，两者完全不同，可是如果没有当年的《双峰镇》，就不会有今天的《黑松镇》。

　　希望读者朋友们能尽情领略这本书带给你们的心灵体验。

布莱克·克劳奇

美国科罗拉多州杜兰戈市

2012年7月